MIESMUSCHELMORD

Carla Capellmann, 1963 in Jülich geboren, hat Informatik mit Schwerpunkt Computerlinguistik studiert. In ihrer Krimireihe um eine ermittelnde Informatikerin verbindet sie ihre Leidenschaft für Sprachen mit ihrer Liebe zur niederländischen Nordseeküste, die sie seit ihrer Kindheit in- und auswendig kennt.

CARLA CAPELLMANN

MIESMUSCHELMORD
DER ZWEITE FALL FÜR FREDDIE WEIHS

Kriminalroman

emons:

Bibliografische Information der Deutschen Nationalbibliothek
Die Deutsche Nationalbibliothek verzeichnet diese Publikation
in der Deutschen Nationalbibliografie; detaillierte bibliografische
Daten sind im Internet über http://dnb.d-nb.de abrufbar.

© Emons Verlag GmbH
Alle Rechte vorbehalten
Umschlaggestaltung: Nina Schäfer mit einem Motiv
von mauritius images/Pitopia/hfuchs
Gestaltung Innenteil: DÜDE Satz und Grafik, Odenthal
Lektorat: Susann Säuberlich, Neubiberg
Druck und Bindung: CPI – Clausen & Bosse, Leck
Printed in Germany 2022
ISBN 978-3-7408-1609-4
Originalausgabe

Unser Newsletter informiert Sie
regelmäßig über Neues von emons:
Kostenlos bestellen unter
www.emons-verlag.de

*Alle schlechten Eigenschaften
entwickeln sich in der Familie.
Das fängt mit Mord an …*

Alfred Hitchcock

ZeeOm

De Laatste Kruimel
Aagtekerke

Kleiner Leuchtturm
Westkapelle
Großer Leuchtturm
Bungalowpark

Häuser von
Nelleke und
Holger & Gitti

Bruinisse

Veere

Walcheren

Middelburg

Vlissingen

04 Jun 2022 © Stepmap, 123map • Daten: OpenStreetMap, Lizenz ODbL 1.0

Prolog

Ordnungen der Liebe

»'k heb je lief, 'k heb je lief mijn hele leven lang.«
Sie nahm die Fernbedienung vom Beistelltisch und ließ das Lied noch einmal laufen. Allzu oft würde sie nicht mehr auf diesem Sofa in diesem Haus sitzen, und obwohl sie es ja selbst war, die weggehen wollte, stimmte der Gedanke sie mit einem Mal melancholisch. Wehmütig. Ja, sie hatte auch schöne Zeiten hier verbracht, aber wenn sie an die letzten Jahre dachte …

Unwillkürlich seufzte sie, musste dann über sich selbst lachen. Bald würde sie doch endlich das Leben führen, von dem sie geträumt hatte. Wärme, leuchtende Farben, ein liebender Mann.

Sie kicherte. Heute hatte sie wirklich einen Hang zur Theatralik. Das musste das Lied sein. Er hatte sie lieb. Er liebte sie. Ein liebender Mann. Sein ganzes Leben lang.

Im Raum wurde es dunkel. Schon prasselte Regen gegen die Fensterscheiben. Wild und wütend. Fast wie ein Mensch. Es erinnerte sie an … aber nein, sie wollte keine negativen Gedanken mehr zulassen. Eine Beziehung war immer das, was man aus ihr machte.

Sie angelte sich die leichte Sommerdecke aus der Ecke und kuschelte sich hinein. Hieß es nicht: Wie man sich bettet, so liegt man?

Tag 1 – Die gemeine Miesmuschel

Gemein sein.
Man muss sie nur heiß
genug kochen!

1

Wiedersehen – weerzien

Montagmittag

Kaum erreichte ich mein Lieblingscafé, verblasste der Spuk vom Wochenende in meinem Kopf. Mit einem befreiten Grinsen im Gesicht steuerte ich die Terrasse des Cafés an, die auf der anderen Seite der Sint Janstraat auf dem Vismarkt lag. Ich wählte einen Tisch, der nicht im Schatten der Bäume stand, ließ mich in den Korbstuhl fallen und hätte am liebsten vor Freude laut gejuchzt. So ging es mir immer, wenn ich im »Sint John« ankam. Dieses Café in Middelburg war meine Glücksdroge.

Ich bestellte eine weitere Droge. »*Een koffie verkeerd, alstublieft.* Und ein Toastie Java.« Mit Erdnüssen, Bananen und Ananas. Das Wasser lief mir im Mund zusammen, und ich lieferte mir ein Wettstrahlen mit der Sonne. Mochte sie Toasties etwa auch so gern wie ich? Auf der Fahrt hatte es noch geregnet, aber mit jedem weiteren Kilometer war es weniger geworden, und jetzt war perfektes Strandwetter.

Um mich herum füllten sich die Tische. Ich war mir nicht sicher gewesen, ob das »Sint John«, wie viele Geschäfte in den Niederlanden, montags erst mittags öffnete, aber *koffie* wurde wohl bereits früher am Tag benötigt, und inzwischen war es schon nach elf. Ich war zeitig losgefahren. Wenn es an die Nordsee ging, konnte es mir nie schnell genug gehen. Dazu kam, dass mich die Familienaufstellung gestern reichlich aufgewühlt und heute früh aus den Federn getrieben hatte. Konnte es wirklich stimmen, was die Stellvertreter meiner Eltern gesagt hatten?

Statt es erneut vergeblich bei Miriam zu versuchen, wie ich es auf der Fahrt gemacht hatte, ordnete ich Karte, Zuckerstreuer und Aschenbecher so an, wie sich die Repräsentanten meiner Kernfamilie, also meiner Mutter, meines Vaters und mir, gestern umgestellt hatten. Ich schüttelte den Kopf. Hey, ich war auf Walcheren, im weltbesten Café, okay, im besten Café von Zeeland oder zumindest von Middelburg, und dachte trotzdem über so einen Humbug nach? Woher sollten wildfremde Menschen wissen, was meine Eltern oder ich fühlten, wie wir zueinander standen?

Warum schoss ich dennoch ein Foto und schickte es Miriam mit der Frage, ob die Stellvertreter sich gestern so umgestellt hatten?

»*De koffie verkeerd en de toasti.*« Die Bedienung erlöste mich aus meinem Gedankenkarussell. »*Eet smakelijk.*«

»*Bedankt.*« Rasch zerstörte ich meine Familienanordnung auf dem Tisch und schaffte Platz für Teller und Tasse. Auch davon schickte ich Miriam ein Foto. Zu schade, dass sie nicht hatte mitkommen können, aber eine zweite Freundinnenfreizeit so kurz nach unserem Yogaurlaub war ihr leider nicht möglich gewesen. Ich nahm einen Schluck Kaffee, dann stürzte ich mich auf mein Toastie.

Wohlig seufzte ich wenig später auf. Ich würde nie verstehen, warum über die niederländische Küche so hergezogen wurde.

Ein Stoß in den Rücken riss mich aus meinen küchenphilosophischen Betrachtungen.

»*Oh, sorry, het is een beetje eng hier.*«

Ich fuhr herum. Die Stimme kannte ich doch.

Tatsächlich. Hoofdinspecteur Julian Doorn stand vor – oder vielmehr hinter – mir. Und das unmittelbar. Es war wirklich ein bisschen eng hier. Meine Nase steckte fast in seinem Jackett.

Mann, der roch immer noch so gut.

»Hallo!«, hörte ich ihn über mir, riss mich zusammen und meinen Kopf aus dem Jackett.

Er trat zur Seite, sodass ich mir nicht mehr den Nacken verrenken musste, und lächelte mich an. »Wieder zurück? Der nächste Yogaurlaub?«

»Nein, dieses Mal besuche ich Onkel und Tante und besichtige ihr neues Haus.«

»Oh, Sie haben *Zeeuwses* Blut?«

»Es fühlt sich zwar definitiv zeeländisch an«, ich grinste,

»aber nein, die beiden sind genauso *Duits* wie ich. Allerdings verbringen sie schon lange jede freie Minute hier. Bislang in einem Bungalowpark, aber vor Kurzem haben sie ein Häuschen in Westkapelle gekauft und sind ganz hergezogen.«

Wir lächelten uns an. Doorn war offenbar allein hier. Jedenfalls stand niemand bei ihm, der drängelte, er solle weitergehen und ihnen endlich einen freien Tisch suchen.

»Setzen Sie sich doch.« Ich räumte meine Sachen zur Seite.

»Gern.« Ohne Umschweife nahm er Platz.

Als er saß, räusperte ich mich. »Ich habe mich noch gar nicht richtig bei Ihnen bedankt. Das wollte ich schon die ganze Zeit nachholen. *Bedankt.*« Ich streckte meine Hand aus.

Doorn drückte sie. »Gern geschehen.«

»Was möchten Sie? Ich lade Sie ein.«

Nachdem wir bestellt hatten, unterhielten wir uns und ließen uns auch von der Bedienung nicht stören, die unsere Getränke brachte. Unweigerlich kamen wir noch einmal auf die Geschehnisse während meines Yogaurlaubs in Domburg zu sprechen. Auf die Tote, die ich gefunden hatte, den Mordverdacht, unter dem ich gestanden hatte, und das, was danach passiert war. Wie ich es geschafft hatte, mit lila Flipflops davonzukommen. Was farblich und schuhlich gesehen nicht so ganz stimmte, aber ich ließ es dabei bewenden. Stattdessen fragte ich Doorn, ob und welche Arten von Diagrammen sie in ihren Ermittlungen nutzten. Als Informatikerin erfasste ich am liebsten alle Informationen in wohldefinierten Schaubildern.

»Die Diagramme in den Fernsehkrimis kann man ja bestenfalls als Visualisierungen bezeichnen, in denen willkürlich Bilder an eine Wand gepappt und genauso willkürlich Linien dazwischen gezogen werden.«

»Sich die Dinge vor Augen zu führen, kann schon hilfreich sein. Wenn man filmreife Fälle hat. Die Kulisse dafür hätten wir hier, aber die Fälle nicht – und das ist gut so.« Er nahm einen Schluck Kaffee. »Was für Grafiken würden Sie denn empfehlen?«

Misstrauisch sah ich ihn an, doch sein Interesse schien ehrlich. Prompt holte ich meinen Laptop aus dem Rucksack und zeigte Doorn ein Fischgrätendiagramm, erklärte die Logik dahinter und die beste Vorgehensweise.

»Richtig verstehen kann man es erst, wenn man es anwendet. Hier ist zum Beispiel das Diagramm, das ich für den Mord im Yogazentrum erstellt habe.«

»Es gibt also Gräten für die Verdächtigen mit Verästelungen für Motiv, Mittel und Gelegenheit.« Er studierte meine Grafik. »Das Opfer und Fakten zum Mord bilden den Kopf.«

»Der Fisch stinkt eben vom Kopf her.«

Doorn nickte, er war immer noch in das Diagramm vertieft. Jetzt deutete er auf die Jan-Gräte. »Sie sind wirklich gründlich vorgegangen. Sogar Ihren Freund haben Sie aufgeführt. Ist er auch hier?« Er schaute auf und sah sich um, als würde er erwarten, dass Jan just in diesem Moment vom Klo zurückkkam.

»Wir sind nicht mehr zusammen.« Ich legte den Kopf in den Nacken und guckte in das strahlende Blau des Himmels. »Ich habe Schluss gemacht.«

Als ob das eine Rolle spielte. Als ob es Doorn interessierte.

Ich spürte seinen Blick auf mir und wandte mich ihm zu. Das Grau in seinen Augen schimmerte warm. Meine Finger umschlossen die inzwischen leere Kaffeetasse.

Er lächelte. »Noch *een koffie verkeerd*?«

»Kaffee geht immer.« Das wäre mein dritter. Waren nicht aller guten Dinge drei? Selbst wenn sie zu Herzrasen führten?

Doorn erhob sich und ging über die Straße zum Café. Er sah gut aus, auch von hinten. Besonders von hinten, wenn ich es genau nahm. Der graue Anzug betonte seine schmalen Hüften und schien sein Standard zu sein. Oder seine Arbeitskleidung. Was er wohl privat trug? Wenn er nicht gerade nichts anhatte …

Verdammt!

Atmen. Ich legte meine Hände auf den Bauch, wie ich es im Yoga gelernt hatte, spürte, wie sich dieser in die Hände wölbte, als ich einatmete. Wie er sich wieder senkte beim Ausatmen. Ein und aus.

Ich wurde ruhiger. Wahrscheinlich waren meine Gefühle

nur die Nachwirkungen des Wochenendes. Von dieser Aufstellung, zu der Miriam mich geschleift hatte, nachdem ich ihr einmal zu viel vorgejammert hatte, dass all meine Beziehungen nach zwei, spätestens drei Jahren scheiterten und ich nicht verstand, warum. Durch das Familienstellen wollten wir meiner Bindungsunfähigkeit ein für alle Mal auf den Grund gehen.

Doorn trat aus dem Café und kehrte mit zwei Tassen zurück. Sofort klopfte mein Herz, als hätte es nicht nur den dritten *koffie verkeerd*, sondern auch seinen Kaffee bereits intus.

»Haben Ihnen schon viele Deutsche gesagt, dass Sie wie ein ›Tatort‹-Kommissar aussehen? Wie dieser ehemalige ›Tatort‹-Kommissar, meine ich. Der aus Bremen.«

»Bremen?« Doorn zog die Augenbrauen hoch. Er reichte mir meine Tasse, stellte seine ab und setzte sich. »Münster wäre besser, oder?«

Ich schüttelte den Kopf und grinste. »Was den Kommissar betrifft, ganz gewiss nicht.« Sollte ich ihm verraten, dass ich ihn insgeheim Stehl-den-Freund nannte? Aber das würde er womöglich falsch verstehen. Stattdessen unterhielten wir uns über den radelnden Kommissar, kamen über Schönwetterradfahrer und E-Bike-Radler aufs echte Radfahren. Gegen den Wind. So richtig. Eine gemeinsame *Tegenwind-fiets*-Tour auf dem Oosterscheldekering, schlug Doorn vor. Das ließ ich mir nicht zweimal sagen.

Der Hoofdinspecteur zückte seine Visitenkarte. Ich wollte bereits protestieren. Schließlich hatte ich davon schon eine. Da schrieb er eine weitere Nummer auf die Rückseite.

»Meine Privatnummer.« Er lächelte mich an. »Soll ich dir ein *fiets* für die Tour mitbringen? Dann brauchst du keins auszuleihen.«

Ich lachte. »Nicht nötig. Ich habe mein Rennrad dabei.«

Er hob die Augenbrauen. Die eine, die linke, einen Tick höher als die rechte. Während der Mordermittlungen im Yogazentrum hatte es mich wahnsinnig gemacht. Jetzt fand ich es irgendwie süß. Ich hatte eindeutig zu viel Koffein im Blut. Oder lag es daran, dass er mich geduzt hatte?

»Dann sehen wir uns heute Abend um halb sechs«, sagte er. »Ich freu mich.«

»Holen Sie mich ab?«

»Du. In den Niederlanden duzen wir uns gern. Ich heiße Julian.« Er beugte sich vor.

»Freddie«, stotterte ich. Als ob er das nicht wüsste. Seine Wange schob sich an meine. Erst auf die eine, dann auf die andere Seite. Wieder bekam ich eine Nase voll von diesem Geruch, den ich mir am liebsten in Flaschen abgefüllt hätte.

»Bis später.«

Und dann war er weg.

Einatmen, ausatmen, runterkühlen. Ich war hier, um Holger und Gitti zu besuchen und dabei in Ruhe – und allein – über meine Beziehungen nachzudenken. Nicht, um eine neue anzufangen. Aber hey, wann hatte man schon mal die Gelegenheit, einem echten Kommissar Diagramme für Mordermittlungen zu erläutern?

»Möchten Sie noch etwas?« Die Bedienung sammelte die leeren Tassen ein und sah mich fragend an.

»Nee, dank u, de rekening alstublieft.«

Ich verstaute Julians Visitenkarte und zahlte. Julian. Da steckte Jan drin. Ob mir das was sagen sollte?

Dass ich mir nichts einbilden sollte, schalt ich mich selbst und packte meine Sachen ein. In Julian steckte auch Uli, und alle Ulis, die ich kannte, waren sehr nett. Okay, alle Ulis, die ich kannte, waren weiblich.

»We are family …«

Natürlich hatte ich das Smartphone gerade mit meinem Portemonnaie im Rucksack verstaut und wollte aufstehen, als es klingelte. *»We are family«*, schallte es noch einmal, bevor ich das Handy wieder befreit hatte und über den Annahme-Button wischte. Rasch zerrte ich die In-Ears heraus, fummelte sie in meine Ohren und stöpselte das andere Ende ins Smartphone.

»Freddie? Huhu, ist da wer?«

»Miri, endlich!«

»Na, das ist ja wohl mein Text. Beste Freundin vermisst.«

Miriam lachte. »Bist du schon in Westkapelle? Und was ist überhaupt los? Mein Handy ist gar nicht mit dem Zählen deiner Anrufversuche hinterhergekommen. Es ist doch nichts passiert?«

»Nein, nein, alles gut. Ich wollte dich nur fragen, ob du dich daran erinnern kannst, was der Stellvertreter von meinem Vater gesagt hat, als meine Mutter, also ihre Stellvertreterin, näher an ihn rangerückt ist.«

»Gar nichts. Er hat den Arm um sie gelegt.«

»Ja schon. Danach, meine ich. Als der Aufstellungsleiter ihn nach seinen Gefühlen gefragt hat.« Gespannt hielt ich das Handy so, dass ich aufs Display sehen konnte, dabei skypten wir doch gar nicht. Ich schüttelte den Kopf über mich selbst und erhob mich.

Während ich Richtung Parkplatz ging, ließ ich mit Miriam die Erlebnisse vom Vortag noch mal Revue passieren. Nicht dass wir das nicht gestern Abend schon gemacht hätten. Ohne zu einem Ergebnis zu kommen. Zumindest keinem, das ich hören wollte.

»Schreib am besten alles auf«, riet Miriam mir. »Noch sind deine Erinnerungen frisch. Ich mache dasselbe, und heute Abend telefonieren wir dann in Ruhe. Okay? Und frag deinen Onkel und deine Tante, wenn du schon nicht mit deinen Eltern reden willst.«

Vielen Dank. Das war der Teil, den ich nicht hören wollte.

Ich erreichte den Parkplatz und verabschiedete mich. Es wurde Zeit, dass ich nach Westkapelle fuhr. Holger und Gitti waren zwar viel entspannter als meine Eltern, aber sie rechneten wahrscheinlich doch damit, dass ich zum Mittagessen da war. Auch wenn ich ihnen gesagt hatte, dass sie nicht mit dem Essen auf mich warten sollten.

Ich verließ Middelburg Richtung Zoutelande und genoss es, mal wieder hier entlangzufahren. In letzter Zeit war ich oft in Domburg oder Oostkapelle gewesen. Umso mehr freute ich mich, die Strecke aus Kindheitstagen wiederzusehen.

Links tauchten die Kuppen der Dünen auf, die sich von Vlissingen über Zoutelande bis Westkapelle zogen. Bei ihrem

Anblick hatte ich früher immer gebettelt, gleich dorthin zu fahren. Ich wollte auf die Sandberge klettern und auf der anderen Seite hinabspringen und zum Meer jagen. Holger und Gitti hatten bestimmt ihre liebe Mühe mit mir gehabt. Dennoch durfte ich in den Ferien häufig mit in den Bungalowpark in Westkapelle, in den sie so oft fuhren, dass sie schließlich zu Dauermietern dort wurden. Doch damit war nun Schluss. Ich war mächtig gespannt auf das Haus, das sie gekauft hatten. Direkt hinterm Deich liege es, hatten sie mir stolz erzählt. Man brauche nur draufzusteigen und könne das Meer sehen. Westkapelle lag quasi auf Meereshöhe. Wäre der Deich nicht, der das Dorf schützte, würde der Ort geflutet. So wie im Zweiten Weltkrieg, damals, um die Deutschen loszuwerden. Heute wohnten einige von genau denen dort, viele besuchten es immer wieder gern.

Sehnsüchtig hielt ich nach dem Leuchtturm Ausschau. Dem richtigen Leuchtturm von Westkapelle, dem großen im Ort, dem aus Backstein, aus dem der rote Eisenaufbau herausragte. Der eigentlich ein Kirchturm war. Der einen nachts mit seinem immer wiederkehrenden Lichtstrahl so wunderbar behütet in den Schlaf sinken ließ.

Da war er. Ich atmete tief durch und spürte, wie sich ein Lächeln auf meinem Gesicht ausbreitete. Links tauchte der *kreek* auf. Fast konnte ich mich an dem großen Brackwassersee rennen und spielen sehen. Ein Wohnkomplex nahm mir die Sicht. Den hatte es damals noch nicht gegeben.

Jetzt ging es geradewegs auf den Leuchtturm zu. Dann folgte ich der abbiegenden Hauptstraße nach links, rollte durch den Ort, bis ich schließlich rechts abbog und nach Holgers und Gittis Haus Ausschau hielt.

Noch bevor ich es erreichte, musste ich anhalten. Ein Wagen der niederländischen *politie*, ein Notarzt- und ein Rettungswagen verstopften die Straße. Ich gab mir gar nicht erst die Mühe, mein Auto an den Rand zu fahren – hier würde so schnell niemand durchkommen –, und stieg aus. Mein Herz wummerte. Hoffentlich war mit Holger und Gitti alles in Ordnung.

Ein paar Anwohner standen auf dem Bürgersteig und musterten mich stumm, als ich mich an ihnen vorbeidrängte. Dann bat mich ein Streifenpolizist, doch bitte einen anderen Weg zu nehmen.

»Mein Onkel und meine Tante wohnen hier.« Ich gestikulierte Richtung Straßensperre. »Hausnummer 78. *Sorry. Spreekt u Duits?*«

Er nickte.

Sogleich machte ich einen Schritt vor.

»*Nee, dat gaat niet.*« Er hob die Hand. »Das geht nicht. Sie müssen hier warten. *Een momentje, alstublieft.*«

»Was ist denn los? Geht es meinen Verwandten gut? *Meneer* und *mevrouw* Herzmann.«

»Die Sanitäter sind bei van der Have rein.« Einer der Anwohner in Hausschuhen und Schürze stellte sich neben mich und deutete auf das Haus, das rechts von dem von Holger und Gitti lag. »Ich denke, sie kümmern sich um Nelleke. Ich hoffe nur, es ist nichts Ernstes.«

»Was denn sonst?«, fragte eine Frauenstimme hinter mir.

Gerade wollte ich mich nach ihr umschauen, da öffnete sich die Tür des Rettungswagens. Sofort starrten wir alle dorthin. Ein Sanitäter sprang heraus und streckte dann helfend die Hand aus. Gestützt von einem zweiten Helfer kletterte mein Onkel aus dem Wagen.

Ich schrie auf. »Holger!«

»Freddielein.« Seine Stimme klang reichlich wacklig.

»Entschuldigung.« Ich zwängte mich an dem Polizisten vorbei und raste zu meinem Onkel. »Was ist mit dir? Ist was mit Gitti? Wo ist sie?«

Holger wurde noch weißer im Gesicht, wenn das denn möglich war. Tränen liefen über seine Wangen.

Verdammt! Ich schluckte.

»*Er is oké.*« Der Sanitäter tätschelte Holgers Arm. »Der Anblick von eine *doden* kann einen schon aus den Schuhen hauen. Und diese hat echt *niet lekker* ausgesehen.«

»Eine Tote?« Ich sah zum Haus und ballte die Hände, presste

die Daumen dabei so fest, dass Alles-ist-gut-Saft aus ihnen heraustropfen musste. »Um wen handelt es sich denn?«

Bedauernd schüttelte der Sanitäter den Kopf. »*Een vrouw. Mehr weiß ik niet*.«

Ein Schauder lief mir über den Rücken. Schon wieder war jemand gestorben, kaum dass ich auf Walcheren auftauchte. Hoffentlich war es nicht Gitti. Sie hatten sich doch gerade erst das Haus hier gekauft. Ja, okay, Menschen starben. Das war … der Lauf der Natur. Aber Gitti war doch viel zu jung. Vielleicht ein Unfall?

Ich presste die Lippen zusammen und drückte Holger, als ob das helfen könnte, dass es nicht Gitti war.

2

Familie – familie

Montagnachmittag

»Gestern habe ich noch mit ihr gesprochen, und jetzt ist sie tot.« Holger hob den Kopf, ließ ihn aber gleich wieder sinken.

Er saß in seinem Lieblingssessel, den ich noch aus Bungalowparkzeiten kannte. Ich hätte ihn ja lieber aufs Sofa gepackt, aber er hatte sich partout nicht hinlegen wollen, und so hatten die beiden Sanitäter ihm in den Sessel im Wohnzimmer geholfen. Mir hatten sie versichert, dass er nur ein wenig Ruhe brauche. Für den Notfall hatten sie mir noch eine Nummer in die Hand gedrückt und waren gegangen. Seitdem versuchte ich, Holger zu beruhigen und gleichzeitig nicht selbst durchzudrehen.

»Wer ist tot? Wirklich Nelleke? Die vom Bungalowpark?« Ich reichte ihm ein Glas Wasser, das ich aus der Küche geholt hatte.

Er nahm es und schluckte gehorsam. »Sie hat gesagt, dass sie heute Vormittag nicht da sei. Deswegen bin ich hintenrum nach nebenan. Gleich in die Küche, wo ich das Regalbrett anbringen wollte, und da …«

»Trink«, sagte ich und überlegte, ob ich ihm nicht besser einen Schnaps geben sollte. »Dann war Nelleke also eure Nachbarin?«

Holger nickte nur.

»Und wo ist Gitti?«, fragte ich schnell, um endlich Gewissheit zu bekommen, dass es meiner Tante gut ging.

»In ihrem Atelier. Wie jeden Morgen.« Holger stellte das Glas ab und machte Anstalten aufzustehen. »Du kennst sie doch.«

»Du meinst, sie hat von alledem nichts mitbekommen und klebt Muscheln irgendwo drauf oder feilt an Treibholz?« Ich sprang auf. »Wo ist denn ihr Atelier?«

Holger war wieder in den Sessel zurückgefallen und deutete

zum Garten hin. »Sie weiß Bescheid. Ich habe es ihr erzählt, bevor ich den Notarzt … Oh Gott, es müssen die Muscheln gewesen sein.«

»Welche Muscheln?« Verwirrt starrte ich ihn an.

»Gitti hat gestern welche mitgebracht.«

»Sie bringt doch immer Muscheln mit.« Wenn jemand eine leidenschaftliche Sammlerin war, dann Gitti. Das hatte mich schon als Kind frustriert. Egal, wie schön die Muschel aussah, die ich gefunden hatte, meine Tante übertrumpfte mich immer mit noch schöneren, kleineren, größeren, ausgefalleneren. Bislang jedoch noch keiner tödlichen. Ich biss mir auf die Unterlippe.

»Ja, nein, nicht solche. Welche zum Essen.«

»Miesmuscheln? Gitti? Und das, wo ihr nicht mal zusehen mögt, wenn ich welche esse. Geschweige denn, dass ihr sie selbst probiert.«

Holger stöhnte auf. »Sie waren ja auch für Nelleke. Und jetzt ist sie tot. Nachdem sie Gittis Muscheln gegessen hat.« Er sackte noch tiefer in sich zusammen, wenn das denn ging.

»Das ist doch nicht Gittis Schuld! Schließlich hat sie die Muscheln nicht selbst aus dem Meer geangelt, oder? Wer sagt denn überhaupt, dass es eine Muschelvergiftung war?«

Stirnrunzelnd sah ich durch das Fenster in den Garten. Hockte Gitti tatsächlich noch in ihrem Atelier, obwohl Holger ihr erzählt hatte, was nebenan passiert war? Hatte sie es vielleicht gar nicht registriert und wieder einmal alles um sich herum über ihrer Kunst vergessen?

Ich legte meine Hand auf Holgers Schulter und drückte sie kurz. »Warte, ich hole sie.«

»Ich kann es nicht glauben«, murmelte er mehr zu sich als zu mir. »Sie war immer so lebensfroh, die ganzen Jahre über, auch noch, als sie Kees gepflegt hat. Und jetzt das.«

Ich ließ ihn murmeln und trat durch die Terrassentür nach draußen.

Der Garten war nicht groß. Eine kleine Terrasse mit Sitzmöbeln, die ich aus dem Bungalowpark wiedererkannte. Ein

Meer von Blumentöpfen und -kästen, in denen die Farben so wild wogten wie die Nordsee bei Sturmwind. Zwischen den Blumen, ach, nein, eigentlich überall – was in dem kleinen Garten nicht viel hieß – hatte Gitti ihre Strandfundstücke platziert, und natürlich waren die Übertöpfe und Kästen mit Muscheln verziert, jeder anders, alles Unikate.

Am Ende des Grundstücks befand sich ein Schuppen, daneben ein Tor zum Deich und kurz davor eine Lücke in der Hecke zum Nachbargrundstück. Das war dann wohl Holgers Abkürzung nach nebenan, und der Schuppen musste Gittis »Atelier« sein.

Immerhin hatte die kleine Holzhütte Fenster, wenn auch nicht allzu große. Dafür lagen sie einander gegenüber, sodass man durch sie hindurch auf den Deich schauen konnte. Ein *Doorzon*-Schuppen. So wie auch viele Wohnungen die Sonne hindurchscheinen ließen und entsprechend *doorzonwoning* genannt wurden. Meine Tante konnte ich allerdings nicht sehen. Warum stand die Tür zum Schuppen dann offen?

Ich runzelte die Stirn. »Gitti?«

Keine Antwort.

Nach drei großen Schritten war ich im Atelier. Viele Muscheln, viel Strandgut, viele ihrer Kunstobjekte, ein mit einem Vorhängeschloss gesicherter Schrank, aber keine Gitti. Auch nicht rechts hinter der Tür, wo sich Regenmäntel, Gummistiefel und Fischerausrüstung verbargen. War sie doch im Haus? Vielleicht oben? Aber warum hatte sie uns dann nicht schon längst gehört und war zu uns runtergekommen?

Ich verließ den Schuppen, schloss die Tür und eilte zurück ins Haus. Holger lag nun doch auf dem Sofa und hatte die Augen geschlossen. Bestimmt war es besser, ihn erst einmal ruhen zu lassen.

Leise durchquerte ich den Wohnraum und stieg die steile Treppe hinauf, doch auch oben fand ich Gitti nicht. Also wieder nach unten. Dieses Mal ging ich in die Küche. Am Kühlschrank hing wie früher im Bungalow und wie in ihrer ehemaligen Wohnung in Deutschland eine Liste mit sämtlichen Telefonnummern. Auch der von Gittis Handy. Da sie es so gut wie nie dabeihatte, hatte ich ihre Nummer nicht gespeichert. Trotzdem holte ich mein Handy aus dem Rucksack und versuchte es.

Vergeblich. Nicht einmal die Mobilbox war aktiviert. Stattdessen bekam ich die Ansage, dass der Teilnehmer nicht erreichbar sei. Rasch schickte ich eine SMS mit der Bitte, mich doch umgehend anzurufen.

Ich legte das Smartphone beiseite und stierte auf ihre Muschelbank – eine Holzbank, deren Seiten sie mit allerlei Strandgut bestückt hatte. Die Sitzfläche war eine Plexiglasplatte, darunter eine nachgebaute Muschelbank, mit Sand, Muschelschalen und blauer Farbe, dort, wo das Meer die Bank umspülte.

Wo steckte Gitti?

War sie nach dem Schock an den Strand gelaufen und machte einen ihrer ausgedehnten Spaziergänge, ihre Art, den Stress abzubauen, wie sie mir öfter erklärt hatte? Aber normalerweise meldete sie sich immer ab.

Ich rieb mir die Stirn. Oder hatten Holger und sie sich gestritten? Aber das hätte er doch erwähnt.

Entschlossen, mir keine Sorgen zu machen, ging ich zurück ins Wohnzimmer. Es würde schon alles in Ordnung sein, das war es doch immer. Die wirklich schlimmen Dinge passierten aus heiterem Himmel, die konnte man nicht vorhersehen oder wegsorgen.

Ich sah nach draußen. Heiterer Himmel. Im Unterschied zu meinem Inneren, wo die Gefühle wie Gewitterwolken aufzogen und rumorten. Ich zwang mich durchzuatmen.

Die Nachmittagssonne hatte den Raum aufgeheizt. Holger lag nach wie vor auf dem Sofa und schnarchte leise vor sich hin. Nun gut, dann würde ich eben zuerst mein Auto vernünftig parken und mein Gepäck ins Haus holen. Eigentlich ein Wunder, dass niemand geklingelt hatte, damit ich den Wagen wegsetzte. Hoffentlich war er noch da.

Ich hatte Glück. Die Straße war weiterhin durch die Polizei gesperrt. Allerdings waren Nachbarn und Gaffer verschwunden. Auf dem Weg zu meinem Auto scannte ich die Fahrzeuge, die am Straßenrand standen. Einige hatten zwar deutsche Kennzeichen, aber das von Holger und Gitti war nicht dabei.

Ich nickte, wie um mir selbst Mut zu machen. Gitti hatte garantiert einen Termin, irgendein Treffen ihrer Künstlergruppe. Als ich zugesagt hatte, sie zu besuchen, hatten wir uns darauf geeinigt, dass sie sich keine Zeit für mich zu nehmen brauchten. Auch wenn ich schon lange nicht mehr mit den beiden in den Urlaub fuhr, so war ich doch alles andere als ein Gast, um den man sich kümmern musste. Bestimmt war Gitti in Sachen Nazomerfestival unterwegs. Zu ihrer Muschel-Vorstellung dort hatten sie mich schließlich eingeladen.

Aber würde sie Holger tatsächlich in so einer Situation allein lassen? Ihre Kunst war ihr wichtig, aber mein Onkel doch auch.

Als ich an meinem Auto angekommen war, parkte ich es ordnungsgemäß und schnappte mir mein Gepäck. Nur das Rennrad ließ ich im Kofferraum. Das würde ich später holen.

Zurück im Haus war es still. Wenn man von Holger absah. Er schlief immer noch. Da man jemand, der unter Schock stand, sicher nicht wecken sollte, er aber genauso sicher frische Luft brauchte, öffnete ich Haus- und Terrassentür, um einmal richtig durchzulüften. Sehnsüchtig schaute ich auf das Tor zum Deich. Ob ich schnell zum Meer laufen konnte?

»Freddie?« Holgers Stimme rief mich ins Wohnzimmer zurück. »Mir ist kalt.« Anklagend rieb er sich die Arme. »Willst du mich umbring…?« Das Wort blieb ihm förmlich in der Kehle stecken. Wir sahen uns an.

»'tschuldigung«, sagte ich und schloss beide Türen, obwohl es draußen nicht kalt war. »Ich mache dir einen Tee, dann ist dir gleich wieder warm.«

Hey, ich hörte mich wie meine eigene Mutter an. Und genau wie sie wich ich dem eigentlichen Thema aus. Stiere und Hörner, dachte ich, und wählte für Holger einen Becher mit einer Kuh aus, während ich darauf wartete, dass das Wasser kochte. Ich fischte einen Teebeutel aus Gittis Vorräten, hängte ihn in die Tasse und füllte sie mit dem heißen Wasser. Fehlte nur noch, dass ich »auf in den Kampf, Tore-he-he-he-ro« pfiff, als ich mit der Tasse bewaffnet zurück ins Wohnzimmer kehrte.

»Wo ist Gitti?« Holger drehte mir den Kopf zu, setzte sich aber nicht auf. Er hing ganz schön in den Seilen.

»Hier, dein Tee.« Ich reichte ihm den Becher und hockte mich zu ihm aufs Sofa. »Trink erst mal was, und dann überlegen wir, wo sie sein könnte.«

»War sie nicht im Atelier?« Er guckte mich so bittend an, dass ich kurz davor war, »doch« zu sagen, »klar«.

Ich biss mir auf die Unterlippe.

»Aber sie muss hier sein. Hast du auch im Haus geguckt?«

Als ob Gitti sich wie eine Zauberschrankfrau in diesem Winzhäuschen verstecken könnte. Noch dazu, wo sie beim Versteckspiel damals immer als Erste gefunden worden war.

Ich legte meine Hand auf seinen Unterarm. »Erzähl doch einfach mal ganz genau, was ihr gemacht habt heute Morgen.«

Holger seufzte. Er hob den Kopf, nahm einen Schluck Tee, verzog das Gesicht und reichte mir den Becher. Na gut, doch einen Schnaps.

Ich ging zurück in die Küche und füllte uns beiden zwei kleine Gläser mit *oude jenever*.

Still stießen wir an. Dann erzählte Holger.

»Nelleke hatte mich gebeten, ein loses Regalbrett zu befestigen. Deswegen bin ich nach dem Frühstück rüber. Sie wollte zu Pilatus. Kennst du den?« Holger lächelte schwach. »Gitti macht das auch manchmal. Es regt sie auf, wenn ich Pilatus sage. Selbstverständlich weiß ich, dass es richtig Pilatos heißt.«

»Onkel Holger!« Ich sah ihn gespielt tadelnd an. »Lass mich raten. Bevor du rübergegangen bist, hast du es dir erst mal auf dem Sofa bequem gemacht, so wie jetzt.«

»Ich musste ja noch die Zeitung lesen. Kann schon sein, dass ich dabei hier gesessen habe.« Er knuffte mich. Sein Gesicht hatte wieder etwas Farbe angenommen.

»Und Gitti?«

»Ist in ihr Atelier. Hab ich dir doch schon gesagt.« Er wedelte mit der Hand. »Mach mal Platz.«

Ich rückte zur Seite, und er setzte sich auf. Endlich wirkte er ein wenig mehr wie der Onkel, den ich kannte. Der, seitdem er im Ruhestand war, noch fitter und munterer schien als zuvor.

»Du bist also rüber zu Nelleke. Und dann?«

»Sie lag im Wohnraum.« Holgers Augen richteten sich auf die Wand vor ihm, aber ich wusste, dass er die gerade nicht sah. Das Bild eines Toten brannte sich in die Netzhaut ein. Das hatte es zumindest bei mir getan.

Ich leerte mein Glas, nahm dann seine Hand in meine und rieb sie, damit sie warm wurde. Damit er das Leben spürte, wenn er vom Tod erzählte.

»Sie hatte sich zusammengerollt. Wie ein kleines Kind, dachte ich erst, aber es roch bis an die Tür, und als ich ihr Gesicht sah …« Er schluckte, doch der Kloß war zu groß. Er schluckte erneut. Eine Träne lief über seine Wange. Hastig wischte er sie weg.

»Ist schon gut.« Ich drückte ihn.

»Sie muss hingefallen sein, als sie zur Toilette wollte, und sich dabei verletzt haben, so schlimm, dass sie es nicht mal mehr ans Telefon geschafft hat. Wahrscheinlich dieser blöde Läufer, der immer wegrutscht, keine Ahnung, es war nichts zu sehen. Auch kein Blut. Nur das Erbrochene. Ich hab dann gleich ihren Puls gefühlt. Ich dachte, sie lebt noch. Sie muss doch noch leben.« Er hielt beide Hände vor den Mund und schloss kurz die Augen.

»Aber da war kein Puls?«

»Nein, sie war kalt.« Langsam ließ er die Arme sinken und sah mich traurig an. »Das ist so schrecklich. In der Küche stand noch der Topf mit den Muschelschalen. Wenn sie es doch nur bis zum Telefon geschafft hätte.«

Da hatte er recht. Aber die Konjunktivspirale führte auch bei Toten zu nichts, und vor allem nicht zurück ins Leben.

Ich riss mich zusammen. »Und dann?«, fragte ich weiter. »Hast du gleich von dort den Notruf gewählt?«

»Ja, aber das Telefon ging nicht. Also bin ich durch die Gärten zu uns gelaufen. Ich habe Gitti zugerufen, dass Nelleke was passiert ist, und bin gleich ans Telefon gestürzt. Danach bin ich raus auf die Straße, weil der Notarzt gesagt hat, ich soll da auf ihn warten.«

Als durchlebte er die Szene wieder, war Holger mit jedem Wort schneller geworden und nun völlig außer Atem.

Automatisch atmete ich selbst langsam ein und wieder aus. Ein und wieder aus. Bis er ruhiger wurde.

»Warum ist Gitti denn nicht mit dir auf die Straße gekommen?«

Holger schüttelte den Kopf. »Roos hat mit mir gewartet. Sie wohnt gegenüber. Als sie mich vor dem Haus gesehen hat, wusste sie gleich, dass was nicht stimmte, hat sie gesagt.«

»Und Gitti?«

»Ich weiß es nicht.« Wie ein kleiner Junge, den die Mutter hat stehen lassen, ließ Holger den Kopf hängen.

Eine Glocke ertönte. Ich zuckte zusammen.

»Gitti, endlich.« Holger griff mit der einen Hand nach einer Packung Papiertaschentücher, die auf der Ablage des Wohnzimmertischs lag, und winkte mit der anderen zur Tür. »Machst du auf?«

»Ja klar.« Ich erhob mich, zögerte. »Aber Gitti hat doch bestimmt einen ...«

Der Schlüssel ging im erneuten Ding-Dong und Holgers Schnäuzen unter. Ich eilte zur Haustür und öffnete sie.

Ein Mann in einem gelben Papageienhemd, Bermudajeans und gelben Sneakers stand vor mir und musterte mich von Kopf bis Fuß. War ich ihm nicht bunt genug gekleidet in meiner kurzen Jeans und dem einfachen blauen Top? Ich überlegte gerade, ob ich ihm die Tür wortlos vor der Nase zuschlagen sollte, als er den Mund öffnete.

»Freddie, bist du's?«

»Was? Ja, hallo, kennen wir uns?« Hatten Holger und Gitti mich etwa in der Nachbarschaft angekündigt, um mich zu verkuppeln?

Er lächelte kurz, und für eine Sekunde erinnerte er mich vage an ... Wenn ich nur wüsste, an wen. Dann wurde seine Miene wieder ernst, der Erinnerungshauch schneller verweht als so mancher Sommer.

»Gitti?«, rief Holger aus dem Wohnzimmer.

Ich drehte mich kurz von der Tür weg. »Nein, es ist …«

»Theo.« Der Mann trat näher.

Und endlich fiel das *kwartje*. Theo vom Bungalowpark, Nellekes Sohn, der immer mit uns spielen musste. »Zeig den Kindern doch mal, wo der Spielplatz ist.« »Geh mit Freddie mal an den Strand.« Was immer wir wollten, musste er tun. Allerdings hatte ich mir auch Sachen gewünscht, die er machen wollte. Traktor fahren. Zugegeben, das wollte ich schon auch. Aber Kuchen backen hätte ich mir für mich nie ausgesucht. Nicht mal Sandkuchen hatte ich gern gebacken. Die schmeckten schließlich niemandem. Theos Kuchen, ein richtiger Kuchen, war dann aber echt lecker geworden.

»Mensch, dass du mich gleich wiedererkannt hast! Und das, wo die Haare ab sind.« Ich wuschelte mir durch meine nordseetaugliche Einfach-nur-kurz-Frisur und grinste. Bis mir einfiel, wie unangemessen das war. Sofort sanken meine Mundwinkel.

»Mein Beileid«, sagte ich und streckte den Arm halb aus, unsicher, ob ich ihm die Hand geben oder ihn lieber umarmen sollte.

»*Bedankt.*« Theo senkte den Blick und betrachtete die Fußmatte, als hätte er so etwas noch nie gesehen. »Die *politie* hat gesagt, dass dein Onkel sie gefunden hat.«

»Ja, hat er. Aber komm doch rein.« Entschuldigend trat ich beiseite.

Theo zögerte, dann schob er sich an mir vorbei in die gute Stube.

»Theo, mein Lieber, es tut mir so leid.« Holger war aufgestanden und ging mit ausgebreiteten Armen auf Theo zu.

Der ließ die Umarmung steif über sich ergehen. Eins, zwei, anstandsdrei, schon löste er sich und deutete zur Sitzgruppe. »Darf ich?«

Holger nickte und wischte sich die Tränen aus dem Gesicht,

während Theo mangels Fußmatte nun den Teppich fixierte. Erst als Holger sich setzte, ließ auch er sich nieder.

Ich fragte, ob jemand einen Kaffee wolle, und war erleichtert, als beide verneinten und ich nicht in die Küche musste. Nicht, dass ich sensationslüstern bin, aber ich wollte wirklich wissen, woran Nelleke gestorben war.

Zunächst war es jedoch an Theo, Antworten zu bekommen, und so erzählte Holger erneut, wie er Nelleke gefunden hatte. Theos Gesicht schien mit jedem Satz ein wenig mehr Farbe zu verlieren. Gegen das grelle Gelb seines Hemdes wirkte es inzwischen so fahl wie junger Gouda.

Holger beendete seinen Bericht und stellte die Frage, die auch mir auf der Seele brannte. »Waren es die Muscheln?«

»*Ik weet het niet.* Meine Mutter kennt sich mit Muscheln aus. Besser noch als mein …« Theo presste die Lippen zusammen und betrachtete die beiden Gläser und den einsamen Becher auf dem Tisch, als hätten die was damit zu tun.

»Weiß man inzwischen, wer sie besucht hat? Nicht dass noch jemand gestorben ist.« Holgers Stimme schwankte. »In der Spüle stand das Geschirr von zwei Personen.«

»Ich weiß nicht«, wiederholte sich Theo auf Deutsch, ohne die Augen vom Couchtisch abzuwenden. Der hatte wohl plötzlich magische Kräfte entwickelt.

War es indiskret zu fragen, ob Nelleke einen Freund hatte? Ihr Mann, Theos Vater, war jahrelang ein Pflegefall gewesen und erst kürzlich verstorben. Wegen seiner Beerdigung hatten Holger und Gitti extra ihre Wohnungsaufgabe in Deutschland verschoben. Diese war dann ausgerechnet in die Woche gerutscht, in der ich zum Yogaseminar nach Domburg gefahren war, sodass ich sie nicht hatte besuchen können. Theo war wirklich zu bedauern, beide Elternteile so kurz hintereinander zu verlieren.

Ich sah ihn an. »Tut mir übrigens leid, das mit deinem Vater.«

Er ließ den Kopf noch tiefer hängen. Das hatte ich ja prima hinbekommen.

»War bestimmt auch nicht einfach für deine Mutter. Vielleicht war es ja ein Schlaganfall?«

Beide Männer starrten mich an.

Manchmal war es besser, die Stille auszuhalten, anstatt das Erstbeste zu sagen, das einem in den Sinn kam.

Das fand Holger wohl auch. Jedenfalls warf er mir einen vorwurfsvollen Blick zu. »Um Himmels willen! Nelleke doch nicht. Sie ist – war – viel zu jung für so was. Sie war ja noch jünger als ich.«

Alles klar. Ich schenkte mir den Kommentar, dass auch junge Leute – und jüngere Menschen als Holger – einen Schlaganfall erleiden konnten.

»Ich …« Theo räusperte sich. Der arme Kerl. Seine Mutter war gestorben, sein Vater tot, und wir stritten uns hier über das geeignete Alter zum Sterben. Verlegen rückte ich ein Kissen zurecht.

»Ich muss dann mal wieder.« Theo strich sich über die Oberschenkel, machte aber keine Anstalten zu gehen. Bestimmt grauste es ihm davor, allein zu sein. Ob er wohl verheiratet war?

Verstohlen schaute ich auf seine Hände. Ein dicker Siegelring, der so gar nicht zu ihm passte. Na ja, der nicht zu dem zehnjährigen Theo gepasst hätte, aber seitdem waren ja auch fünfundzwanzig Jahre vergangen.

Ich riss mich zusammen und lächelte ihn an. »Du kannst gern noch bleiben. Oder jederzeit rüberkommen, wenn dir danach ist.«

Das brachte ihn zum Aufstehen.

Wie er so dastand, erinnerte er mich an den kleinen Jungen von damals. Den Kopf gesenkt, die Hände hinter dem Körper, damit sie sich dort heimlich Halt geben konnten – genau die Pose hatte er angenommen, wenn er etwas ausgefressen hatte. Theo hatte eine fatale Neigung zum Geständnis gehabt, was mir so manches – aus meiner Kindersicht völlig unnötige – Problem beschert hatte. So genial er im Austüfteln unserer Streiche gewesen war, irgendwann hatte ihn immer die Reue gepackt.

Ich zählte innerlich bis drei. Auf die Sekunde genau hob er den Kopf, ließ die Hände zur Seite gleiten und sah meinen Onkel an. Gespannt beugte ich mich vor.

»Ihr habt doch einen Schlüssel für unser Haus. Kannst du mir den leihen?« Jetzt kamen die Hände nach vorn, und er spielte mit dem Siegelring.

»Ja klar.« Holger klopfte seine Hosentaschen ab. »Hm, da ist er nicht. Wo habe ich den denn hingetan?«

»In den Schlüsselfänger?« Ich sah Richtung Diele. Auch wenn sie noch nicht lange hier wohnten, hatten sie doch bestimmt einen von Gittis Schlüsselfängern angebracht. So nannte sie ihr Schlüsselaufhänger-Kunstwerk, das sie auf Märkten verkaufte. Auch bei meinen Eltern hing ein solches Teil, eine Art Fischernetz, nur in Klein, mit Haken für die Schlüssel. Das Netz war um ein Stück Treibholz drapiert, das an der Wand befestigt wurde. Im und am Netz hatte Gitti unzählige Muscheln fixiert, was dazu führte, dass man die Schlüssel kaum fand.

»Kannst du mal gucken?« Theo ließ den Ring um den Finger kreisen, als wäre es ein Hula-Hoop-Reifen. Wenn auch ein sehr enger. »Ich kann meinen nicht finden, und ich muss mich doch um alles kümmern.«

Ich warf Holger einen fragenden Blick zu und interpretierte sein Brummen als Zustimmung. Gefolgt von Theo ging ich in die kleine Diele. Der Schlüsselfänger hing neben der Garderobe über dem Schuhschrank. Allerdings konnten weder Theo noch ich den richtigen Schlüssel entdecken. Nachdem wir jede Muschel mindestens dreimal umgedreht hatten, erklärte ich die Suche für beendet.

»Wenn Gitti zurück ist, frage ich sie danach.« Ich drehte mich zu Theo. »Gibst du mir deine Nummer? Dann ruf ich dich an.«

Sofort nestelte er sein Smartphone aus der Brusttasche seines Hemdes, und wir tauschten unsere Kontakte aus. »Wo steckt denn deine Tante? Am Strand?«

»Vermutlich. Sie ist bestimmt bald wieder da.« Und zwar ganz bald, hoffte ich. Langsam machte mir ihre Abwesenheit wirklich Sorgen.

Theo öffnete die Tür, wandte sich noch mal kurz um. »Du rufst mich an, ja?«

Ich versprach es und sah ihm nach, wie er zum Haus seiner Mutter ging. Rettungs- und Notarztwagen waren inzwischen verschwunden. Aber die Polizei war nebenan noch zugange. Ins Haus durfte Theo jedenfalls nicht, sosehr er auch auf den Türsteherbeamten einredete.

Kein gutes Zeichen. Wenn die Polizei sich so intensiv für Nellekes Tod interessierte, hieß das, dass sie ein Verbrechen nicht ausschließen konnte.

Nachdenklich betrachtete ich das Nachbarhaus. Wer hätte Nelleke umbringen sollen? Eine fröhliche, offenherzige Frau. Manchmal vielleicht etwas zu laut und zu direkt. So jedenfalls hatte ich sie in Erinnerung. Eine ganz normale Frau. Und das hier war wirklich keine Gegend, in der Mörder herumliefen.

Wohl aber Fischer. Ein bärtiger Mann, der zwar weder Gummistiefel noch Gummihosen trug, dafür jedoch eine Mütze, die dem Käpt'n eines Kutters alle Ehre gemacht hätte, trat von der Straße her auf Theo zu. Wie Käpt'n Iglo sah er aus. Nur in grimmig. Als wollte er Theo an Ort und Stelle zusammenschlagen. Wenn nicht schon Polizei da gewesen wäre, hätte ich sie glatt gerufen. Der Typ gestikulierte zum Haus hin und redete auf Theo ein. Als der Streifenpolizist neugierig zu ihnen schaute, zog er Theo ein paar Schritte weg. Wieder fuchtelte er wütend mit den Händen rum.

Hatte Nelleke irgendwelche Rechnungen nicht bezahlt? Als den Besucher, mit dem sie friedlich die Muscheln gegessen hatte, konnte ich ihn mir jedenfalls nicht vorstellen.

Endlich rührte sich Theo. Auch er deutete zum Haus.

Käpt'n Grimmig sah ihn ungläubig an und brach in lautes Gelächter aus. Fehlte nur noch, dass er sich auf die Schenkel klopfte vor Freude. Ganz anders als Theo. Der stand da wie ein Spieler im WM-Finale nach einem verschossenen Strafstoß.

Ich wollte schon zu ihm rauslaufen, um ihn zu trösten, als ein weiterer Mann auftauchte. Ein gut aussehender Typ, der auch einer dieser niederländischen Fußballgötter hätte sein können,

Patrick Kluivert oder Memphis Depay, lief an den Autos vorbei und eilte auf Theo zu. Einer seiner Freunde? Oder ein Bekannter Nellekes?

Fußballgott umarmte Theo und schirmte ihn von Käpt'n Grimmig ab. Der winkte ab, schaute noch mal zu Nellekes Haus rüber und trollte sich. Fußballgott legte den Arm um Theos Schulter und brachte ihn zu seinem Wagen. Es war gut, dass er sich um ihn kümmerte. So etwas sollte niemand allein durchstehen müssen.

Apropos allein.

Wo zum Teufel steckte Gitti?

3

Genogramme – genograms

Montagabend

Um Holger auf andere Gedanken zu bringen, packte ich mein Genogramm von der Familienaufstellung aus. Wir konnten ja schlecht den ganzen Abend hier sitzen, der Sonne beim Untergehen zusehen, den Mond anheulen und auf ein Lebenszeichen von Gitti warten.

Ihre zeeländischen Bekannten hatten wir alle abtelefoniert. Meine heimlichen Anrufe in den Krankenhäusern auf Walcheren hatten zu nichts geführt, in diesem Fall war ich froh über das negative Ergebnis. Zur Polizei wollte Holger nicht, zumal die Frist für die Aufgabe einer Vermisstenanzeige ja noch nicht erreicht war. Mit Mühe hatte ich ihn vorhin wenigstens dazu gebracht, ein *rozijnenbroodje* mit Senf und Käse zu essen, aber danach saßen wir da und wussten nicht, was wir noch tun konnten. Ich wollte ihn schon zu einer Yogastunde überreden, als mir meine Familienaufstellung wieder einfiel. Er war bestimmt eher dazu bereit, ein paar Fragen zu meinen Eltern zu beantworten, als sich im herabschauenden Hund von Gitti erwischen zu lassen.

»So ein Genogramm macht man zur Vorbereitung«, erklärte ich und schlug mein Heft vor ihm auf. »Der Kreis mit dem Punkt in der Mitte bin ich. Das Quadrat und der Kreis darüber sind Vater und Mutter. Und du bist das Quadrat gleich daneben.« Gittis Kreis übersprang ich. Vielleicht war es doch keine gute Idee gewesen, mit dem Genogramm anzufangen. Ich sah zu Holger.

Der bemerkte meinen Blick und brummelte. »Sieht aus wie ein Stammbaum. Warum muss man dafür gleich wieder einen neuen Namen erfinden, den keiner versteht?«

»Na ja.« Ich betrachtete das Schaubild. »Da sind schon noch

ein paar zusätzliche Informationen drin. Siehst du hier die kurze gestrichelte Linie vom Vaterquadrat zu diesem Fremdkreis?«

»Nein, dazu bräuchte ich meine Lesebrille, aber ich glaub dir, dass sie da ist.« Er sah nicht mal auf mein Heft. Fehlte nur noch, dass er zur Fernbedienung griff und mich aus- und stattdessen den Fernseher einschaltete.

Einatmen, ausatmen, ruhig bleiben. Holger hatte gerade erst eine Leiche gefunden, und seine Frau war verschwunden. Da war es nachvollziehbar, dass ihn gestrichelte Linien und komische Kreise wenig interessierten. Aber ich ließ nicht locker.

»Das stellt einen Seitensprung dar«, sagte ich.

»Was? Wie bitte?« Entsetzt stierte er mich an.

Wow! Mit so einem durchschlagenden Erfolg hatte ich nicht gerechnet.

»Du weißt doch, dass mein Vater was mit einer anderen hatte.« Ich wich seinem Blick aus und schob das Heft zurecht, sodass es bündig mit der Tischkante abschloss. »Du kannst ruhig darüber reden. Nur weil Papa es nicht zugeben will und Mama es totschweigt, heißt das ja nicht, dass wir alle so tun müssen, als wäre nichts gewesen.«

»Wann soll denn das gewesen sein?« Holger fuhr sich mit beiden Händen über den Kopf. »Ich weiß jedenfalls nichts davon.«

»Ist schon eine Weile her. Und ja, es ist ihre Sache, aber ich verstehe einfach nicht, warum Mama immer alles mit sich machen lässt.« Meine Stimme klang selbst in meinen Ohren ziemlich pampig. Irgendwie hatte ich gedacht, dass ich mittlerweile souveräner mit dem Thema umgehen könnte. Ich schielte zu Holger.

Er rieb sich die Schläfen. »Ach, Freddie.«

Sofort fühlte ich mich wie ein kleines Mädchen. Ich setzte mich aufrecht hin, was nur dazu führte, dass ich mir stattdessen wie eine Schullehrerin vorkam. War es denn so schwer, einfach ich selbst zu sein?

»Wir müssen noch den Schlüssel suchen.« Holger hatte eindeutig kein Interesse an meiner Einführung in die Familienaufstellung.

Ich seufzte. Dann nickte ich. »Lass uns logisch vorgehen.«
Jetzt seufzte er.

»Hast du den Schlüssel vielleicht bei Nelleke liegen lassen? Vielleicht ist er dir aus der Hand gefallen, als du sie zusammengekrümmt auf dem Boden gesehen hast?«

Er winkte ab. »Nein, ich habe ihn doch benutzt, um den Notarzt ins Haus zu lassen.«

»Und danach? Hast du ihn stecken lassen?«

Holger schloss die Augen, öffnete sie wieder. »Nein, ich glaube nicht. Ich habe ihn abgezogen und in die Hosentasche gesteckt.«

Ich guckte zum Sofa. »Vielleicht ist er dir ja beim Schlafen herausgerutscht. Mach mal Platz.«

Gehorsam rutschte Holger zur Seite.

Eifrig machte ich mich an die Suche, rückte die Kissen beiseite – und tatsächlich, da lag er. Ich hob den Schlüssel mit dem Muschelanhänger, in dem ein N stand, hoch und hielt ihn Holger hin. »Ist er das?«

»Das gibt's doch nicht.«

Zufrieden grinste ich ihn an. »Logisches Denken. Hilft immer. Ich lege ihn neben das Telefon. In Ordnung?«

Holger nickte.

Ich stand auf, trat an das Sideboard und platzierte den Schlüssel neben den Apparat. Ein Zettel lugte unter dem Gerät hervor. Ich zog ihn raus. »Brauchst du den noch?«

Erst nach der Frage schaltete ich. Das war doch Gittis Handschrift.

»Hatte eine Eingebung für die Installation. Muss alles noch mal ändern. Werde wohl Tag und Nacht dran arbeiten müssen. Hoffentlich wird es rechtzeitig fertig.«

Das war ja wieder typisch. Wenn Gitti in einer kreativen Phase war, gab es kaum etwas Wichtigeres für sie. Die Anekdotensammlung, wen sie deswegen schon alles versetzt hatte, wurde von Jahr zu Jahr länger. Allerdings kam bislang noch kein Todesfall darin vor.

Ich reichte Holger den Zettel und ließ mich neben ihm aufs

Sofa fallen. »Ist der von heute? Woran arbeitet sie denn gerade? Und vor allem wo?«

Holger setzte sich seine Lesebrille auf.

»*We are family*«, drang es erst leise, dann immer lauter aus der Küche. Mein Handy.

Ich sprang auf und düste rüber. Das war bestimmt Miriam. Ohne hinzusehen, wischte ich über das Display.

»Hey, Miri!«

»Hallo, Freddie? Julian Doorn hier.«

Unsere Radtour, verflixt, die hatte ich völlig vergessen.

»Entschuldige, dass ich störe. Ich hatte eine Nachricht geschickt, weil ich es nicht rechtzeitig schaffe für unsere *Fiets*-Tour, und wollte fragen, ob wir uns stattdessen zum Essen treffen wollen. Alles okay bei dir?«

»Jein.« Ich rieb mir den Nacken. »Ich musste mich um meinen Onkel kümmern.«

»Geh nur«, rief Holger aus dem Wohnzimmer.

Verflixt, ich hatte das Gespräch in der Eile laut gestellt.

»Einen Moment«, sagte ich zu Julian und eilte ins Wohnzimmer. »Bist du sicher, dass ich dich allein lassen kann?«

»Hau schon ab.« Holger wedelte mit der Hand, als könne er mich nicht schnell genug loswerden. »Ich weiß ja nun, dass Gitti in Bruinisse ist. Und bevor du mir noch weiter was von Genogrammen erzählst …« Er zwinkerte mir zu.

»Aber du rufst mich an, wenn was ist.«

»Jawohl, meine Gnädigste, und ab sofort will ich dich hier nicht mehr sehen.«

Ich zögerte noch einen Augenblick, aber Holger schaltete den Fernseher an. Auch wenn er so tat, als wäre er wieder ganz der Alte, mir konnte er nichts vorspielen. Allerdings half es ihm wohl auch nicht, wenn ich den ganzen Abend neben ihm auf dem Sofa saß und ihn zur Familie ausfragte.

So lange dauert ein Essen ja auch nicht, beruhigte ich mein schlechtes Gewissen. Das besiegelte es. Ich sagte Julian zu, lief nach oben und sprang unter die Dusche.

Pünktlich um Jetzt-ist-Abend-und-ich-habe-Zeit rief Miriam per Videocall an und wollte mit mir die Familienaufstellung durchgehen. Ich war gerade dabei, mich für das Abendessen mit Julian anzuziehen. Wenn ich ihr jetzt erzählte, dass nebenan die Polizei in einem Todesfall ermittelte, würde ich heute nicht mehr wegkommen. Also erwähnte ich nur, dass ich mit Julian zum Essen verabredet sei.

»Hey, du triffst dich mit dem Hoofdinspecteur?«

Ich musste nicht auf das Display sehen, um zu wissen, dass Miriams Lächeln den kleinen Bildschirm des Smartphones sprengte. Das hatte mir noch gefehlt, dass sie wer weiß was in das Treffen hineininterpretierte. Murmelte sie etwa gerade »Wusste ich es doch«? Ich warf einen Blick auf das Handy.

Miriam nickte zufrieden. »Ich glaube, er ist genau das, was du momentan brauchst.«

»Miri, ich brauche keinen Mann. Und im Augenblick schon gar nicht.« Ich stöhnte und fischte ein T-Shirt aus meiner Tasche.

»Ach, Süße, du willst doch weg von deinem Schwarz-Weiß-Denken. Man kann auch einfach mal einen schönen Abend mit einem Menschen haben, Spaß haben, ja, auch ein bisschen flirten, wenn es sich ergibt. Lass mal los. Plan nicht alles durch. Du wolltest doch was ändern. Raus aus dem Kopf, rein ins Herz.«

Ja schon, aber. Die drei Worte lagen mir auf der Zunge, ich glaube, sie hatten sich dort schon eingeprägt, doch ich konnte sie gerade noch zurückhalten. Miriam hatte recht. Ich wollte meine Muster durchbrechen. Und es war ja auch nicht so, dass ich mich nicht mit Julian treffen wollte.

»Darf ich dich an letztes Wochenende erinnern?« Miriam sah mich gespielt streng an. »Genau deswegen hast du doch die Aufstellung gemacht.«

Ich hob die Hände. »Stopp. Habe ich nicht gesagt, dass ich mich mit ihm treffe? *Treffen*, das heißt hingehen und nicht absagen. Okay?«

»Solange du den Kopf mal zu Hause lässt, ja.« Miriam zwinkerte mir zu. »Frag dich einfach immer, was ich tun würde, dann wird es bestimmt ein schöner Abend.«

Ich verdrehte die Augen.

Was Miriam überhaupt nicht beeindruckte. »Der Hoofdinspecteur ist doch ein echter Leckerbissen. Und wie er sich beim letzten Mal um dich gekümmert hat ...«

»Wie ein Ermittler um seine Hauptverdächtige«, schnaubte ich. »Wenn du mich noch länger davon abhältst, mich fertig zu machen, werde ich heute Abend überhaupt niemand mehr treffen.«

»Apropos fertig machen.« Miriam deutete auf das T-Shirt, das ich immer noch in den Händen hielt, anstatt es anzuziehen. »Leg das weg und zieh was Vernünftiges an.«

»Wieso? Ich liebe das Shirt. ›Never underestimate a woman with a bicycle‹.« Ich hielt den Spruch vor die Handykamera. Dann holte ich ein anderes T-Shirt aus der Tasche. »Wie wäre es mit dem? ›Gegenwind formt den Charakter‹. Oder meinst du ›I do yoga so I won't kill people‹ wäre besser?«

»Das nennst du, dich mal anders verhalten?« Miriam tat so, als verzweifelte sie, und raufte sich die Haare. »Tu mir einen Gefallen. Kämm dich wenigstens.«

»Haha.«

Nachdem ich Miriam bei allen Meeresheiligen versprochen hatte, ihre Ratschläge zu befolgen, entließ sie mich, und ich zog mir tatsächlich keines der T-Shirts, sondern meine Lieblingsbluse an. Anschließend inspizierte ich Gittis Schminksachen im Bad. Meinen Eyeliner samt Lippenstift hatte ich nicht eingepackt. Wozu auch, wenn ich Onkel und Tante besuchte? Heute Abend war mir aber doch danach.

Offensichtlich hatte auch Gitti nur das Nötigste für ihr Wegbleiben mitgenommen. Ich hatte freie Auswahl, tuschte mir die Wimpern, legte Lippenstift auf und begutachtete mich im Spiegel.

Was zum Teufel machte ich hier eigentlich? Nachher dachte Julian noch, ich wolle was von ihm!

Hastig zerrte ich ein Kosmetiktuch aus dem Spender und wischte mir damit über den Mund. Prompt ärgerte ich mich über mich selbst. Durfte man sich nicht mal für sich selbst schön machen? Ich tat es für mich, nicht für irgendeinen Kerl, und damit basta.

Erneut zog ich meine Lippen nach. Dann lief ich die Treppe hinunter, winkte Holger noch mal zu und verließ das Haus.

Um mich zu erden, aber auch, um die Nordsee zu begrüßen, fuhr ich extra einen kleinen Schlenker und reihte mich in die Kolonne ein, die über den Deich rollte. Der weite Blick, das Rauschen der Brandung im Ohr, die vielen Wohnmobile und Wagen auf dem »Autostrand«, der kleine Leuchtturm, die Angler, die in Grüppchen zusammenstanden, und dann die Sonne, die sich langsam in den Außenspiegel senkte – all das wirkte besser, als jede Beruhigungspille es jemals könnte. Und leider auch besser als jede Romantikpille – Miriam hatte wirklich ganze Arbeit geleistet. Es kribbelte in meiner Magengrube. Ganz sicher der Hunger.

In Middelburg parkte ich den Wagen mitten in der Stadt am Dam und kam mir zwanzig Jahre jünger vor. Beinahe so, als wäre ich wieder fünfzehn und würde mich gleich mit einem süßen Jungen treffen. Daran war einzig und ausschließlich Miriam schuld.

Ich schob die Brust vor und marschierte Richtung Yachthafen. Zuerst ging es ein Stück den Buitenhaven entlang, der hier so schmal war, dass er an die Grachten in Amsterdam erinnerte. Nur dass an den Seiten jede Menge Boote ankerten. Hinter dem Yachthafen überquerte ich auf einer schmalen Klappbrücke die Stelle, an der der Binnenhaven in den Buitenhaven mündete.

Von hier aus konnte ich das Restaurant schon sehen. »'t Packhuys« befand sich in einem der schmalen Giebelhäuser, die hier Seite an Seite das Hafenbecken säumten. Hoffentlich war es nicht so ein piekfeines Teil. Immerhin gehörte wohl auch eine Terrasse direkt am Wasser dazu. Zögernd näherte ich mich. Doch meine Nervosität legte sich schnell.

Wie schafften die Holländer es nur, dass ich mich bei ihnen immer sofort wohlfühlte? Nicht zu schick und nicht zu schäbig, Strandgutdeko, gemütliche Korbstühle – wenn auch noch das Essen schmeckte, würde ich mir den Namen des Lokals merken.

»Freddie!« Mit ausgebreiteten Armen kam Julian von der Terrasse her auf mich zu. Sofort flatterten meine Nerven – auf eine gute Art. Aber definitiv Teenager-Modus. Wie am Mittag trug er eine graue Anzughose und ein blaues Hemd. Nur das Jackett fehlte. Jeans kamen ihm wohl tatsächlich nicht in den Kleiderschrank.

Immer gut gekleidet und dazu noch echt gut erzogen. Bestimmt würde er mir auch aus meinem Mantel helfen, wenn ich einen tragen würde … Ich grinste und hoffte, dass mein Grinsen nicht so idiotisch aussah, wie es sich anfühlte.

»Gut hergefunden?« Er lächelte mich an. Dieses Lächeln wirkte wie Sonnenlicht, das auf einer ruhigen Nordsee schimmerte.

Mann, Miriam hatte mich echt auf das falsche Programm gesetzt. Rasch nickte ich und sah mich um.

»Ich habe uns schon mal einen Tisch auf der Terrasse gesucht. Dahinten.« Er zeigte auf eine der Ecken direkt am Wasser. »Ist dir das recht?«

Fast musste ich lachen. Ich glaube, ob mir ein Tisch recht sei, hatte mich noch nie jemand gefragt. Ich stimmte zu, und wir gingen hinüber, wo er mir die Platzwahl überließ. Wirklich sehr gut erzogen.

Ich entschied mich für den Korbstuhl mit Sicht auf die Brücke. Julian setzte sich übereck.

»Schade, dass es mit unserer Tour nicht geklappt hat, aber dein Tag ist ja wohl auch etwas anders gelaufen als geplant. Geht es deinem Onkel wieder besser?«

»Ich denke schon.« Bevor ich weitererzählen konnte, trat die Bedienung an den Tisch.

Gleich beim Angebot des Tages blieb ich hängen. Muscheln. Sofort lief mir das Wasser im Mund zusammen. Ich liebte *Zeeuwse mosselen*, und bei Holger und Gitti würde ich keine bekommen. Nach dem, was nebenan passiert war, erst recht nicht.

Ein wenig komisch war mir schon, als ich zur Tafel mit dem Tagesangebot hindeutete. Aber wer wusste schon, woran Nelleke gestorben war. Selbst wenn die Miesmuscheln schlecht gewesen waren, so sprach das doch dafür, dass diese hier es nicht waren. Rein statistisch gesehen. Und überhaupt. Heute konnte mir nichts den Abend verderben, ich würde ihn genießen, komme, was wolle. Ich lächelte Julian zu, und er bestellte.

»*Twee maal mosselen. Een keer met friet en een keer met stokbrood.*« Fragend sah Julian mich an. »Wollen wir Fritten und Baguette teilen? Und dazu einen Weißwein?«

»Gern.«

Wenig später waren wir mit Getränken, jeweils einer Auster als Appetithappen und einem *jonge jenever* aufs Haus versorgt.

Julian hob sein Glas. »Auf einen entspannten Abend.«

Das hoffte ich ebenfalls, auch wenn ich beim Anblick seiner Augen schon wieder Herzklopfen bekam. Was war nur los?

Ich stieß mit ihm an, kippte das Zeug in einem Zug runter und fing prompt an zu husten, weil es mir fast die Kehle verbrannte. Bevor Julian noch auf die Idee kam, mir auf den Rücken zu klopfen, wandte ich mich der Auster zu. Die konnte eigentlich auch als Getränk durchgehen – als isotonisches. Intensiv betrachtete ich die glibberige Masse in der Schale vor mir und tunkte dann vorsichtig die Zunge hinein.

»Und? Schmeckt's?« Julian hatte seinen Genever ungetrunken weggeschoben, seine Auster hingegen schon geleert und beobachtete mich.

»Hat ein bisschen was von Salzwasser mit Zitrone.« Ich nahm einen großen Schluck, nein, Schlürfer. Dann war auch meine Auster leer. »Hat gar nicht wehgetan.«

Er lachte. »Wie sieht es mit Kaviar und Schnecken aus?«

Ich verzog das Gesicht. »Ich bin wohl eher ein Pommes- und *Pannenkoeken*-Gourmet.«

Darauf stießen wir mit dem Wein an.

»*We are family …*«

»Tut mir leid. Da muss ich mal schnell rangehen. Vielleicht ist es mein Onkel.« Klirrend setzte ich das Glas ab und kramte nach meinem Smartphone.

»Hallo?«

»Freddie? Theo hier.«

»Hi, Theo.« Entschuldigend lächelte ich Julian zu und kämpfte mich aus dem Korbstuhl. »Du, ich bin gerade unterwegs.«

»Oh, sorry.«

»Kein Problem.« Ich machte ein paar Schritte vom Tisch weg. Du liebe Güte, was war mit meinen Knien los? Die fühlten sich so glibberig an, wie die Auster geschmeckt hatte. »Rufst du wegen des Schlüssels an?«

»Ja, tut mir leid, wenn ich nerve. Es würde mich einfach beruhigen, wenn ich wüsste, dass ich ins Haus kann.«

»Kannst du. Wir haben ihn gefunden. Ruf morgen an, bevor du ihn holen kommst, damit auch jemand da ist.«

»Alles klar. Bis dann.« Er legte auf.

Ich konnte ihn verstehen. Wenn meine Mutter gerade gestorben wäre, würde ich mich garantiert auch mit irgendwelchen immens unwichtigen Dingen beschäftigen und nicht eher Ruhe geben, bis ich sie geklärt hatte. Nur um mir dann die nächste Nichtigkeit zu suchen, die mich auf andere Gedanken brachte.

Unwillkürlich schüttelte ich mich. Dann warf ich einen Blick zurück zum Tisch und zu Julian. Ich hatte wirklich ein Mordsglück mit meiner heutigen Ablenkung. Bei der sollte ich mich nicht mehr stören lassen. Durch gar nichts. Das Leben war kurz.

Als ich zurück zum Tisch ging, war das merkwürdige Glibbergefühl in meinen Knien immer noch da. War das der Genever oder Julian? Letzterer wartete schon mit zwei großen dampfenden Muscheltöpfen. Dazu einer Schale mit Fritten und einem Korb mit Baguette.

Ich rieb mir den Bauch. »Mmh, das sieht so aus, als könnte ich satt werden.«

»Nur zu.« Julian rückte die Schale mit den Pommes näher zu mir. »*Eet smakelijk.* Ich mag Menschen, die einen ordentlichen Appetit haben.«

Wie meinte er das denn wieder? Hilfe, hatte nicht jemand

eine Ausgabe von »Flirten für Dummies« parat? Und wo war mein Telefonjoker? Schließlich war Miriam daran schuld, dass ich heute Abend kopflos unterwegs war.

Julian sah mich immer noch an und schien auf irgendetwas zu warten.

Ich merkte, wie mir die Farbe in die Wangen stieg, murmelte »Danke gleichfalls«, beugte meinen inzwischen bestimmt rosaroten Kopf über den Topf und schnappte mir eine Muschel. Dann war ich erst mal froh, dass ich keine Zeit mehr zum Reden hatte. Und nicht aufsehen musste. Muschelessen erforderte schließlich Konzentration.

Mit einem leeren Schalenpaar, das ich wie eine Zange benutzte, klaubte ich eine Muschel nach der anderen aus ihrer Behausung und erhöhte den Schalenberg stetig. Schließlich war auch die letzte geschafft, und ich hatte mich wieder im Griff. Ich war hier, um mit einem Freund, na ja, einem Bekannten, zu Abend zu essen. Das und nichts anderes wollte ich genießen.

Ich nahm einen Schluck Wein, angelte mir noch ein Stück Brot, tunkte es in den Sud und schob es mir in den Mund. »Mmh. *Lekker!*«

Julian deutete auf die Frittenreste. Ich schüttelte den Kopf. Also vertilgte er sie.

»Das muss morgen ein wahnsinnsgutes Wetter geben.« Ich lächelte ihn an. »Sagt man das in Holland auch?«

Er nahm das letzte Stück Brot. »Sogar in den Niederlanden.«

Lachend hob ich die Hände. »Verflixt. Ich wollte doch nicht mehr Holland sagen. Außer wenn ich tatsächlich in der Provinz Holland bin, versteht sich. Vielleicht sollten wir eine Hollandkasse einführen.«

Er hob die Augenbrauen und sah mich fragend an. Sprechen ging wohl gerade nicht, denn gut erzogen, wie er war, redete er natürlich nicht mit vollem Mund.

»Immer wenn ich Holland falsch verwende, muss ich einen Euro in die Kasse zahlen.« Ich dachte kurz nach. »Damit es sich lohnt, zahle ich auch für jedes Hollandklischee.«

»Okay.« Julian streckte die Hand aus. »Zwei Euro bitte.«

»Einen.« Ich hob mein Glas. »Der Wein wirkt zwar schon, aber zählen kann ich noch.«

»Ach, meintest du tatsächlich nur Klischees über Holland und nicht die Niederlande?« Erneut zog Julian seine Augenbrauen hoch, aber das Glitzern in seinen Augen verriet ihn.

»Wir sammeln«, schlug ich vor, »und gehen davon am Ende der Woche noch mal essen.«

»Wozu die Kasse als Ausrede? Einladen kannst du mich auch so.«

Wir lächelten uns an, und wieder kribbelte es in meinem Bauch. Verdammt, er war aber auch …

In diesem Augenblick trat eine Kellnerin an unseren Tisch und fragte, ob es noch etwas sein dürfe. Mir war klar, dass es keine gute Idee war, noch ein Glas Wein zu bestellen, schließlich spürte ich das erste – und den Genever – schon ordentlich, aber ich brauchte etwas, um dieses klitzekleine Bauchkribbeln zu beruhigen. Also bestellte ich eines. Im Gegensatz zu mir schien Julian nun einfaches Wasser zu genügen.

Als die Kellnerin gegangen war, fanden seine Augen meine, und ich erwiderte den Blick. Seiner war schön offen. Ich atmete wohlig durch und hielt weise meinen Mund.

Bis die Getränke kamen, übten wir uns in einvernehmlichem Schweigen. Es klappte ganz gut. So gut sogar, dass ich letztlich doch froh war, als die Kellnerin meinen Wein brachte, denn das Bauchkribbeln musste unbedingt gestoppt werden, es breitete sich schon bis zu den Wangen aus.

Ich trank einen Schluck und ließ den Wein dann im Glas kreisen. »Wie kommt es eigentlich, dass du so gut Deutsch sprichst?«

»Meine Mutter ist Deutsche. Ich bin aus Slenaken. Das liegt zwischen Maastricht und Aachen.«

»Oh, das kenne ich. Die *Provinz* Limburg«, ich betonte »Provinz« absichtlich ein wenig mehr, »ist eine tolle Ecke zum Rennradfahren. Ganz wunderbar. Das Amstel Gold Race. Fehlen dir die Berge hier nicht?« Was redete ich da nur?

»Berge? Und das aus dem Mund einer Deutschen?« Er lachte.

»Als Junge habe ich die Hügel gehasst. Zumindest, solange ich noch kein Moped hatte.«

»Leben deine Eltern noch da?« Fast hätte ich vorgeschlagen, dass wir uns dann ja auch dort mal zum Radfahren verabreden könnten. Dabei hatten wir unsere Tour hier noch nicht einmal gemacht.

Während er von seinen Eltern erzählte, entstand in mir das Bild eines glücklichen älteren Ehepaars. Sein Vater und seine Mutter waren einander bestimmt nicht fremdgegangen so wie meine Eltern. Warum mussten Beziehungen nur immer so schwierig sein? Besonders meine? Oder war ich diejenige, die es kompliziert machte? War ich tatsächlich zu verklemmt, wie Miriam immer behauptete?

Egal, wie vorsichtig und langsam man an so eine Beziehung ranging, voraussehen, was passierte, konnte man eh nicht. Von daher ergab es vielleicht wirklich keinen Sinn, zu viel darüber nachzudenken … Was, wenn ich einfach mal etwas anders machte als sonst? Raus aus dem Kopf und rein ins Herz.

Und wenn Julian verheiratet war? In eine Ehe wollte ich auf keinen Fall einbrechen – und sie killen schon gar nicht. Sobald ich es wusste, würde sich alles andere schon ergeben.

Plötzlich kam mir eine Idee, wie ich herausfinden konnte, ob er liiert war. Ich nippte an meinem Glas und lächelte ihn an. Mit seinem Wasser prostete er mir zu.

Jetzt war die Gelegenheit. »Lust auf ein weiteres Diagramm?«

Julian nickte. In seinen Augen funkelte Neugier.

Rasch zog ich einen Stift aus meinem Rucksack und zeichnete ein Genogramm für ihn. Ich malte ein Quadrat in die Mitte einer Serviette und machte einen Punkt hinein. »Das steht für dich. Hast du Geschwister?«

»Zwei Schwestern, einen Bruder.«

»Ihr wart zu viert? Wie schön. Ich wollte auch immer Geschwister, aber meine Eltern waren schon ziemlich alt, als sie mich bekommen haben.« Dummerweise machte der Wein mich redselig. Dabei wollte ich doch etwas über ihn erfahren. Ich biss mir auf die Unterlippe und konzentrierte mich auf das

Diagramm. Sorgfältig zeichnete ich Vaterquadrat und Mutterkreis, zwei Schwesternkreise und ein Bruderquadrat. »Frau oder Kinder?«

Ich hielt den Blick starr auf die Serviette gerichtet und hoffte, dass mein Kopf nicht so glühte, wie es sich anfühlte. Immerhin war es hier nicht heller geworden. Das musste doch heißen, dass er maximal zartrosa leuchtete.

»Beides.«

Ich hob den Kopf und sah Julian an.

Der lächelte und sprach weiter. Bis er merkte, dass ich ihn nicht mehr hören konnte. Nur allmählich wurde das Rauschen in meinen Ohren leiser, und ich vernahm wieder die Stimmen um uns herum. Und dann seine. Sie klang besorgt. »Ist dir nicht gut?«

»Doch, doch.« Hastig trank ich einen Schluck Wein. »Mir war gerade nur so … warm. Wo waren wir stehen geblieben? Eine Frau und«, ich räusperte mich, »wie viele Kinder?«

»Zwei Kinder und eine Ex-Frau.« Sanft nahm er mir den Stift aus der Hand und zeichnete einen Mädchenkreis und ein Jungenquadrat für die Kinder, gefolgt von einem Ehefrauenkreis, den er ausstrich. »Wie auch immer man Ex-Frauen zeichnet.«

Ich atmete durch und schaute zu den Yachten, die ruhig auf dem Wasser lagen. Ab und zu plätscherten kleine Wellen gegen den Kai, dann schaukelten die Boote sacht. Ich wandte mich wieder Julian zu. »Wie alt sind denn deine Kinder?«

»Beinahe zehn, wie sie nicht müde werden, mir täglich zu versichern.«

»Och, süß … Hast du ein Foto?«

»Klar.« Er holte sein Smartphone aus der Hosentasche, entsperrte es und hielt mir das Display hin. »Kim und Joordy.«

Das Foto zeigte zwei Blondschöpfe, die am Strand hockten und Grimassen schnitten, was den Hund neben ihnen offenbar dazu animierte, ihre Gesichter abzuschlecken.

»Sie sehen so aus, als hätten sie es faustdick hinter den Ohren.« Ich deutete auf den Hund. »Und das ist?«

»Muschel.«

»Im Ernst?« Ich warf Julian einen überraschten Blick zu.

Er hob die Hände. »Zwei gegen einen. Ich hatte keine Chance.«

»Wohnen sie bei dir?«

»Nein, aber ich habe eine Einliegerwohnung auf dem Hof meiner Ex. Eigentlich eine zur Ferienwohnung umgebaute Scheune. Bislang funktioniert es so ganz gut.«

»Sorry.« Die Bedienung trat an den Tisch und sah entschuldigend von mir zu Julian. »Kann ich bei euch auch kassieren?«

Er nickte, holte sein Portemonnaie aus der Hosentasche und gab ihr seine Karte.

»Oh nein, ich mach das. Ich habe schließlich ›Holland‹ gesagt.«

»Gern.« Er lächelte mich an. »Beim nächsten Mal?«

Fast hätte ich »Wann?« gefragt. Aber, hey, das würden wir schon noch klären. Und wenn wir dafür noch ein paarmal hin- und herschreiben mussten – umso besser.

»Ich glaube, ich sollte besser nicht mehr mit dem Auto fahren. Sonst bekomme ich womöglich Ärger mit dir.« Ich grinste ihn an und fummelte mein Smartphone aus dem Rucksack, um nachzuschauen, wann der nächste Bus nach Westkapelle fuhr.

»Nichts da. Ich fahre dich nach Hause.«

Er war wirklich so was von einem Kavalier. Richtig oldschool. Nachdem die Bedienung mit seiner Karte zurück war, half er mir sogar aus dem Korbstuhl heraus. Ich nutzte die Chance und hakte mich bei ihm unter.

»Wo hast du geparkt? Wenn du mir den Schlüssel gibst, kann ich dir den Wagen morgen vorbeibringen.«

Den Wagen morgen vorbeibringen. Im Geist wiederholte ich den Satz. Er hörte sich gut an, fand ich. Besonders das »morgen«. Ich erklärte Julian, wo das Auto stand, und gab ihm den Schlüssel.

Wir erreichten seinen Wagen. Natürlich öffnete er mir die Tür und half mir hinein. Innen roch es nach Hund. Ich guckte mich um. Auf der Rückbank lagen ein Comicheft, eine Trinkflasche, die Überreste eines Müsliriegels. Sah es so aus, wenn man Kinder hatte? Roch es so?

Auf einmal überkam mich die Sehnsucht nach seinem Geruch. Dieser Geruch, bei dem ich das Gefühl hatte, ich könnte ihn mein Leben lang einatmen, ohne jemals ausatmen zu wollen.

Julian stieg auf der Fahrerseite ein, und ich drehte mich ihm zu, kuschelte mich in den Sitz.

Amüsiert sah er mich an. »Was?«

Ich schob meine Hand vor, legte sie auf seine. »Danke für den schönen Abend.«

»Ohne dich wäre er nur halb so schön geworden.« Sacht strich er mit dem Daumen über meine Finger. Warm rieselte es durch mich hindurch. Ich beugte mich zu ihm vor und drückte ihm einen Kuss auf die Wange. Gleich darauf spürte ich seine andere Hand in meinem Nacken, spürte, wie er mich zu sich zog, bis unsere Lippen sich berührten. Sanfte Wärme, ich öffnete meine Lippen leicht, fühlte, wie er das Gleiche tat – ich versank …

Drei Ewigkeiten später lösten wir uns aus dem Kuss. Mein Herz hüpfte. Meine Wangen brannten. Einerseits von seinen Bartstoppeln, andererseits, weil mein Gehirn wieder einsetzte.

Julian sah mich an und lächelte. Ich lächelte zurück und war sofort wieder raus aus dem Kopf, ganz im Herz. Dann zog er langsam seine Hand aus meiner.

»Brauchst du dein Auto gleich morgen früh?« Er startete den Motor, warf mir einen warmen Blick zu und fuhr langsam los.

»Wahrscheinlich habe ich viel zu tun.« Wieder wandte er sich zu mir, und neben der Wärme lag Bedauern in seinem Blick.

Ich hatte meinen Kopf gegen die Kopfstütze gelehnt und drehte ihn nun zur Seite. »Ein Fall?«

»Ja, aber nicht so aufregend wie bei deinem ›Tatort‹-Kommissar.« Kurz wandte er den Blick von der Straße und lächelte mir wieder zu. Gut, dass ich saß, mir wurde schon wieder weich in den Knien. War ganz schön viel am Lächeln, der Kerl.

»Ich fand den Mord in der Yogaburg auch anders als die im Fernsehen. Es war schlimm und unwirklich zugleich.«

»Schlimm sind gewaltsame Tode immer.« Er beschleunigte.

»Andere auch. Glücklicherweise ist das hier aber eigentlich eine friedliche Gegend.«

»Du kennst das Problem mit ›eigentlich‹?« Träge schaute ich auf die dunkle Landstraße. »Eigentlich sagt nie die Wahrheit.«

Julian lachte leise. »Wie gut, dass ich Eigentlich nicht vernehmen muss.«

Ich kicherte. »Arbeitest du gern bei der Polizei?«

»Na klar. Da lernt man immer so nette Leute kennen.«

Außerhalb der Stadt war es dunkel im Wagen, aber ich hätte schwören können, er grinste mich an.

Ein Lichtstrahl glitt über uns hinweg. Ich beugte mich vor. »Der Leuchtturm. Wir sind schon da.«

»Wo musst du hin?«

Ich lotste Julian zum Haus von Holger und Gitti. Im Unterschied zu den Nachbarhäusern brannte überall das Licht. Hatte Holger befürchtet, ich würde es sonst nicht wiederfinden?

Kopfschüttelnd löste ich den Gurt. »Vielen Dank fürs Fahren.« Ich drehte mich zu Julian.

Der sah mich nicht an und sprang auch nicht aus dem Auto und eilte darum herum, um mir hinauszuhelfen, sondern betrachtete stirnrunzelnd das hell erleuchtete Haus. War er ein Stromsparfanatiker? Ging Romantik mit ihm nur im Dunkeln? Das war doch meine Rolle. Aber davon würde ich mir den schönen Abend nicht vermiesen lassen. Ich war ganz im Herz. Und vielleicht auch ein bisschen beschwipst. Von beidem war ich jedenfalls zu voll, um mir Gedanken zu machen. Was mir zur Abwechslung gar nicht schlecht gefiel.

Achselzuckend stieg ich aus und beugte mich runter zum Seitenfenster. »Bis morgen. Du meldest dich, wenn du Zeit für unsere Tour hast?«

Er nickte. Dann lächelte er doch noch. Breit und warm. *»Goedenacht.«*

Tag 2 – Hängekulturen

Hängepartie. Die Muschel haftet an langen, strumpfförmigen Netzen. So bekommt sie mehr Sonne ab und ist zudem völlig sandfrei.

4

Püppchen – poppetjes

Dienstagmorgen

»*Goedenacht.*«
Konnte man mit ein und demselben Wort einschlafen und wieder aufwachen? Ja, man konnte.

Ich tastete nach meinem Smartphone. Vielleicht hatte Julian ja schon angerufen. Oder mir einen »*Goedemorgen*«-Gruß geschickt.

Warum sollte er?

Warum nicht?

Kaum hatte ich die Augen aufgeschlagen, lief auch mein Gehirn wieder los. Kopf gegen Herz. Endlich bekam ich mein Handy zu fassen.

Drei neue Nachrichten.

Mein Lächeln wurde so breit wie der Strand von Vrouwenpolder, und der rühmte sich, zu den breitesten von Zeeland zu gehören. Der Hoofdinspecteur war echt süß. Wahrscheinlich wollte er sich für den schönen Abend bedanken. Oder sich erkundigen, ob es mir gut ging.

Ging es, ja, danke der Nachfrage. Im Geist sann ich schon auf eine witzigere Antwort als diese und öffnete meinen Messenger.

Alle drei Nachrichten kamen von Miriam.

»Und, wie war's?« Gestern Abend um kurz nach elf.

»Seid ihr etwa noch weg?« Dicker fetter Grinse-Zwinker-Smiley. Drei Herzchen. Küsschen.

Heute Morgen um halb acht: »Erzähl schon!« Hundert Ausrufezeichen.

Schnell tippte ich »Es war«, wusste dann aber nicht weiter. Ein einfaches »schön« würde Miriam nicht genügen, nur was sollte ich mehr schreiben? Dass wir uns gut unterhalten hatten und er mich sogar nach Hause gebracht hatte? Ach ja, und dass ich ihn geküsst hatte? Ich ihn und er mich. Es war schön gewesen, so ganz im Herz. Mal nicht zu denken. Das wollte ich noch ein wenig länger haben. Weshalb ich eben nicht daran denken wollte, geschweige denn darüber reden. Dann wäre mein Kopf nicht rauszuhalten, doch der sollte diese Woche ruhig mal Urlaub machen.

Ich gähnte und sah auf die Handyuhr. Es war erst kurz vor acht, also eigentlich noch gar nicht Tag. Kein Wunder, dass Julian sich noch nicht gemeldet hatte. Kavalier, der er war, wollte er mich garantiert ausschlafen lassen, und er hatte ja auch gesagt, dass es mit dem Autotransfer spät werden könne. Bevor ich den gestrigen Abend sezieren und mit Zweifeln zerstören würde, stand ich lieber auf.

Ein lautes Ding-Dong half mir dabei. Die Türklingel. Um acht Uhr. Auf die Minute genau. Hatte da jemand beschlossen, dass das eine Uhrzeit war, zu der anständige Menschen auf den Beinen zu sein hatten? Wenn es Theo war, der so früh schon den Schlüssel holen wollte, würde ich ihn … nun ja … würde ich ihm lächelnd den Schlüssel geben.

»Komme«, rief ich, schlüpfte in Jogginghose und T-Shirt und machte, dass ich nach unten kam und die Haustür öffnete.

»*Goedemorgen!*« Zoe Vermeer, Julians supereffiziente Inspekteurin, stand da und hielt mir meinen Autoschlüssel entgegen. »*Met groetjes van de hoofdinspecteur.* Das Auto steht an die Straße.«

»Oh, super, vielen Dank. Ist Julian auch hier? Wollt ihr einen Kaffee zum Dank fürs Bringen?« Ich spähte an ihr vorbei. Selbstverständlich war er nicht da. Sonst hätte er ja selbst an die Tür kommen können.

Vermeer musterte mich.

Schlagartig wurde mir bewusst, dass mein Outfit eine entfernte Ähnlichkeit mit einem Schlafanzug hatte und ich obendrein ungeduscht war. Rasch nahm ich den Schlüssel an mich. »Ermitteln Sie in der Gegend, oder sind Sie extra meinetwegen hergefahren?«

»Dazu kann ich nichts sagen.« Vermeer wandte sich ab.

»Soll ich Sie nach Middelburg fahren? Oder laufen Sie zurück?«

Doch die Inspekteurin war schon unterwegs und hörte mich offenbar nicht mehr.

Ich zuckte mit den Achseln. Sie würde schon wissen, was sie tat. Im Gegensatz zu mir. Sollte ich Julian anrufen und mich für die zeitige Autoüberführung bedanken? Nein, besser, ich schrieb ihm nachher eine Nachricht. Die konnte er beantworten, wenn es bei ihm passte. Und ich konnte vorher in aller Ruhe darüber nachdenken, was ich ihm schreiben wollte. Wobei … ich wollte doch raus aus dem Kopf. Keine Grübelei, einfach Urlaub machen und die Woche hier genießen.

Frisch geduscht und einen Kaffee später klopfte ich an Holgers Schlafzimmertür. Ich hatte mir überlegt, nach Bruinisse zu radeln und Gitti zu holen. Da musste ihre Arbeit an der Kunstinstallation mal eine kleine Pause einlegen. Schaden konnte das nicht, im Gegenteil, das erhöhte gewiss die Kreativität. Holger würde sich bestimmt freuen, und ich hatte ein herrliches Ziel für eine erste Radtour. Ein bisschen Training vor dem Ausflug mit dem Hoofdinspecteur konnte nicht schaden.

Hörte ich da ein leises Brummen, das als »Ja« gelten konnte? Behutsam öffnete ich die Tür.

»Guten Morgen«, sagte ich leise in den dunklen Raum und bekam ein erneutes Brummen zur Antwort. »Wollen wir zusammen frühstücken?«

Dieses Mal blieb das Brummen aus. Wahrscheinlich hatte er die Nacht schlecht geschlafen und brauchte heute Morgen noch länger als sonst, um wach zu werden.

»Holger«, flüsterte ich, dabei wollte ich doch, dass er mich hörte, und fuhr daher etwas lauter fort. »Ich fahre nach Bruinisse zu Gitti. Wo genau finde ich sie denn dort?«

»Im Hafen. Muscheln. Vor dem Hafen«, murmelte Holger und drehte sich auf die andere Seite.

»Danke, dann schlaf noch etwas.« Sachte schloss ich die Tür. Die Aufforderung setzte er sofort in die Tat um. Wahrscheinlich war er gar nicht richtig wach gewesen. Jedenfalls hörte ich sein Schnarchen schon, bevor ich meine Fahrradklamotten ausgepackt hatte.

Nachdem ich sie angezogen hatte, schrieb ich ihm einen Zettel, den ich neben die Kaffeemaschine legte. Das schien mir ein besserer Platz als neben dem Telefon. Dann füllte ich meine Trinkflaschen, stopfte Handy und Portemonnaie in die Trikottaschen und machte mich auf den Weg, um das Rad auszuladen.

Wenn ich denn mein Auto finden würde! Wo zur Muschel hatte Vermeer es bloß abgestellt? Ich war garantiert schon einen Kilometer in die eine und einen in die andere Richtung gegangen. Von meinem Auto keine Spur.

Ich ging weiter bis zur nächsten Querstraße. Da hinten leuchtete es blau. Na super. Weiter weg hätte sie den Wagen wohl nicht parken können.

Schnell holte ich das Rad aus dem Kofferraum, spannte die Laufräder ein und freute mich auf die Tour nach Bruinisse. Zu schade, dass das dortige Fisch- und Muschelfest im Juli war.

Aber auch wenn ich die *Visserijdagen* verpasst hatte, war das Muscheldorf auf Schouwen-Duiveland eine Radtour wert. Zudem hatte ich ja eine Mission. Beides würde mir hoffentlich dabei helfen, den Kopf ausgeschaltet zu lassen und nicht gleich wieder über Beziehungen nachzudenken. Nicht darüber, was das gestern mit Julian gewesen war, und noch viel weniger darüber, was daraus werden könnte. Das Leben leichtnehmen. Nicht an die Familienaufstellung denken, für eine Weile die Frage vergessen, warum meine Mutter ihr Leben lang das getan hatte, was mein Vater wollte. Sogar über seine Untreue sah sie hinweg. Ich war mir sicher, dass sie von seinem Seitensprung wusste, aber sie verhielt sich wie ein kleines Kind. Was die nicht sahen, gab es nicht.

Schon fing es wieder an, in mir zu brodeln. Die Aufstellung am Sonntag hatte Gefühle geweckt, die ich lange hinter mir geglaubt hatte.

Schluss jetzt, tadelte ich mich selbst und radelte durch das noch verschlafene Westkapelle. Hinter dem Poldermuseum nahm ich die Auffahrt auf den Deich.

Auch die Nordsee schien noch zu ruhen. Glitzernd lag sie in der Morgensonne. Nur in der Brandung tanzten kleine Schaumkronen. Weiße Gischt, die sich auf dem schwarzen Basalt auflöste. Genau so würde sich auch mein Familienbeziehungsgefühlschaos auflösen.

Ich atmete tief durch und ließ die Beine kreisen. Das Pedal hochziehen, Druck darauf geben und senken. Tritt um Tritt. Wieder und wieder und wieder. Und das bei – für Nordseeverhältnisse – fast völliger Windstille.

Dank der morgendlichen Uhrzeit war auch hier kaum jemand unterwegs. Von dem ein oder anderen Läufer und Hunde-Gassi-Gänger abgesehen gehörten der Deich und das Meer mir. Selbst am kleinen rot-weißen Leuchtturm stand noch niemand für ein Foto an.

Schon sauste ich am Leuchtturm vorbei. Dann hatte der Deich sein Ende, ich rollte hinunter und radelte wenig später durch Domburg. Schnell ließ ich den Ort hinter mir. Ich beschloss, auf der Straße zu bleiben. Mit dem Rennrad war der Kies auf meinem geliebten *fietspad* durch den Wald nach Oostkapelle nicht gut zu fahren.

Ausgerechnet am Kreisverkehr, an dem es zum »ZeeOm« ging, vibrierte mein Handy. »*We are family …*«

Ich hielt an, fummelte das Smartphone aus der Trikottasche und vermied den Blick zu den Türmen des ehemaligen Yogazentrums. An den Mord wollte ich im Moment nun wirklich nicht denken.

Das Display des Handys zeigte mir, dass es Theo war, der mich anrief. Bestimmt wollte er den Schlüssel holen kommen. Sollte ich ihn vertrösten, bis ich zurück war? Holger hatte schon auf Vermeers Klingeln nicht reagiert.

Ich nahm das Gespräch an.

»*Hoi*, Freddie. Passt es, wenn ich gleich vorbeikomme und den Schlüssel hole?«

»Kannst du auch bis heute Abend warten? Ich mache einen Ausflug und weiß noch nicht genau, wann ich wieder zurück bin.«

»Ja klar. Noch eine andere Frage: War dein Onkel gestern, nein, vorgestern bei meiner Mutter?«

»Warte.« Ich runzelte die Stirn. »Du meinst, am Sonntag, an dem Tag, an dem sie gestorben ist? Keine Ahnung. Wieso?«

»Na ja, ich dachte, er könnte vielleicht …«

»Er könnte vielleicht was?«

»Sie besucht haben. Zum Muschelessen. Und mehr.«

»Holger?« Ich lachte auf. »Ganz bestimmt nicht. Er isst keine Muscheln. Genauso wenig wie Gitti. Sie liebt sie und sammelt sie, aber essen – niemals.«

Stille am anderen Ende.

»Moment mal. Was meinst du mit ›und mehr‹?« Ich umklammerte das Smartphone. »Theo?«

»Meine Mutter hatte einen … Mann.«

»Aber doch ganz bestimmt nicht Holger.«

»Ich … na ja, die Polizei sagt, sie denken, dass meine Mutter keines natürlichen Todes gestorben ist.«

»Das heißt, es war tatsächlich eine Muschelvergiftung? Hat es ihren Besucher auch erwischt?« Unwillkürlich sah ich zum »ZeeOm«, atmete durch. »Wie gesagt, Holger scheidet aus. Ihm geht es gut, er isst keine Muscheln.«

»Und er liebt Gitti«, sagte Theo, »ich wollte es dir nur gesagt haben.« Damit legte er auf.

Ja genau, und er liebte Gitti. Ich schwang mich wieder in den Sattel und wiederholte den Satz wie ein Mantra. Holger liebte Gitti, er betrog sie nicht. Nicht alle Männer betrogen ihre Frauen. Es gab auch intakte Beziehungen. Solche, die hielten, und zwar nicht, weil man sich etwas vormachte.

Ich trat fester in die Pedale, um die Gedanken zu verscheuchen. Nicht denken. Treten. Ich erhob mich aus dem Sattel, ging in den Wiegetritt und zog einen Sprint an. Wem wollte ich davonfahren? Meinen Gedanken? Oder meinen Gefühlen? Nach fünfhundert Metern ließ ich mich atemlos zurück auf den Sattel sinken. So oder so war das hier dann wohl Fahrerflucht, und die brachte niemandem was.

Als ich langsamer fuhr, wurde ich ruhiger. Die Polizei suchte nach dem Mann, der bei Nelleke zu Gast gewesen war. Weil sie befürchtete, dass auch ihm etwas zugestoßen war? Oder weil sie davon ausging, dass er bei der Vergiftung nachgeholfen hatte? Theo war überzeugt gewesen, dass Nelleke es bemerkt hätte, wenn die Muscheln schlecht gewesen wären. Also kein unglücklicher Todesfall, sondern ein Mord? Der wütende Fischer vom Vorabend fiel mir wieder ein. Der hatte gewirkt wie einer, der mit Nelleke noch ein Hühnchen zu rupfen hatte – oder ein paar Muscheln zu öffnen? Nach der Tat kehrte er zurück. Ein klassischer Fall von »den Täter zieht es zurück zum Tatort«?

Mich zog es nach Veere. Am hohen Dom vorbei rollte ich in den Ort und stoppte gleich darauf am *snoepwinkel*. Was Süßes konnte nicht schaden, und hier gab es die Bonbons noch einzeln.

Sofort fühlte ich mich wieder wie als Kind, wenn ich mit meinem Feriengeld in den Laden marschierte, mir die Leckereien genau ansah und sorgfältig auswählte. Etwas Vertrautes und etwas, das ich noch nicht kannte. So konnte ich nicht enttäuscht werden und trotzdem Neues entdecken.

Rasch hatte ich eine Tüte gefüllt und verließ den Laden wieder. Nur um kurz darauf erneut anzuhalten. Ein paar winzige Trachtenpüppchen im Schaufenster eines Andenkengeschäfts hatten meine Aufmerksamkeit geweckt. Eine Familie. Vater, Mutter, Kind. Der Vater in strengem Schwarz, die Mutter mit weißer Haube – die kleinen Holzfiguren waren wie gemacht für eine Familienaufstellung. Ich lehnte mein Rad an die Wand und betrat den Puppenladen.

Innen gab es noch mehr »*Zeeuwse poppetjes*«, wie die Püppchen in zeeländischen Trachten wohl hießen. Ich wählte einen etwas säuerlich dreinschauenden Mann, dessen Gesichtsausdruck mich gleich an meinen Vater erinnerte. Genau so sah er aus, wenn etwas nicht so lief, wie er sich das vorstellte. Und die blasse Puppenfrau dahinter als meine Mutter, immer bereit, um des lieben Friedens willen zu allem Ja und Amen zu sagen. Für mich wählte ich ein blau gekleidetes Mädchen und für Holger und Gitti ein Fischerpüppchenpaar. Mit Hilfe der Püppchen würde ich meinem Familienaufstellungsgefühlstumult den Garaus machen.

Zufrieden legte ich noch ein auffallend hübsches Frauen-püppchen für den Seitensprung meines Vaters hinzu und kurz entschlossen ein weiteres Paar mit Kind, Theo und seine Eltern, sowie ein Polizistenpuppenpaar. Nur für Jan wählte ich keine Figur aus. Da würde sich schon was Geeignetes finden. Ein herausgerissenes Blatt, ein Stein am Wegesrand … Wenn ich ihn aufstellen wollte, würde ich es tun. In der Aufstellung am Sonntag hatte ich es vermieden. Also kein Jan-Püppchen.

Nachdem ich gezahlt hatte, stopfte ich auch diese Tüte in meine große Trikottasche auf dem Rücken. Dann nahm ich Kurs aufs Veerse Meer, um mit der Fähre nach Kamperland überzusetzen. Da bis zum Ablegen noch Zeit war, machte ich es mir in einem Café am Hafen gemütlich und genoss bei einem zweiten Frühstück den Blick auf die Yachten und die Häuser mit ihren Luken und Giebeln.

Gestärkt ging ich wenig später zurück zur Fähre, war aber immer noch eine Viertelstunde zu früh. Daher setzte ich mich auf die Wiese in der Nähe des Anlegers und kippte meine *poppetjes* neben mir aus: Vater, Mutter, ich. Vaters Seitensprung. Holger, Gitti. Das Nelleke-Püppchen. Vielleicht würde Theo sich über die Figur freuen, sie sah so lebensfroh aus.

Ich schüttelte den Kopf und ließ die Figur ins Gras beißen. Warum sollte sich Theo über zeeländische Trachtenpüppchen freuen?

Warum nicht? Fragen aus, Handeln an. Getreu meines neuen Mottos, Dinge mal anders zu machen als sonst, beschloss ich, die Figuren aufzustellen. Spielerisch, in mich reinhören, den Bauch sprechen lassen.

»Möchtest du Stellvertreter für meinen Vater sein?«, fragte ich den Sauertopf-Trachtenmann.

Der antwortete mir nicht. Natürlich nicht. Ich hatte schon als Kind nie mit Puppen gespielt oder sie gar sprechen lassen. Mein Kopf mal wieder. War nicht so einfach, ihn rauszuhalten.

Ich stellte den Sauertopf-Trachtenmann zwischen die Halme und richtete ihn so aus, dass er eine herrliche Aussicht auf die

Segelboote und das glitzernde Wasser hatte. Definitiv der beste Platz. Das blasse Mutter-Trachtenpüppchen platzierte ich seitlich dazu. Sie hatte keinen Blick für die schöne Gegend, sondern passte darauf auf, dass es uns gut ging. Dass mein Vater alles hatte, was er brauchte. Dass ich ruhig spielte und nicht auf den Steg rannte. Dorthin hätte ich das Kinderpüppchen am liebsten gepackt. Als Kind wäre ich garantiert so nah wie möglich am Wasser herumgeturnt.

Zwischen meinen Vater und seine schöne Aussicht setzte ich das Seitensprungpüppchen, sodass es sich in Sichtweite von ihm in der Sonne räkelte. Auch meine Mutter hätte es sehen können. Wenn sie denn hingeschaut hätte, aber sie achtete nur auf mich und meinen Vater.

So ähnlich hatte ich auch die menschlichen Stellvertreter aufgestellt. Die hatten sich unwohl gefühlt. Mein Vater wollte näher zu mir, meine Mutter neben meinen Vater. Der Seitensprung hatte sich abgewendet und wollte nichts von meinem Vater wissen.

Ich betrachtete die Püppchen und versuchte, aus ihnen abzulesen, ob ihnen diese Konstellation tatsächlich nicht behagte. Doch sie blieben, was sie waren: Püppchen auf einer Wiese. Keine Antworten auf meine Fragen. Warum konnten es auch keine Schachfiguren sein mit klar definierten Regeln, die bestimmten, wie man sie zueinander stellen durfte?

»Hallo, Freddie.«

Das war doch Julian! Seine Stimme klang erstaunt. Auch erfreut? Mein Herz übte sich jedenfalls gerade im Hochhüpfen, während er sich wahrscheinlich darüber wunderte, was ich mit den Püppchen trieb. Verlegen hielt ich die nicht aufgestellten *poppetjes* in meiner Hand und sah auf.

Er hockte sich zu mir. »Wie geht es dir?«

Wollte er wissen, ob ich einen Kater hatte? Oder meinte er es so, wie er es sagte?

Ich blickte direkt in seine Augen. In ein Grau, in dem keine falsche Note war, kein falscher Ton.

Unsere Hände berührten sich. Sanft strichen seine Finger

über meine, und dann – hielt plötzlich er die Püppchen in der Hand und betrachtete sie.

»Lass mich raten. Du willst dich bei einer zeeländischen Trachtengruppe bewerben und überlegst, welches Modell dir am besten steht.«

Ich schüttelte den Kopf.

»Du kannst keinem Sonderangebot widerstehen, selbst wenn es nichts zu essen ist.«

Meine Mundwinkel zuckten, aber ich blieb ernst.

Er zog die Augenbrauen hoch.

Hatte ich das noch vor Kurzem arrogant gefunden? Jetzt hätte ich ihm am liebsten … Halt! Atmen und im Augenblick bleiben. OM.

»Eine schlimme Puppensucht, die im Abklingen ist, denn die Puppen sind klein, was Anlass zur Hoffnung gibt.«

»Dreimal falsch. Und du willst Polizist sein?« Ich grinste ihn an. »Dabei ist es doch ganz einfach. Ich brauchte Gesellschaft, nachdem deine Inspekteurin keinen Kaffee mit mir trinken wollte.« Mist, das hörte sich laut ausgesprochen gar nicht mehr witzig an.

Julian runzelte die Stirn. »Mit dem Wagen alles in Ordnung?«

»Ja, danke.« Ich räusperte mich und nickte zu meinem Rennrad. »Das Training läuft. Ich bin bereit für ein Gegenwindrennen.«

»Tut mir leid, aber ich fürchte, das müssen wir zurückstellen, solange die Ermittlungen laufen.« Er hielt mir die Püppchen hin.

»Welche Ermittlungen?« Ich warf Julian einen fragenden Blick zu. »Oh nein, sag nicht, du untersuchst den Tod von Nelleke! Du hast doch behauptet, bei euch passieren nicht so viele Morde. Immer nur wenn ich auftauche, oder was?« Verdammt. Ich biss mir auf die Zunge.

Der Hoofdinspecteur zuckte nicht einmal mit den Augenbrauen.

Dass der Typ auch immer so ruhig bleiben musste, brachte mich auf die Palme. Bis ich in seine Augen sah. Dieses weiche Grau holte mich sofort wieder runter.

»Sie ist also tatsächlich umgebracht worden?« Ich deutete auf das Nelleke-Püppchen, das er mir zusammen mit den anderen hinhielt.

»Sie?« Er guckte auf die *poppetjes*, musterte sie, dann mich.

Ich spürte, wie mein Gesicht glühte, als wollte es sich als Zündkopf bei einem Streichholz-Casting bewerben. Fehlte nur noch, dass jemand darüberstrich. Geständniszeit.

Ich erklärte meine Familien-Püppchen-Aufstellung. Wenn auch nicht im Detail. Wäre ja noch schöner, wenn ich Julian meinen Stellvertreter-Puppen-Eltern vorstellte.

Seine Augenbrauen senkten sich. Er schmunzelte, aber nur leicht, was ich ihm durchgehen ließ. Dann wurde er wieder ernst und schaute mich forschend an. »Was macht Nelleke in deiner Familienaufstellung? Und die Polizei?«

»Nichts. Ich habe sie ja nicht aufgestellt.« Ich nahm ihm die Püppchen aus der Hand. »Ich dachte, Theo könnte eine Aufmunterung gebrauchen. Und die Polizeipüppchen waren für dich gedacht. Zum Trost, wenn du beim Radrennen gegen mich verlierst.«

Eine Glocke läutete. Verflixt, die Fähre. Ich sprang auf und sammelte hastig die restlichen Püppchen ein, während Julian die Fähre für mich aufhielt.

»Danke.« Ich schob mein Rad und mich an ihm vorbei. Sein Geruch stieg mir in die Nase, ich hielt inne.

»Wollen Sie jetzt mit oder nicht?« Der Ticket-Kontrolleur warf mir einen ungeduldigen Blick zu.

Ich lächelte Julian noch einmal zu. »Bis bald.«

»Bis dann.« Schon halb im Gehen hob er noch einmal die Hand und eilte dann von der Anlegestelle weg.

Nicht, dass ich ein winkendes Taschentuch erwartet hätte, aber das war doch ein sehr nüchterner Abschied und wirkte nicht so, als ob er Lust auf ein baldiges Wiedersehen hätte.

5

Bruinisse

Dienstagmittag

Die Fährfahrt machte meinen Kopf wieder frei. Julian musste arbeiten. Kein Grund, etwas anderes in seine Worte hineinzuinterpretieren.

Ich atmete tief ein und genoss die frische Luft. Heute würde es noch richtig heiß werden, aber im Augenblick war es herrlich, und der leichte Wind auf dem Wasser tat ein Übriges.

Schon legte die Fähre wieder an. Ich schwang mich in den Sattel und radelte weiter. Einmal quer über Noord-Beveland zur Zeelandbrücke.

Auf der fünf Kilometer langen Brücke über die Oosterschelde ertappte ich mich dabei, wie ich vor mich hin summte. Hey, weniger Kopf, mehr Stimme. Wen störte es denn, wenn ich sang? »*Hier aan de kust, de Zeeuwse kust …*«

Ich fuhr von der Brücke und fast schon in Zierikzee ein, doch dann verkniff ich mir einen Abstecher. Vielleicht konnte ich Gitti auf dem Rückweg zu einem *Koffie-met-gebak*-Stopp in der kleinen Stadt mit den vielen wunderschönen alten Häusern überreden. Allerdings musste ich meine Tante dazu erst finden.

Immer am Wasser entlang genoss ich jeden Kilometer und rollte schließlich am frühen Mittag in den Hafen von Bruinisse. Malerische Fischkutter, Urlauber, die die Möwen – freiwillig oder unfreiwillig – mit Fisch oder Fritten fütterten, und auf dem Deich eine riesige Muschelplastik. Ein Denkmal für die Miesmuschel.

Ich grinste. Gitti fand, dass es zu schlicht gehalten sei. Ihr fehlte die künstlerische Note. Umso gespannter war ich auf ihr eigenes Werk. Ob sie tatsächlich mit Miesmuscheln arbeitete – sie, die sich doch als Herzmuschelkünstlerin bezeichnete? Sogar einen entsprechenden Künstlernamen hatte sie sich zugelegt, indem sie den »mann« aus Herzmann wegließ und das Herz zu Herzchen machte. Schon war aus Gitti Herzmann die Künstlerin Gitti van de Hartjes geworden.

Ich fuhr das Hafenbecken ab, konnte jedoch nirgends Gitti oder eine neue Muschelinstallation entdecken. Sogar in der Touristeninformation fragte ich nach, doch dort wusste niemand von einem weiteren, im Entstehen begriffenen Muschelkunstwerk. Holger hatte aber doch die Muscheln und den Hafen erwähnt.

Erneut guckte ich mich um. Auf dem kleinen Deich, der den Ort vom Hafen trennte, erspähte ich eine Bushaltestelle, vor der sich einige ältere Herrschaften fast schon häuslich niedergelassen hatten. In der Hoffnung, dass es sich um Einheimische handelte, die wussten, was im Ort los war, radelte ich nach oben und musste für das letzte Stück von der Straße hinauf mangels Weges sogar das Rad schultern. Ziemlich unpraktisch für eine Bushaltestelle, dachte ich noch, bis ich begriff, dass es gar keine war. Vollgestellt mit offenbar ausrangierten Sitzmöbeln schien es sich eher um einen Treffpunkt der Dorfältesten zu handeln. Eine nicht mehr ganz junge Frau in einem nicht mehr ganz frischen Korbstuhl betrachtete mich neugierig.

»*Goedemiddag.*« Ich grüßte und erkundigte mich in einem Deutsch-Niederländisch-Gemisch nach »*mosselen*«, »*kunst*« und der Künstlerin Gitti Herzmann, Gitti van de Hartjes.

Der Name sagte der Korbstuhlfrau zwar nichts, aber sie wusste, dass »Mosselen van der Have« im nächsten Jahr ein Jubiläum feierte.

»Van der Have« – wahrscheinlich hatte Holger gar nicht gesagt, dass Gitti im Hafen, sondern bei »van der Have« zu finden sei. Der Muschelbetrieb liege in der Nähe des Yachthafens, auf der anderen Seite der Nationalstraße. Und dann lernte ich noch, dass das Häuschen, vor dem sie saßen, ein *praathuisje* sei. Eine Hütte, wo man sich zum Quatschen traf. Wie genial war das denn?

Ich bedankte mich und radelte unterhalb der übergroßen Miesmuschel durch eine Unterführung, die mit bunten Graffitis gestaltet war. Im Vorbeifahren erkannte ich das Bild eines Fischkutters mit dem obligatorischen BRU für Bruinisse und – war das eine Meeresnixe als Gallionsfigur?

Wenig später tauchte ein großes Gebäude auf, an dem Plakate und Bilder die Muscheln aus Hänge- und aus Bodenkultur anpriesen. Alles auch zum Verkauf gleich vor Ort bei »Mosselen van der Have«.

Eine Schlange vor dem *mosselen shop* belegte, dass die Muscheln hier wohl wirklich gut waren. Ich seufzte. Ob mich die Leute vorließen, wenn ich ihnen erklärte, dass ich nur eine Frage hatte? Anstellen und Warten zählten absolut nicht zu meinen Lieblingsuntätigkeiten.

Ein scheppterndes Geräusch ließ mich zum Hafenbecken sehen. Auf einem der Fischerboote hantierte jemand herum. Wenn mich nicht alles täuschte, handelte es sich um den Mann, der Theo gestern vor Nellekes Haus bedrängt hatte. Na, wenn das keine gute Gelegenheit war, die Schlange zu umgehen und darüber hinaus herauszufinden, was der grimmige Käpt'n von Theo gewollt hatte.

Ich rollte hinunter zur Kaimauer und stieg vom Rad. »*Hoi.*«

Der Mann schaute auf. Freundlicher als am Vortag sah er nicht aus.

Da beißt doch nie ein Fisch an, wenn du so guckst, würde meine Mutter sagen. Ich nahm meinen Fahrradhelm ab, wuschelte mir durchs Haar und lächelte den Mann an. »Sagen Sie, kennen wir uns nicht? Sind wir uns nicht kürzlich im Bungalowpark in Westkapelle begegnet?«

Käpt'n Grimmig runzelte die Stirn und musterte mich. Dann winkte er ab. »*Nee,* da war ich schon ewig nicht mehr.«

»Komisch, ich hätte schwören können ... Ach, gerade fällt es mir wieder ein. Gestern habe ich Sie zusammen mit Theo gesehen. Auf der Straße. Sie schienen ganz schön wütend auf ihn gewesen zu sein.«

»'ne Familiensache.« Er schob die Hände in die Hosentaschen. »Hat sich quasi von selbst erledigt.«

Eine Familiensache, die mit beziehungsweise durch Nellekes

Tod aus der Welt geschafft worden war? Ich biss mir auf die Unterlippe. Dunkel erinnerte ich mich, dass Theos Vater aus einer Fischerfamilie stammte. Van der Have, natürlich. »Sind Sie mit Nelleke und Theo verwandt?«

»Theo ist mein Neffe.« Er kniff die Augen zusammen. »Und wer bist du?«

»Freddie, Frederike Weihs.« Ich stellte mich als Gittis Nichte vor und erfuhr von Bart van der Have, dass er der Eigentümer des Muschel- und Fischereibetriebs war, und zwar in vierter Generation. Gitti hatte er am Sonntag zum letzten Mal gesehen. Das Muschelwerk wurde ja erst zur Jubiläumsfeier gebraucht. Ein Denkmal für *de beste mosselen* aus der besten Muschelzucht. Der Stolz in seiner Stimme war nicht zu überhören, und wer nicht wusste, was Stolz mit einer Brust anstellte, der brauchte sich bloß ihn anzuschauen. Was Popeye mit seinen Armmuskeln machte, vollbrachte er mit seiner Brustmuskulatur.

Ich grinste und hoffte, dass es als anerkennendes Lächeln durchgehen würde. Begeistert erzählte Bart von Tauen und Seilen, von Miesmuscheln, die daran hafteten und im Dunkeln glitzerten, in einem Netz aus Schweiß und harter Arbeit. Wie Gitti Letzteres visualisieren wollte, war mir schleierhaft, was daran liegen konnte, dass mir jeglicher Sinn für Kunst fehlte. Zu schade, dass das Werk bis zur Enthüllung streng geheim war. Käpt'n Grimmigs Beschreibung hatte mich neugierig gemacht, aber er ließ sich nicht erweichen. Geheim war geheim.

»Arbeitete Nelleke auch an dem Kunstwerk mit? Vielleicht an seiner Präsentation?« Ich wusste, dass sie ab und zu Werbeflyer gestaltet hatte. Vielleicht hatte sie mit ihrem Entwurf aber nicht den richtigen Ton getroffen oder ihn herumgezeigt, wo doch noch niemand etwas sehen sollte?

»Nelleke?« Barts Gesicht verfinsterte sich schneller, als ein Gewitter an der Nordsee aufziehen konnte.

»Mein Onkel meint, dass sie an einer Muschelvergiftung gestorben ist. Und das ausgerechnet an Muscheln, die von hier stammten.« Ich nickte zum Gebäude hin.

»Nie im Leben.« Bart knurrte, dass mir angst und bange wurde. »Diese Frau will wohl auch noch nach ihrem Tod Ärger machen.«

Hilflos spielte ich an dem Verschluss des Fahrradhelms herum.

»Über Tote soll man nicht schlecht reden, aber was Gutes fällt mir beim besten Willen nicht ein.« Bart funkelte mich an. »Sie hat meinen Bruder auf dem Gewissen. Ist doch nur gerecht, dass sie dafür bezahlen musste.«

Man konnte sagen, was man wollte, aber der Typ war direkt.

Nun schüttelte er den Kopf und machte eine ausschweifende Armbewegung zum Wasser hin. »Woran sie auch immer gestorben ist, ganz bestimmt nicht an meinen Muscheln. Die sind gut, hörst du. Eins-a *kwaliteit*. Sie sind viel zu gut für diese Frau, ist das klar?«

Ich nickte. »*De beste van de wereld.*«

Ups, hatte ich das etwa laut gesagt?

Bart kniff die Augen zusammen und warf mir einen finsteren Blick zu. Dann lachte er plötzlich. »Das sind sie. Darauf kannst du Gift nehmen.«

Was ich nicht vorhatte.

Schöne Grüße an Gitti gab er mir noch mit, bevor er seine Arbeit wieder aufnahm. Dann war ich Luft für ihn und sah zu, dass ich Land gewann. Dieser Mensch machte aus seinem Herzen wirklich keine Mördergrube.

Zurück im Hafen versorgte ich mich erst einmal mit einer Cola. Anschließend fingerte ich mein Smartphone aus der Trikottasche und rief Holger an, um ihn zu fragen, an welchen Orten Gitti noch an Muschelkunstwerken arbeitete. Da sie nicht hier war, musste sie in ihrer Nachricht eine andere Installation gemeint haben.

Es dauerte lange, bis Holger endlich ans Telefon ging. Lag er etwa immer noch im Bett?

»Freddie?« Seine Stimme klang eigenartig belegt. Hätte ich ihn lieber nicht allein lassen sollen? »Ich kann im Moment nicht mit dir sprechen. Die Polizei ist da.«

»Sie haben dich doch gestern schon befragt, oder nicht?«

»Ja schon. Du, ich muss Schluss machen. Sie wollen das Haus durchsuchen.«

»Wie bitte?«

Er hatte aufgelegt. Verdammt. Was war da los? War die Muschelvergiftung etwa doch nicht die Todesursache oder zumindest nicht auf schlechte Muscheln zurückzuführen? Vermuteten Julian und Vermeer, dass jemand nachgeholfen hatte, und suchten nun nach dem Gift? Doch wieso sollte sich das bei den Nachbarn befinden? Bei Holger und Gitti? Dachten sie, der Mörder habe bei Nellekes Nachbarn Spuren hinterlassen?

Ich drückte auf Wahlwiederholung, ließ es endlos klingeln, aber Holger nahm nicht noch mal ab. Sollte ich Julian anrufen? Aber würde er mir was sagen, am Telefon, womöglich Vermeer neben ihm?

Egal. Einen Versuch war es wert. Seine Karte steckte noch in meinem Portemonnaie. Ich tippte die Privatnummer ein und landete auf der Mobilbox. So viel dazu.

Nach einem letzten vergeblichen Versuch bei Holger schwang ich mich aufs Rad. Meine Sommer-Sonne-Ausflugs-Laune vom Morgen war verflogen. Zurück würde ich den direkten Weg nehmen. Und in die Pedale treten, was das Zeug hielt.

Ich holte tief Luft und raste los.

Gehörte es in so einem Fall zur Routine, dass die Nachbarhäuser durchsucht wurden? Oder gab es konkrete Spuren, die auf Holgers und Gittis Grundstück wiesen? Hatten sie einen Durchsuchungsbefehl? Oder hatte Julian meinen gutmütigen Onkel überrumpelt? Holger war eh schon fertig mit den Nerven. Und ich auch, wenn ich nicht bald erfuhr, was los war.

6

Gold – goud

Dienstagnachmittag

Endlich kam Westkapelle in Sicht. Ich nahm nicht gleich die erste Auffahrt auf den Deich, sondern blieb auf dem Radweg neben der Straße. Dort gab es weniger Touristen, das hieß weniger Ausweich- und Überholmanöver, höheres Tempo.

Die ganze Fahrt über hatte ich mit Achtsamkeitssprüchen versucht runterzukommen. HAM SA SO SAM. Es war, wie es war. Ändern konnte ich auf die Entfernung eh nichts an dem, was in Westkapelle passierte. Die Unruhe war allerdings ein Superantrieb. Ein garantiert nicht nachweisbares Dopingmittel, auf dessen Wirkung ich gern verzichtet hätte. Damit und mit Hilfe des Windes, der aufgekommen war und mir erstaunlicherweise den Rücken stärkte, schaffte ich die Strecke in unter zwei Stunden. Wahnsinn! Wenigstens etwas.

Bei den ersten Häusern des Ortes stoppte ich, schulterte mein Rad und nahm die Treppe vom Deich zu dem Weg, der hinter den Gärten entlangführte. Unten stieg ich wieder auf und in die Pedale. Letzter Sprint für heute.

Hinter Holgers und Gittis Grundstück bremste ich ab, schwang mich vom Rad und lief die letzten Schritte mit dem Rad neben mir über die Wiese zum Gartentor.

»Holger?« Ich drückte das Tor auf und lehnte mein Rennrad gleich an die Schuppenwand.

»Freddie?«

Doch es war nicht mein Onkel, der aus Gittis Atelier trat, sondern Julian. Er runzelte die Stirn und wirkte alles andere als erfreut über meinen Anblick.

»Wonach sucht ihr?« Kampfeslustig schob ich mein Kinn vor. »Muss ich mir Sorgen machen?«

Ruhig und ernst sah er mich an. Mein Herz hämmerte gegen

meine Rippen und würde sie garantiert brechen, wenn er nicht bald etwas sagte.

»Ich denke, wir haben gefunden, was wir gesucht haben.«

»Na, dann ist der Spuk ja jetzt vorbei.« Ich unterdrückte das »Oder?«, das mir auf der Zunge lag, und nestelte am Verschluss des Fahrradhelms herum. Zu fragen, was sie gefunden hatten, schenkte ich mir ebenfalls. Das würde er mir eh nicht verraten.

»Ich fürchte nicht.« Julian räusperte sich. »Wir müssen mit deinem Onkel allein sprechen. Können wir das hier tun? Oder sollen wir ihn lieber auf die Wache einladen?«

»Wieso? Holger hat bestimmt nichts mit Nellekes Tod zu tun.« Endlich sprang der Verschluss auf. Ich nahm den Helm ab und wuschelte mir durch die Haare. »Ist sie vergiftet worden?«

»Das darf ich dir nicht sagen.«

»Will der Täter etwa meiner Tante oder meinem Onkel den Mord anhängen?« Ich sah zum Haus. »Wo ist Holger? Geht es ihm gut?«

Julian nickte. »Meine Kollegin kümmert sich um ihn.«

War das Trost oder Drohung? Ich hängte den Helm an den Lenker und folgte Julian zur Terrasse. Dort öffnete er die Tür und bat Holger zum Schuppen. Mit hängenden Schultern trat mein Onkel nach draußen.

Als er mich sah, hellte sich seine Miene auf. »Hast du sie gefunden?«

»Nein.« In der Annahme, dass er Gitti meinte, schüttelte ich bedauernd den Kopf.

Schon drängte sich Zoe Vermeer zwischen uns. »Herr Herzmann, kommen Sie bitte?«

Die drei gingen zum Schuppen und blieben davor stehen. Ich hatte mich noch nicht auf einen der Gartenstühle gesetzt, da legte die Inspekteurin schon mit den Fragen los, effizient wie immer. Zum Glück. Denn so konnte ich mithören.

»Herr Herzmann, Sie haben gesagt, dass Ihre Frau in die Atelier an ihre Kunst arbeitet.« Vermeer deutete auf den Schuppen. »Hat außer Ihnen beide noch jemand Zugang dazu?«

Auch von hinten konnte ich erkennen, dass mein Onkel hilf-los die Schultern hob.

»Schließen Sie den Schuppen immer ab?«

»In der Regel schon. Auf jeden Fall, wenn wir nicht da sind, und selbstverständlich über Nacht.«

Ich biss die Zähne zusammen. Am liebsten hätte ich Vermeer erklärt, dass dies ein Schuppen und kein Hochsicherheitstrakt war. Selbst wenn Gartentor und Schuppen abgeschlossen wa-ren, hielten die Schlösser jemand, der reinwollte, nicht ernsthaft auf.

»Treten Sie doch bitte mal ein«, forderte die Inspekteurin Holger auf.

Gefolgt von Julian gingen die beiden in den Schuppen. Prompt waren die Stimmen nur noch gedämpft zu hören. Ich spähte zum Fenster. Holger ließ sich an Gittis Werkbank nieder. Vermeer und Julian waren nicht zu sehen.

Ich stand auf, schlich mich näher heran und hockte mich unterhalb des Fensters ins Gras.

»Das ist eines ihrer Lieblingsstücke«, hörte ich Holger sagen. Seine Stimme klang rau. »Bei jeder Serie hat sie eines, das für sie ganz speziell ist. Manchmal ist es das erste, auch wenn es vielleicht nicht sonderlich geglückt ist. Manchmal eines, das besonders gut gelungen ist.«

Vorsichtig hob ich den Kopf und schaute durch die Scheibe. Mein Onkel hielt eine Brosche in der Hand. Wenn ich es richtig sah, war das eines von Gittis Goldstücken. So nannte sie ihre in Gold eingefassten Muscheln. Vor einiger Zeit hatte sie eine Schmuckphase gehabt, aber die war inzwischen vorbei, soweit ich wusste.

Vermeer trat zu ihm. Sofort kauerte ich mich wieder zusam-men. Warum interessierte sie sich für Gittis Goldstücke? Als schmuckaffin schätzte ich sie wirklich nicht ein. Fast musste ich grinsen. Die Inspekteurin mit der goldenen Muschel.

Erneut linste ich ins Schuppeninnere. Vermeer stand neben Holger und nahm eine Metallkiste aus dem Schrank, öffnete sie und deutete auf eine kleine dunkle Flasche. »Was ist das?«

»Zyankali«, antwortete Holger, ohne zu zögern. »Das braucht meine Frau zum Vergolden.«

Ich ballte die Hände. Zyankali, verdammt. Sie dachten doch wohl nicht, dass Gitti das Gift unter Nellekes Miesmuscheln gemischt hatte?

»Ich weiß gar nicht, ob da überhaupt noch welches drin ist«, hörte ich meinen Onkel sagen.

»Genug, um es untersuchen zu können.« Die Inspekteurin klang unbeeindruckt. »Wir brauchen dann noch Ihre Fingerabdrücke und die von Ihrer Frau. Wo ...«

»Das Zeug ist alt«, unterbrach Holger sie. »Gitti arbeitet schon länger lieber nur mit dem, was sie am Strand findet.«

»Das werden wir dann ja sehen.«

Ich hob den Kopf und spähte durchs Fenster. Vermeer stand seitlich davon und schaute über Holgers Kopf hinweg zur anderen Seite des Schuppens, wo sich vermutlich Julian befand. Jedenfalls erklang seine Stimme von dort.

»Können wir gleich hier Ihre Fingerabdrücke nehmen, Herr Herzmann? Oder wollen Sie mit Ihrer Frau gemeinsam nach Middelburg auf die Polizeistation kommen?«

Holger blieb still. Er massierte sich den Nacken, als ob er Kopfschmerzen hätte.

»Woher hat Ihre Frau das Zyankali eigentlich?« Wieder Julian.

Langsam ließ Holger die Hände sinken. Er richtete sich auf und drehte sich zu Julian.

»Ich möchte gestehen«, sagte er so leise, dass ich erst dachte, ich hätte mich verhört. Aber dann sprach er weiter. »Ich habe Nelleke umgebracht.«

»Hast du nicht!« Entsetzt sprang ich auf und stürzte in den Schuppen. »Du warst doch völlig fertig, als du sie gefunden hast. Mensch, Holger, was erzählst du da? Was ist denn los mit dir?«

Am liebsten hätte ich ihn an den Schultern gepackt und geschüttelt, damit er wieder klar im Kopf wurde. Doch die Einzige, der eine Hand auf die Schulter gelegt wurde, war ich.

»Verlässt du bitte den Schuppen, Freddie?« Julian hob zwar

die Stimme am Ende des Satzes, aber das war weder Frage noch Bitte. Das war ein Befehl.

»Aber das Geständnis ist doch ein Witz! Das meint er ja nicht ernst.«

Julian verstärkte den Druck auf meine Schulter.

»Lass gut sein, Kind.« Holgers Hand berührte meine. Er strich kurz mit dem Daumen über meinen Handrücken, so wie er es früher immer gemacht hatte, wenn er mich trösten oder beruhigen wollte. Dann sah er Julian an. »Ich weiß nicht, wie das geht, aber ich hätte gern einen Anwalt.«

Julian nickte. »Natürlich. Wenn Sie bitte mitkommen würden? Wir führen das Gespräch wohl besser auf dem Präsidium weiter.«

Dann sah er mich an. Traurig, mitleidig, böse? Ich konnte seinen Gesichtsausdruck nicht deuten, und ich wollte es auch gar nicht. Wortlos zwängte ich mich an ihm vorbei aus dem Schuppen. Und wusste schon im Garten nicht mehr, wohin mit mir. Ich wollte raus, weg, fort aus dem bizarren Possenspiel, das hier aufgeführt wurde. Eine Farce, die nur Sinn machte, falls Gitti die Mörderin wäre. Aber das konnte Holger doch nicht im Ernst glauben.

Als die Prozession aus Julian, Holger und Vermeer durch den Garten zum Haus schritt, wurde es noch unwirklicher. Die Inspekteurin trug die Kiste mit dem Zyankali-Fläschchen wie eine heilige Monstranz vor sich her. Jetzt gingen sie ins Haus. Gleich würden sie es auf der anderen Seite wieder verlassen.

Ich rieb mir die Augen. Das war doch kein Spuk hier. Mit großen Schritten jagte ich ihnen nach.

»Kann ich meinen Onkel noch mal sprechen? Bitte, es dauert auch nicht lang.«

Julian hatte die Haustür erreicht und zögerte. Er wandte sich zu mir um, aber es war Holger, der den Kopf schüttelte. »Es ist schon in Ordnung, Freddie. Gibst du Gitti Bescheid?« Dabei sah er mich eindringlich an.

Als ich nickte, öffnete er die Haustür und trat auf die Straße, als wollte er zum Bäcker gehen, um Rosinenbrötchen zu holen.

Er ging. Einfach so.

Ich biss mir in die Wangen.

Aber wie hieß es so schön? Kein Nachteil ohne Vorteil. Wenigstens wusste ich nun mit Sicherheit, dass Nelleke vergiftet worden war, und zwar mit Zyankali.

Ich kam mir vor wie ein Wackeldackel. Nur dass ich, anstatt permanent zu nicken, den Kopf schüttelte. Holger log, um Gitti zu schützen. War er am Vortag gar nicht so sehr von Nellekes Tod erschüttert gewesen, sondern von der Angst, dass Gitti etwas damit zu tun haben könnte? Was für einen Grund hätte sie haben sollen, Nelleke umzubringen? Sie hatte ihr sogar Muscheln aus Bruinisse mitgebracht. Das machte man doch nicht, wenn man jemand loswerden wollte. Es sei denn, man brauchte die Muscheln als Mordwaffe.

Wusste Holger, wo Gitti war, und hatte mich absichtlich auf die falsche Fährte gesetzt? Oder hatte Gitti Holger nicht verraten wollen, wo sie sich aufhielt? Doch warum hatte sie dann überhaupt einen Zettel geschrieben? Gab es auch in dieser Beziehung Geheimnisse, die dazu geführt hatten, dass die beiden jetzt in einen Mordfall verwickelt waren? Warum log mein grundehrlicher Onkel? Machte denn hier jeder dem anderen etwas vor?

Frustriert starrte ich in den Spiegel in der Diele. Fragen, nichts als Fragen. Für die Antworten brauchte ich Holger – oder Gitti. Wo in aller Welt steckte die Frau?

Eine Dusche später hatte ich eine vorläufige To-do-Liste erstellt.

Erstens: Eltern anrufen.

Meine Mutter sollte wissen, dass ihr kleiner Bruder behauptete, seine Nachbarin umgebracht zu haben. Wenn jemand es schaffte, Holger wieder zur Vernunft zu bringen, dann sie. Ihr konnte er nichts vormachen, und abspeisen lassen würde sie sich auch nicht. Einmal große Schwester, immer große Schwester. Auch wenn ich es nicht mochte, dass man aus den Familienrollen nur schwer herauskam, so fand ich es in diesem Fall doch nützlich.

Zweitens: Nachbarn befragen.

Gitti und Holger hatten garantiert eine Feier zum Einzug veranstaltet. Was die Geselligkeit betraf, konnten sie problemlos mit den Niederländern mithalten. Weshalb sie sich hier so wohlfühlten. Auf dem Fest hatten sie bestimmt auch von Gittis Kunstwerken erzählt.

Ich änderte zweitens in nulltens. Wenn ich Gitti schnell fand, konnte ich meinen Eltern zusammen mit der schlechten Nachricht vielleicht auch schon Fakten präsentieren, die Holgers Geständnis relativierten.

Mit neuem Mut marschierte ich nach draußen und klingelte bei den Nachbarn auf der anderen Seite.

Eine Frau radelte heran. Die gut gefüllten Packtaschen deuteten darauf hin, dass sie vom Einkaufen kam.

Ich grüßte und stellte mich vor.

»Ah, Freddie.« Sie lachte mich an. »Dein Onkel und dein Tante haben erzählt, dass du kommst. Sind sie nicht da?«

»Nein, Gitti arbeitet an einer Kunstinstallation. Ich weiß nur leider nicht, wo.« Fragend sah ich sie an.

Sie schüttelte den Kopf, winkte zur anderen Straßenseite, wo eine Frau aus dem Haus trat, und erklärte ihr auf Niederländisch, wer ich war und dass ich Gitti suchte. Ob Roos nicht wisse, wo sie sei.

»*Goedendag*«, grüßte auch ich Roos, die über die Straße zu uns rüberkam.

»Holger ist von der Polizei abgeholt worden.« Sie rieb sich die Unterarme, als wäre ihr kalt. »Das muss man sich mal vorstellen – und ich habe noch mit ihm auf den Notarzt gewartet. Direkt neben ihm habe ich gestanden. Es ist so schrecklich. So schrecklich ist das.«

»Ach, ich glaube, das ist alles nur ein Missverständnis.« Ich zuckte mit den Achseln und versuchte, so entspannt wie möglich zu wirken und auf diese Weise meine Worte zu untermauern.

»Ich weiß nicht.« Skeptisch legte Roos den Kopf zur Seite. »Bei Nelleke ging es in letzter Zeit doch zu wie in einem Taubenschlag. Ein Kerl nach dem anderen war da, und immer hat sie die Vorhänge zugezogen. Das macht man doch nicht, wenn man nichts zu verbergen hat.«

»Na komm.« Fahrradfrau stellte ihr Rad ab. »Wer ist denn schon groß bei ihr gewesen?«

»Hast du das etwa nicht bemerkt? Ich konnte wegen der Gardinen nicht genau sehen, wer es war, aber normal war das nicht. Und dann der Streit mit Gitti …« Roos warf Fahrradfrau einen bedeutungsschweren Blick zu. »Den hast du aber mitbekommen, oder?«

»Worum ging es denn in dem Streit?« Fragend sah ich von einer zur anderen.

»Also ich habe nichts bemerkt. Wenn ich sie in die Garten gehört habe, haben sie genauso geplaudert wie sonst auch.« Fahrradfrau nickte mir zu. »Ich muss leider. Die hungrige Meute wartet. Viel Glück noch bei die Suche nach dein Tante.« Sie nahm die Einkäufe aus den Packtaschen und verschwand ins Haus.

»Ihr Onkel zählte übrigens auch zu Nellekes Verehrern.« Roos hatte wohl noch Zeit. »Wahrscheinlich haben sie sich deswegen in die Wolle bekommen. Und gestritten haben sie sich. Ich weiß doch, was ich gesehen habe.«

»Haben Sie sie auch gehört?«

»Nein, wie denn? Ich lausche doch nicht. Aber es war mir sofort klar, worum es zwischen den beiden ging. Das ist doch offensichtlich. Welche Frau sieht denn zu, wenn ihr Mann ständig zur Nachbarin schleicht?«

»Holger hat Nelleke im Haus geholfen.« Ich bemühte mich, gelassen zu bleiben, und lächelte sie unverbindlich an.

»Im Haus geholfen. Soso.«

Ja, genau so. Am liebsten hätte ich sie einfach stehen lassen, aber ich riss mich zusammen. »Wann war denn das?«

»Vor ein paar Tagen?« Roos hob die Hände. »Hätte ich mir Notizen machen sollen? Ich bin doch kein Spitzel!«

Natürlich nicht. Ich atmete durch. »Sie wissen doch bestimmt, an welcher Kunstinstallation Gitti aktuell arbeitet. Und wo.«

»Kunst?« Roos rümpfte die Nase. »Soweit ich weiß, wurde sie nur genommen, weil sich sonst gerade niemand mit Muscheln auseinandersetzt.«

»Für welches Projekt denn?« Waren wir hier beim Krabbenpulen? Musste ich ihr plötzlich jedes Wort einzeln aus dem Mund ziehen?

»Na, beim Nazomerfestival. Für den Muscheltanz brauchen sie ein passendes Ambiente, aber ob sie dafür mit Gitti wirklich die Richtige gewählt haben? Dazu gehört doch mehr, als ein paar Schalen zusammenzukleben.«

»Wo soll dieser Muscheltanz denn stattfinden?« Ich bemühte mich, die Frage leichthin klingen zu lassen.

»Am Strand, wo sonst?« Roos betrachtete mich, als wäre ich minderbemittelt, schüttelte den Kopf und ging.

Am Strand, na klasse. Zwar gab es hier nur einen, aber dafür zog der sich quasi um die ganze Halbinsel.

Ich seufzte und ging zurück ins Haus. Bevor ich einen Strand-Absuch-Marathon startete, sollte ich wohl doch erst mal meine Eltern anrufen.

Wie erwartet ging meine Mutter ans Telefon. Manchmal glaubte ich, mein Vater wusste gar nicht, wozu dieses Gerät gut war.

»Ist das Haus so schön, wie Holger und Gitti sagen? Habt ihr auch so herrliches Wetter? Warst du schon im Wasser? Ist es noch warm genug, um schwimmen zu gehen?«

Wie immer überschüttete meine Mutter mich mit Fragen. Wie bei einer gewaltigen Flut, die eine Welle nach der anderen über mich zusammenschlagen ließ, blieb mir kaum Zeit, nach Luft zu schnappen, geschweige denn eine Antwort zu geben, bevor die nächste Fragewelle über meinen Kopf hinwegspülte.

»Hast du was vergessen, oder warum rufst du an?«

Wie sagte man seiner Mutter, dass ihr Bruder gerade einen Mord gestanden hatte?

Direkt und geradeheraus.

»Ist das ein Spiel?«, erwiderte meine Mutter. »Willst du mich veralbern?«

Es brauchte eine Weile, bis ich alles erklärt hatte und sie mir glaubte, dass ich es wortwörtlich todernst meinte. Dann aber schaltete sie in den Überlebensmodus um und machte einen Schlachtplan. Sie würde den besten Anwalt, den sie auftreiben konnte, beauftragen. Und sie würde kommen und mit Holger sprechen. Und …

»Freddie?« Die Stimme meines Vaters drang an mein Ohr. »Geh zur Polizei und sag ihnen, sie sollen nach Gitti suchen.«

»Spinnst du?«, rief meine Mutter dazwischen. »Erst reden wir mit Holger.«

»Du glaubst doch nicht im Ernst, dass Gitti diese Nelleke umgebracht hat?« Mein Vater sprach offensichtlich nicht mehr mit mir, sondern mit meiner Mutter. »Ich verstehe euch nicht. Wie könnt ihr so was überhaupt für möglich halten und nicht eine Sekunde daran denken, dass sie in Gefahr ist? Vielleicht hat Gitti was gesehen und musste flüchten, weil sie Angst hat, dass der Mörder hinter ihr her ist.«

Die beiden stritten sich und hörten kaum zu, als ich mich verabschiedete. Nachdenklich sah ich zum Schuppen. Konnte mein Vater recht haben? Konnte Gitti vom Atelier aus etwas gesehen haben?

Ich sprang auf, lief in den Schuppen und setzte mich an Gittis Arbeitsplatz. Von hier konnte man nur den eigenen Garten sehen. Ich stellte mich an das Fenster, stellte mich ins lange Eck. So konnte ich auf den Hintereingang von Nellekes Haus schauen.

Gitti arbeitete oft noch spät an ihren Werken. Vielleicht auch am Sonntagabend? Als wäre ich bei einer Aufstellung, versuchte ich, mir die Szene vorzustellen und mich in Gitti hineinzuversetzen.

Ich sitze im Atelier und arbeite. Es ist schon spät. Draußen ist es dunkel. Ein Geräusch lässt mich aufsehen. Oder ein Licht? Ich stehe auf, trete ans Fenster. Sehe jemand bei Nelleke. Sehe, wie er das Haus verlässt. Erkenne ich ihn? Schalte ich die Arbeitslampe aus, damit er mich nicht sehen kann? Aber ich bin nicht schnell genug. Er sieht mich … und wartet bis zum nächsten

Vormittag, bevor er mich zwingt, einen Zettel zu schreiben, mich entführt und dann umbringt? Nein, das wäre Quatsch. Er geht, hat mich nicht wahrgenommen. Am nächsten Morgen sitze ich wieder im Atelier und arbeite. Plötzlich stürzt Holger aus Nellekes Haus, schreckensbleich, ruft, dass sie tot ist. Bei mir macht es klick. Der Mann, den ich in der Nacht gesehen habe. Vielleicht hat er mich doch bemerkt. Ich drehe durch und fliehe. Zuvor lege ich einen Zettel hin.

Ich schüttelte den Kopf. Was für ein Unsinn! In Mordfällen brachte einen der Bauch nicht weiter. Man brauchte seinen Kopf. Allein der Zettel sprach dafür, dass Gitti nicht geflohen oder entführt worden war, sondern ganz einfach ihre Kunst über alles setzte. Was nicht das erste Mal der Fall gewesen wäre.

Ich atmete durch. Es blieb dabei: Das Wichtigste war, Gitti zu finden und herauszubekommen, warum Holger dachte, dass sie ein Motiv haben könnte. Und natürlich zu überlegen, wer Nelleke tatsächlich umgebracht hatte.

In Bewegung konnte ich besser denken. Also stand ich auf und lief im Garten auf und ab. Gitti hatte geschrieben, dass sie an ihrer Installation arbeiten wolle. Es musste sich um eine Terminarbeit handeln. Sonst würde sie nicht Tag und Nacht wegbleiben. Am Freitag sollte der Tanz auf dem Nazomerfestival aufgeführt werden, in dessen Zentrum ihre Kunstinstallation stand.

Ich ging ins Wohnzimmer, schnappte mir mein Smartphone und startete die Suchmaschine. »ZEELAND NAZOMERFESTIVAL. Theater, Musik und Performance an besonderen Orten in Zeeland.«

Eilig klickte ich mich durch das Programm. Für Freitag waren drei Veranstaltungen geplant, ein Theaterstück in Middelburg, ein Musikkonzert in Vlissingen und – bingo – ein Muscheltanz in Westkapelle. Ich ballte die Hände und freute mich. Bis mir klar wurde, dass Gitti dann eigentlich hier sein müsste.

Sie würde doch nicht so verrückt sein, im Zelt neben ihrem Was-auch-immer-sie-da-baute zu übernachten? Hatte sie Angst, dass jemand ihr Werk zerstörte? Oder installierte sie etwas im Wasser und übernachtete auf einem Boot? Aber hier gab es doch keinen Hafen. Wenn sie tatsächlich auf einem Schiff war, dann müsste sie in Vlissingen sein. Vielleicht auch in Veere. Aber der Strand schien mir wahrscheinlicher.

Die einzige Möglichkeit, herauszufinden, ob sie dort war, war wohl ein ausgiebiger Strandspaziergang.

7

Schöne Aussichten – mooie uitzichten

Dienstagabend

Vom Deich aus sah ich sofort, dass auf dem Sandstrand am Ort keine Kunstinstallation in Arbeit war. Zwar bauten ein paar Kinder an einer Sandburg, und die wurde bestimmt auch wunderschön, aber nein, keine Kunst.

Am anderen Ende des kleinen Strandabschnitts kraxelte ich über die schwarzen Steine zu Radarturm, Seenotrettungsstation und Landungsdenkmal hinauf. Ich betrachtete das mit Pfosten begrenzte Stück Rasen mit dem Denkmal. Hatte es nicht etwas von einem Zuschaueroval? Befand sich Gittis Kunstinstallation etwa neben Unimog und Rettungsschiff im KNRM-Gebäude?

Ich schüttelte den Kopf. Dann würde sie aber doch zu Hause schlafen.

Dennoch eilte ich zum Gebäude der Seenotrettung und spähte hinein. Keine Muscheln, keine Gitti. Genauso wenig wie auf dem Strandstück bis zum ersten Strandpavillon. Hier musste man hoch, wenn man zum Bungalowpark wollte.

Ich blieb stehen und schaute mich um. Durch die Holzbuhnen, die in Doppelreihen von den Dünen bis zum Wasser führten und ab hier durchaus schon mal brusthoch standen, ließ sich der Strand nun schlechter überblicken. Ich würde mich Abschnitt für Abschnitt vorarbeiten müssen. Allerdings war Westkapelle als Ort für Gittis Muscheltanz angegeben. Allzu weit Richtung Zoutelande sollte sich ihre Installation daher nicht befinden.

Nach einer halben Stunde und schon halb in Zoutelande gab ich die Strandsuche auf und beschloss, über den Dünenweg zurückzukehren. Doch auch dort fand ich weder Kunst noch Gitti. Meine einzige Entdeckung waren die Überreste eines kleinen

Feuers, in dem wohl ein frustrierter Fischer seine Montur verbrannt hatte. Ich wünschte ihm, dass wenigstens er seinen Frust losgeworden war. Meiner wuchs mit jedem Meter vergeblicher Suche. Da half auch das *lekkerbek* nicht, das ich mir, zurück in Westkapelle, spendierte.

Den panierten und frittierten Kabeljau hatte ich oft mit Holger und Gitti zusammen gegessen. Schon während meiner ersten Ferien am Meer hatte der Name mich entzückt: Leckermaul. Klar, das musste ich haben. Seitdem gehörte ein *lekkerbekje* zu einem Besuch bei Holger und Gitti dazu, so wie der Sand zum Meer und der Wind zur Nordsee.

Nur dass die beiden nicht da waren. Ich knüllte die Serviette zusammen und entsorgte den Müll. Zeit, das Haus auf den Kopf zu stellen. Irgendwo musste es doch einen Hinweis geben, wo Gitti an diesem verflixten Muschelkunstwerk bastelte, das sie alles und jeden vergessen ließ.

Als ich das Haus betrat, rief ich nach meiner Tante. Auch wenn ich ihren Wagen nicht am Straßenrand hatte stehen sehen, konnte es ja trotzdem sein, dass sie wieder zurück war. Doch das war sie nicht.

Ich seufzte. Bevor ich die Suche startete, wollte ich schauen, ob ich nicht eine Telefonnummer des Veranstalters finden konnte. Die mussten doch wissen, wo sie beziehungsweise die Installation steckte.

Ich schnappte mir mein Handy, setzte mich auf die Terrasse und googelte noch einmal die Seite des Zeeland Nazomerfestival. Dieses Mal studierte ich sie gründlich, fahndete jedoch vergeblich nach einer Telefonnummer. Immerhin entdeckte ich eine E-Mail-Adresse, an die ich rasch eine Anfrage schickte mit der Bitte, mir doch die Adressdaten für den »mossel dans« am Freitag zu senden und eine Nummer, unter der ich die Künstlerin des Bühnenbilds erreichen könnte. Anschließend machte ich mich auf die Suche im Haus.

Als Erstes ging ich in die Küche an Gittis und Holgers »Blaues Brett«. Auf der mit blauem Tuch bespannten Korkwand sammelten die beiden Flyer, Wegbeschreibungen, Einkaufs- und To-do-Listen. Zettel für Zettel hängte ich ab, stieß auf eine Skizze, die wohl erklären sollte, wo Gitti in Bruinisse an dem Muschelwerk für die van der Haves arbeitete, die ich gut heute Morgen hätte brauchen können. Auf einem anderen Zettel hatte sich Holger notiert, was alles in Nellekes Haus zu tun war. Bis auf die letzte Aufgabe, das Anbringen des Küchenregals, waren alle Punkte durchgestrichen. Merker für die Autoinspektion, ein Friseurtermin für Gitti am Donnerstag, alles Mögliche hing hier, nur leider nichts, was mir weiterhalf.

Als Nächstes knöpfte ich mir ihr Arbeitszimmer vor. Sie hatte bestimmt einen Auftrag von der Festivalleitung erhalten, und auf dem mussten doch Kontaktdaten stehen.

Ich ging nach oben und setzte mich vor den alten Sekretär, den die beiden als Schreibtisch nutzten. Die Platte war runtergeklappt, jedoch bis auf einen Schreibblock leer. In den Ablagefächern befanden sich ein paar Rechnungen, noch von ihrem Umzug, Briefumschläge, Stifte. Blieben die Schubladen. Ich fing mit denen auf der rechten Seite an.

In der zweiten lag gleich obenauf eine Bedienungsanleitung für eine Webcam. Seit wann hatten die beiden denn eine Überwachungskamera? Vor allem wofür? Ich runzelte die Stirn. Auf der Vorderseite war die Quittung festgetackert. Dem Datum nach zu urteilen, hatten sie die Kamera kurz nach dem Einzug hier ins Haus gekauft, was bestimmt bedeutete, dass Holger sie gleich angebracht hatte. Mit ein bisschen Glück zeigte sie nicht nur, wer Holger und Gitti besucht hatte, sondern auch noch, wer zu Nelleke gewollt hatte.

Ich eilte nach unten, öffnete die Haustür und inspizierte den Eingangsbereich. An dem kleinen Vordach war nichts montiert. Neben der Tür hing ein Holzschild, auf dem der Name »HERZMANN« mit Muscheln gebildet war. An der Tür selbst hieß einen ein »*Welkom*«-Schild, das etwa in Augenhöhe angebracht war, willkommen. Darunter befand sich ein aus Muscheln geformtes Herz, aber auch in diesem Gebilde konnte ich keine Webcam entdecken.

Sogar den Boden überprüfte ich. An der Seite stand ein

Schuhabstreifer, damit man nicht immer den ganzen Sand ins Haus trug. Was man selbstverständlich trotzdem tat. Natürlich war auch dort keine Webcam versteckt. Hatte Holger die Kamera gekauft, war aber noch nicht dazu gekommen, sie zu installieren?

Enttäuscht ging ich zurück ins Haus. Konnte er sie an der Terrasse angebracht haben? Vielleicht aus Sorge, dass dort die Tür nicht so sicher war?

Ich marschierte nach hinten und startete die nächste Such-die-Webcam-Aktion. Mit dem gleichen Ergebnis wie zuvor. Keine Kamera auf der Terrasse. Genauso wenig wie an der Mauer zum Nachbargrundstück. Von wegen, wer sucht, der findet.

Ich warf einen Blick auf Nellekes Grundstück. Im Unterschied zum Garten von Holger und Gitti war ihrer kunst- und muschelfrei und sah mehr nach einer ins Freie verlegten Abstellkammer aus. Nachvollziehbar, schließlich hatten die Häuser hier keine Keller. Wobei es bei ihr eher wirkte, als wäre sie gerade dabei gewesen, im Haus auszumisten. Vor allem das Regal an der Mauer, die Nellekes Grundstück zum anderen Nachbargarten hin abgrenzte, enthielt Gerümpel ohne Ende. Bestimmt eine wahre Freude für Sammler und Horter von Kisten und Kästchen, die sich dort in unterschiedlichen Größen stapelten. Eine Wäscheleine spannte sich von der rückwärtigen Mauer zum Haus, war aber leer. Ein altes Herrenrad, ein rotes Damenrad neueren Datums. Wer hier bei Nacht und Nebel einbrechen wollte, musste aufpassen, dass er unfallfrei bis zum Haus kam.

Eine Terrasse gab es nicht. Nelleke hatte nur eine Holzbank vor die Hauswand gestellt, und das war's.

»Freddie!«

Ich zuckte zusammen.

Vom Garten auf der anderen Seite winkte mir die Fahrradfrau zu. Ich lächelte verlegen und ging zu ihr rüber.

»Ich wollte vor Roos nicht fragen, aber Holger ist doch nicht wirklich festgenommen worden, oder?«

»Schon, aber er war es nicht.«

»Das kann ich mir auch nicht vorstellen.« Beruhigend nickte

Fahrradfrau mir zu. »Er ist so ein Hilfsbereiter. Außerdem haben Nelleke und er sich doch prima verstanden.«

»Nicht vielleicht zu prima?«

»Hör nicht auf Roos. Ich möchte nicht wissen, was sie über uns erzählt.« Fahrradfrau zwinkerte mir zu.

»An den Männerbesuchen ist also nichts dran?«

»Ihr Sohn, ihr Schwiegersohn, ihr Schwager.« Fahrradfrau strich sich eine Haarsträhne hinters Ohr. »Roos macht aus jeder Mücke eine *olifanten* und aus jede Mann ein Drama. Sie schreibt Stücke fürs Theater. Hat sie zumindest in Deutschland getan, sagt sie. Nicht dass ich jemals ein Aufführung von ein von ihre Stücke gesehen hätte. Aber jetzt bin ich ja schon so schlimm wie sie.«

»Ihnen ist also nichts Besonderes aufgefallen?«

»Die letzte Zeit war schon sehr speziell für Nelleke. Auch wenn Kees schon lange ans Bett gefesselt war, so kam sein Tod dennoch überraschend. Da brechen die Gefühle auf. Was ist da noch normal, was nicht?«

Ich nickte. »Gab es denn konkrete Dinge, was anders war?«

»Natürlich war sie traurig, aber dann auch in einer Aufbruchstimmung. Dein Tante kann dir bestimmt mehr erzählen. Ich habe nicht viel Kontakt mit ihr gehabt.«

»Apropos Tante. Weißt du vielleicht, ob Holger und Gitti eine Webcam am Haus angebracht haben? Sie haben eine gekauft, aber ich kann sie nicht finden.«

»*Nee*, tut mir leid. Ich habe nur mitbekommen, dass Nelleke was dagegen hatte.« Sie rieb sich am Ohrläppchen. »Vielleicht war das die Streit, die Roos meinte.«

»Mama!«, rief eine helle Mädchenstimme. »*Jaap werd wakker!*«

Wie zum Beweis drang das wütende Geschrei eines kleinen Jungen nach draußen. Ja, Jaap war aufgewacht.

»Alles Gute für Holger!« Fahrradfrau lief ins Haus.

Schade, sie schien mir nicht nur das Herz, sondern auch den Kopf auf dem rechten Fleck zu haben.

Ich drehte mich um und schaute auf Nellekes Grundstück.

Ob tatsächlich Kees' Tod in irgendeiner Weise der Auslöser für den Mord an Nelleke gewesen war?

Bart oder Bart war alles, was mir dazu einfiel. Wie ein typischer Giftmörder wirkte er allerdings nicht. Mehr der Kandidat für Mord im Affekt. Eine geniale Finte? Weil ihn jeder ausschließen würde?

Ich schüttelte den Kopf. Es passte nicht. Doch das tat Holgers Geständnis auch nicht. Ich hoffte, Julian würde das schnell begreifen und sich auf die Suche nach dem wirklichen Mörder machen. Um ihn zu unterstützen, würde ich mich noch einmal nach der Webcam umschauen. Nach den Unterlagen zu urteilen, musste die Kamera, die Holger gekauft hatte, ziemlich winzig sein.

Doch auch die erneute und dieses Mal wirklich akribische Suche an der Vorderfront des Hauses ergab nichts – und wer brachte schon eine Webcam an, um sie auf die Hintertür zu richten? Ganz davon abgesehen konnte ich auch am Schuppen keine Kamera sehen.

Um auf Nummer sicher zu gehen, inspizierte ich aber auch dort jeden Zentimeter, an dem man etwas hätte anbringen können. Nichts.

Ich seufzte und lehnte mich gegen die Schuppenwand. Offensichtlich sicherte die Kamera nicht das Haus. Was gab es hier denn sonst zu überwachen?

Gittis Kunstwerke, ihr Goldschmuck, natürlich! Die Webcam war garantiert auf den Schuppen gerichtet. Das hieß, dass ich sie an der Hinterwand des Hauses suchen musste.

Ich scannte die Fassade ab. Da! Unterhalb des Fensters im ersten Stock hing eine Art Muschelnest, ziemlich schief, als würde es gleich herunterfallen. Ich holte mein Handy von der Terrasse, aktivierte die Taschenlampenfunktion, um in der Dämmerung besser sehen zu können, und leuchtete nach oben. In der Mitte des Nests reflektierte etwas den Schein der Lampe, und das war ganz bestimmt kein Vogel und auch kein Muscheltier. Wie clever! Von einem Muschelnest fühlte sich garantiert niemand beobachtet.

Wie ein Blitz sauste ich nach oben in Holgers und Gittis Schlafzimmer und öffnete das Fenster. Tatsächlich. Ich hatte die Webcam gefunden. Sie überwachte nicht das Haus, sondern den Schuppen. Gittis Kunstwerke. Ich beugte mich vor und versuchte, den Teil des Gartens auszumachen, den sie erfasste.

»We are family ...«

Das war bestimmt Holger, er war wieder frei und wollte abgeholt werden. Wir sind eine Familie.

Das Display zeigte mir jedoch, dass es Miriam war und nicht Holger oder meine Mutter – oder Julian.

»Hey Sweetie«, begrüßte mich meine beste Freundin, nur um sich sogleich darüber zu beschweren, dass ich sie bis jetzt hatte zappeln lassen. »Wie war es denn nun gestern Abend mit dem Hoofdinspecteur? So schön, dass du heute den ganzen Tag keine Zeit für eine klitzekleine Nachricht an mich gehabt hast?«

Ich seufzte.

»Oje, so schlimm?«

»Schlimmer. Mörderisch, wenn du es genau wissen willst.« Und dann brachte ich sie auf den neuesten Stand, ließ den Kuss aus, der konnte warten, und schloss damit, dass ich mir gerade die Aufzeichnungen der Webcam, die den Schuppen überwachte, ansehen wollte. »Auch wenn ich vermute, dass Holger darauf geachtet hat, dass kein Zipfel Fremdgarten erfasst wird, nachdem sie sich mit Nelleke über die Anschaffung gestritten haben.«

»Ich gucke mit.« Miriam grinste mich an. »Nebenher kannst du mir dann erzählen, was ›schön‹ heißt und wie es mit dem Hoofdinspecteur war.«

Ich verdrehte die Augen. Wenn Miriam sich in etwas verbissen hatte, konnte sogar eine Bulldogge noch etwas von ihr lernen. Allerdings war eine Mordermittlung nicht schlecht, um sie abzulenken.

Mit Holgers Laptop, einem kühlen Bier und Miriam am Smartphone machte ich es mir im Wohnzimmer bequem. Der Laptop war natürlich nicht passwortgeschützt, ich würde mit Holger schimpfen, hoffentlich bald, aber im Moment machte es mir das Leben einfacher. Ich öffnete das Dateiverzeichnis und dort den Ordner mit dem sprechenden Namen »WEBCAM«. Die Kamera übertrug ihre Daten täglich. Ich brauchte also den Sonntag und den Montag, um mir die Nacht anzusehen.

»Fang nach Mitternacht an.« Miriam schaute mir virtuell über die Schulter. Ich hatte das Smartphone in seiner Halterung auf die Rücklehne des Sofas gestellt und auf den Laptop gerichtet. Ich konnte mir gut vorstellen, wie sie da quasi hinter meinem Rücken wild gestikulierte und auf die Montagsdatei zeigte. »Mörder morden immer nach Mitternacht.«

Wir einigten uns darauf, von hinten nach vorn zu gucken. Ich öffnete die Datei für den Montag mit dem Videoplayer, setzte die Zeit auf sechs Uhr und startete sie im Rückwärtslauf.

»Ich sehe nichts«, beschwerte sich Miriam an meinem Ohr.

»Ich auch nicht. Es ist doch dunkel, du Nase.« Dennoch stoppte ich die Aufnahme und versuchte, den Ausschnitt zu identifizieren, der angezeigt wurde. Ich fuhr mit der Maus ein Rechteck in der Mitte des Bildes ab. »Hier, das müsste der Schuppen sein.«

»Dann ist das rechts das Grundstück der Nachbarin?«, fragte Miriam.

»Ja, ich denke schon.« Ich kniff die Augen zusammen, in der Hoffnung, dass ich dann mehr ausmachen konnte. »Das müsste das Tor von ihrem Grundstück zu dem Weg sein, der hinterm Deich langgeht. Warte, ich schau mal, ob ich die Einstellungen nicht besser hinbekomme.«

Ich spielte mit den Werten herum, bis ich tatsächlich das Tor des Nachbargrundstücks erkennen konnte. Na ja, erkennen war vielleicht übertrieben, aber ich war mir sicher, dass man Änderungen des Bildes bemerken würde. Und wenn *ich* das schon hinbekam, würde die Polizei garantiert noch viel mehr herausholen können. Immer vorausgesetzt, wir würden etwas finden, aus dem man etwas herausholen konnte.

An meinem Ohr gähnte es. »Das macht echt müde. Erzähl. Wo seid ihr denn in Middelburg gewesen?«

»Jetzt schon müde?« Ich musste lachen. »Wir haben noch gar nicht angefangen.«

Miriam stöhnte. Da sie immer noch nichts sehen konnte, übertrug ich die Aufnahmen von Sonntag und Montag auf meinen Rechner und schickte sie ihr. Dann starteten wir zeitgleich den Rückwärtslauf.

Gemeinsam auf diese dunkelgrauen Schatten zu schauen, war deutlich besser als allein. Dabei verhört zu werden, allerdings weniger. Solange ich beim Abendessen blieb, war alles gut. Folglich schwärmte ich ihr in den höchsten Tönen von den Muscheln vor, was Miriam erstaunlicherweise gar nicht so sehr interessierte. Ich erhöhte die Abspielgeschwindigkeit.

Moment. Ich blinzelte. Hatte sich da gerade etwas am Rand zum Nachbargarten bewegt?

»Hast du das auch gesehen?« Ich spulte die Aufnahme zurück, also vor, und konzentrierte mich auf die Stelle.

Da war etwas. Jetzt hatte es auch Miriam entdeckt. Ich ließ die Aufnahme vorwärtslaufen. Eine dunkle Gestalt tauchte vor dem Tor auf, öffnete es und verließ den Garten. Der Mörder nach der Tat?

Erneut spulte ich zurück und hielt das Video genau an der Stelle an, wo der Mörder – es musste der Mörder sein – zu sehen war.

Ein Mann von hinten.

Ich zoomte heran.

Immer noch ein Mann von hinten. Ich musste ihn von vorn sehen. Und dazu brauchte ich die Aufnahme einfach nur weiter rückwärtslaufen zu lassen. Wer rausgeht, muss auch reingegangen sein.

Ich spulte, stoppte, spulte. Da! Nein, das war nur ein Wackler. Ich sah mir die Stelle noch einmal an. Das Bild versprang, so als wäre ein Vogel gegen die Kamera geflogen. Ich spulte weiter, stoppte, eine Bewegung. Dieses Mal wirklich. Das Tor öffnete sich, und jemand betrat Nellekes Grundstück.

Erneut setzte ich die Aufnahme zurück, ließ sie langsam bis zu dem Augenblick laufen, als der Mann den Garten betrat, stoppte, vergrößerte den Ausschnitt und schnappte nach Luft.

»Was?«, rief Miriam. »Hast du wen erkannt?«

»Du wirst es nicht glauben, aber es ist Theo.« Ich nannte ihr die genaue Uhrzeit, sodass sie die Stelle selbst finden konnte.

»Der Theo vom Campingplatz?« Miriams Stimme klang so ungläubig, wie ich mich fühlte. »Nie im Leben.«

»Tja, wenn's um den Tod geht, dann scheinbar schon.« Ich griff nach der Bierflasche, ließ den Verschluss des Grolschs mit einem Plopp aufspringen und nahm einen großen Schluck. Aber auch der half nicht. Theo, der nicht mal einem Fisch etwas zuleide tun konnte, sollte plötzlich in der Lage sein, seine Mutter umzubringen?

»Um halb vier ist er also rein. Wie lange war er bei ihr?« Miriams Frage riss mich aus meinen Grübeleien.

»Etwa zehn Minuten.« Ich schloss das Grolsch und ließ es wieder aufspringen. Auf und zu. Rein und raus.

»War Nelleke vielleicht schon tot, er sieht sie und haut sofort wieder ab?« Miriam fasste das in Worte, was ich auch gerade dachte.

Und verworfen hatte. Ich ließ das Grolsch wieder aufspringen. »Das macht keinen Sinn. Wenn er es nicht gewesen ist, was wollte er dann um die Zeit bei seiner Mutter? Warum schleicht er durch den Garten wie ein Einbrecher?«

»In dem Fall muss es wohl heißen: wie der Mörder.«

»Ausgerechnet Theo.« Ich starrte auf das Standbild. »Verdammt, Miri. Wie kann man sich nur so in einem Menschen täuschen?«

Eine Weile noch fragten wir uns, wie es zu dieser Tat hatte kommen können. Was war passiert, das Theo dazu gebracht hatte, seine Mutter zu vergiften? Als wir uns mit unseren Vermutungen jedoch nur im Kreis drehten, machten wir Schluss. Ich versprach Miriam, sie auf dem Laufenden zu halten – in allen Bereichen –, dann legten wir auf.

Erst jetzt bemerkte ich, dass jemand versucht hatte, mich zu erreichen. Ich öffnete die Anruferliste: Theo. Ihn würde ich jetzt garantiert nicht zurückrufen.

Noch einmal ließ ich die Aufnahme laufen, sah zu, wie Theo in den Garten schlich. Meinem Kindheitsferienfreund hätte ich diesen Mord am allerwenigsten zugetraut. Andererseits hatte mir der Fall auf der Yogaburg gezeigt, dass man niemand aus dem Kreis der Verdächtigen ausschließen durfte, bevor seine Unschuld zweifelsfrei bewiesen war.

Mein Blick fiel auf die Püppchen, die noch immer auf dem Wohnzimmertisch lagen. Das Jungenpüppchen, das ich für Theo ausgesucht hatte, lachte mich vertrauensvoll an. So, als wollte es sagen, dass es kein Mörder sei. Na klasse!

»Du bist aber überführt«, murmelte ich und räumte die Püppchen in den Rucksack. Anschließend stoppte ich das Video und überspielte die Datei mit der Aufnahme vom Montag auf einen USB-Stick. Den würde ich morgen Julian bringen. Ich hatte den Mörder gefunden und konnte Holgers Unschuld nachweisen.

Müde lehnte ich mich zurück. Warum freute ich mich nicht?

Tag 3 – Ohne Moos nichts los

*Sprachgeschichtlich betrachtet stammt das Wort »mies«
von Moos ab. So gesehen ist die Miesmuschel also
eine Moosmuschel, was auch der passendere Name für sie
wäre, ist sie doch gern dort, wo es viel Moos gibt.*

8

Am Strand – op het strand

Mittwochmorgen

Ein lautes Ding-Dong riss mich aus dem Schlaf. Die Türklingel. Ich sah auf die Handyuhr. Punkt acht. War ich nicht erst gestern um diese Zeit aus dem Bett geklingelt worden?

Erneut ertönte der Gong.

»Moment, ich komme«, rief ich, schlüpfte in Shorts und T-Shirt und lief die Treppe nach unten. Ich öffnete die Tür, und wieder stand Zoe Vermeer vor mir. Fast hätte ich mir wie Bill Murray in »Und täglich grüßt das Murmeltier« die Augen gerieben und »*I got you babe*« gesungen. Gab es den Murmeltiertag auch auf Walcheren?

»*Goedemorgen!*« Die Inspekteurin nickte mir zu. »Wir haben gehört, dass Sie nach ein Webcam gesucht haben. Haben Sie es gefunden?«

»Ja, aber woher wissen Sie das?« Überrascht sah ich sie an, bemerkte dann eine Bewegung im Fenster im Haus gegenüber. Dieser Nachbarschaft entging wohl gar nichts. Zugegeben, ich hatte selbst nach der Webcam gefragt, dennoch würde ich darauf wetten, dass Vermeer die Information von Roos erhalten hatte. »Ich habe die Aufnahme schon auf einen Stick gezogen. Moment, ich hol ihn schnell.« Ich wandte mich um, um ins Wohnzimmer zu gehen.

»Nicht nötig. Ich nehme gleich den ganzen Rechner mit.« Vermeer trat neben mich. »Wo befindet er sich?«

Ich führte sie ins Wohnzimmer und deutete auf das Sideboard, auf dem Holgers Laptop stand. Meinen hatte ich mit nach oben genommen, was mich beruhigte. Nicht dass sie auf die Idee kam, ihn auch zu beschlagnahmen.

Im Nu hatte Vermeer das Gerät eingepackt. »Haben Sie es benutzt?«

»Ja, um die Aufnahmen anzugucken. Man sieht das Gartentor von Nelleke. Und den Mörder. Mein Onkel ist unschuldig.«

Vermeer atmete zischend ein. »Haben Sie was verändert auf das Laptop?«

Ich starrte sie an. Glaubte sie allen Ernstes, ich hätte die Aufnahmen manipuliert und Theo da reingebastelt?

»Haben Sie?«

»Nein, selbstverständlich nicht.« Ich verschränkte die Arme vor der Brust, ließ sie dann wieder sinken. Wir wollten doch beide dasselbe. »Können Sie meinem Onkel sagen, dass er mich anrufen soll, wenn ich ihn abholen kann?«

Vermeer zog die Augenbrauen hoch. Das hatte sie sich wohl von Julian abgeschaut. Jetzt freute ich mich doch ein wenig, dass der Fall bald abgeschlossen war.

Ich lächelte sie an. »Die Aufnahme vom Montag ist es, gegen halb vier in der Früh. Sie werden sehen, dass das Geständnis meines Onkels sich damit erübrigt hat.«

»Vom Montag?« Sie runzelte die Stirn. »Nicht Sonntag?«

Ich schüttelte den Kopf. Warum fragte sie? Das hatte ich ihr doch gerade erklärt.

»Okay, *dank u wel*.« Die Inspekteurin musterte mich noch einmal. Dann verabschiedete sie sich und ließ mich mit einem leichten Ziehen im Bauch zurück. Dass auf dem Video vom Montag jemand zu sehen war, der sich in Nellekes Garten schlich, interessierte sie anscheinend nicht. War Nelleke zu diesem Zeitpunkt folglich schon tot gewesen? Was wiederum hieß, dass Theo sie doch nicht vergiftet haben konnte. Zumindest nicht um vier Uhr nachts. Aber was hatte er dann bei seiner Mutter gewollt?

Es gab nur einen Weg, das herauszufinden. Ich ging ins Wohnzimmer zurück und nahm den Ersatzschlüssel zu Nellekes Haus. Theo wollte den Schlüssel haben, und er sollte ihn bekommen.

Rasch lief ich nach oben ins Gästezimmer, klaubte mein Smartphone vom Nachttisch und rief ihn an. Ich musste wissen, was er bei Nelleke gewollt hatte. War er zurückgekommen zum

Tatort, weil er etwas vergessen hatte, das ihn verraten würde? Oder hatte er doch nichts mit Nellekes Tod zu tun? Was hatte er dann zehn Minuten lang dort gemacht? Mitten in der Nacht?

Endlich ging Theo ran. Offenbar hatte ich ihn geweckt. Besser ich als Vermeer, dachte ich, und überredete ihn zu einem gemeinsamen Frühstück. »In ›unserem‹ Strandpavillon, du weißt schon, unser Strand, unser Strandaufgang, unser Pavillon. Ich bringe den Schlüssel mit.«

»Na gut.« Immerhin klang er jetzt wach. »In einer halben Stunde.«

Das ließ auch mir noch Zeit für eine schnelle Dusche.

Wenig später schwang ich mich auf Holgers Hollandrad. Das Rennrad wollte ich nicht am Strandaufgang stehen lassen, und noch weniger wollte ich es mit mir rumtragen. Also radelte ich gemütlich und sehr aufrecht durch den Ort zum Bungalowpark. Am Ende des kleinen Waldstücks nahm ich Schwung für den Anstieg zum Strandaufgang und kam genau vor den Fahrradständern zum Stehen.

Noch war es kein Problem, einen freien Platz für das *fiets* zu bekommen, doch so langsam pilgerten die Urlauber zum Meer. Von hier oben war es immer ein lustiges Bild, wenn die Familien mit Sack und Pack von ihren Ferienunterkünften an den Strand umzogen. Denn wie ein Umzug sah das wirklich aus. Der ganze Hausrat musste mit. Schließlich wollte man für einen Tag am Meer gut gerüstet sein. Kenner und Einheimische hatten ihre *strandhuisjes*. In den kleinen Holzbuden befand sich alles, was man für das Leben am Strand brauchte: Liegestühle, Windschutz, Schaufeln, Eimer und vieles mehr, das im Laufe eines Aufenthalts zum Teil auf unerfindliche Weise in das Häuschen gelangte.

Ich musste Holger unbedingt fragen, ob Gitti und er immer noch die 333 gemietet hatten. Sobald er wieder da und der Spuk hier vorbei war.

Hinter einem Pärchen, das sich mit Kinderwagen und Hund den Strandaufgang hinaufkämpfte, sah ich Theo und winkte ihm zu. Heute trug er ein gedämpft orangefarbenes Hemd mit weißen – waren das Kochlöffel?

»*Hoi*, Freddie!« Er verzog den Mund. Das sollte wohl ein Lächeln werden, doch seine Augen waren verquollen. Machte ihn die Trauer fertig oder seine Schuld? »Du hast übrigens vorhin unsere Düne vergessen.«

»Wie konnte ich nur? Die fast höchste Düne Zeelands.« Ich knuffte ihm in die Seite.

Jetzt wurde sein Grinsen doch noch zu einem Lächeln. Am Ort unserer Kindheitsspiele waren der Mord an Theos Mutter und das Geständnis meines Onkels für einen kurzen Moment so unvorstellbar, wie es ein Leben ohne Piraten, Dünen und Meer damals für uns gewesen war.

»Wollen wir?« Mit einem Mal verlegen, nickte ich zum Strand hin. Früher wären wir einfach um die Wette gerannt. Heute gingen wir gemessenen Schrittes. So kam es mir zumindest vor, als wir nebeneinanderher zum Strandpavillon spazierten und uns dort auf einer der mit reichlich Kissen versehenen Holzbänke niederließen, wieder nebeneinander, sodass wir beide auf Strand und Nordsee schauen konnten.

»Danke, dass du nach dem Schlüssel gesucht hast.« Theo fingerte an seinem Ring herum.

»Das ist doch selbstverständlich.« Ich nahm den Rucksack auf den Schoß, um den Schlüssel herauszuholen. »Hast du deinen verlegt?«

Abrupt stand Theo auf. »Ich bestelle, okay?« Ohne meine Antwort abzuwarten, ging er zur Tür, die ins Innere des Strandpavillons führte.

»Für mich bitte einen *koffie verkeerd*. Und zu essen, was du nimmst«, rief ich ihm nach und stellte den Rucksack wieder ab. Hoffentlich hatte Theo wenigstens meine Kaffeebestellung gehört, wenn schon nicht meine Frage. War ich ihm damit auf die Füße getreten, oder hatte er einfach nur großen Hunger?

Ich zuckte mit den Achseln, lehnte mich zurück und genoss für einen Moment den strahlend blauen Himmel über der friedlich daliegenden Nordsee.

Nach einer Weile kam Theo wieder und stellte einen verführerisch duftenden Milchkaffee sowie eine heiße Schokolade auf dem Tisch ab.

Kurz darauf wuchtete die Bedienung ein großes Tablett vor sich her, das sich bog vor lauter Köstlichkeiten. Mir schien, Theo hatte nicht bestellt, sondern in der Küche nachgesehen, was da war, und dann schlichtweg alles geordert. Granola-Müsli mit Obst und Joghurt, *American pancakes* und *poffertjes*, Bagel mit Frischkäse, Toastie mit Käse und Schinken. Wie gut, dass ich hungrig war.

»*Eet smakelijk.* Lasst es euch schmecken.«

Und genau das taten wir.

Nachdem der erste Hunger gestillt und eine kleine Schneise in die Essensberge geschlagen war, angelte ich nach dem Rucksack, kramte diesmal wirklich den Schlüssel mit dem Muschelanhänger heraus und legte ihn auf den Tisch. »Ich weiß gar nicht, ob ich dir den geben darf. Brauchst du denn ganz dringend was aus dem Haus?«

Theo spießte ein *poffertje* auf, nur um das Pfannküchlein dann auf dem Teller hin und her zu schieben. »Ich würde gern nachsehen, ob Leroys Bild noch da ist.«

Ich runzelte die Stirn, die dadurch bestimmt wie der Strand bei Ebbe aussah. »Wer ist Leroy? Ein berühmter Maler? Ist das Bild wertvoll?«

»Für mich schon.« Theo genehmigte sich endlich das Pfannküchlein, das schon ganz matschig sein musste von dem ganzen Rumgeschiebe. Er kaute eifrig, zog währenddessen sein Portemonnaie aus der Hosentasche und holte ein Foto heraus. »Leroy ist mein Mann.«

Ich schaute auf ein Bild von dem Fußballgott, der Theo am ersten Tag auf der Straße vor Barts schlechter Laune gerettet hatte. »Warum hast du ihn nicht mitgebracht?«

»Um die Uhrzeit?«

»Na, komm, so früh ist es auch wieder nicht.«

»Er muss arbeiten, Freddie.«

Ich stöhnte. »Tut mir leid, das war dumm von mir. Typisch

Ferienkind. Was arbeitet er denn? Und was machst du eigentlich?«

»Leroy ist Maler, sein Geld verdient er als Fotograf, und ich habe mein eigenes Restaurant. Das ›Zout of Zoet‹ in Vlissingen.«

»Dann hast du es also geschafft. Dein eigenes Restaurant, wie du es immer wolltest. Gratuliere!« Sofort ließ ich mir die Adresse geben. »Willst du Leroys Bild im Lokal aufhängen, oder wofür brauchst du es? Macht er eine Ausstellung? Etwa auf dem Nazomerfestival?«

Gespannt sah ich Theo an. Meine Kenntnisse zeeländischer Maler fingen mit Piet Mondrian an und hörten mit Jan Toorop auf, und die waren nicht mal aus Zeeland, allerdings oft nach Domburg zum Malen gekommen.

»Nein.« Theo seufzte. »Ich habe bloß Angst, dass Nelleke es nach Kees' Tod weggeworfen hat. Ihr hat es nie gefallen, und nach dem Streit mit Leroy … na ja, du kennst doch meine Mutter.«

Ich schüttelte den Kopf. »Nicht wirklich. Ich erinnere mich mehr an deine Tante, wenn sie uns mal wieder bei was Verbotenem erwischt hat.«

»Ja, Mareike hatte immer ein Auge auf alles, hat sie immer noch, aber sie war … ist gerecht dabei. Nelleke kann … konnte sehr aufbrausend sein.«

»Warum hast du sie nicht einfach darum gebeten?«

»Dann hätte sie es womöglich erst recht verbrannt. Oder zu Geld gemacht.« Er sah zum Strand, wo gerade ein paar Kinder johlend ins Wasser liefen. »Das klingt nicht sehr nett. Es ist nur … zwischen Leroy und ihr war es nicht einfach.«

»Hey, schon gut.« Ich berührte kurz seinen Arm. Trösten war noch nie meine Stärke gewesen. Ich räusperte mich. »Ich würde ja gern sagen, wir schauen gleich mal nach, ob das Bild noch da ist, aber so wie es aussieht, hat die Polizei das Haus noch nicht freigegeben, und einbrechen wollen wir doch auch nicht.«

Ich presste die Lippen zusammen. Der Satz war mir so rausgerutscht, aber vielleicht war der direkte Ansatz der beste. Schweigend wartete ich ab und ließ Theo nicht aus den Augen.

»Ist was?«, fragte er schließlich.

»Das frag ich dich«, antwortete ich. »Du warst da in der Nacht.«

»Was?« Endlich sah er mich an. »Woher weißt du das?«

»An Holgers und Gittis Haus ist eine Webcam. Es gibt eine Aufnahme, die zeigt, wie du in der Nacht von Nellekes Tod in ihren Garten schleichst. War sie schon tot?«, fragte ich leise. »Du musst sie doch gesehen haben. Warum bist du einfach wieder abgehauen?«

»Ich habe es gar nicht ins Haus geschafft. Ehrlich, ich habe sie nicht gesehen. Ich wollte das Bild holen und durchs Küchenfenster rein. Das hat nicht mehr richtig geschlossen, aber anscheinend hat meine Mutter es reparieren lassen.« Er ließ die Schultern hängen. Wenn er jetzt noch die Hände vors Gesicht schlug und anfing zu heulen, würde ich mich in Grund und Boden schämen und im nächsten Sandloch verkriechen. Doch er sah mich einfach nur weiter an. »Weißt du, ich frage mich die ganze Zeit, ob sie da noch am Leben war. Ob ich sie hätte retten können, wenn ich ins Haus gekommen wäre. Hätte ich meinen blöden Schlüssel bloß nicht verlegt.«

Hilflos nahm ich ihn in den Arm. Wenn ich auch mal kurz darüber nachgedacht hatte, ob nicht tatsächlich er Nelleke umgebracht haben könnte, so tat mir das leid. Theo war es ganz bestimmt nicht gewesen. Ich drückte ihn noch mal, dann setzte ich mich auf.

»Willst du noch *een koffie*?« Mein Allheilmittel in allen Lebenslagen.

Doch Theo winkte ab. »Ich muss ins Restaurant. Gestern habe ich es geschlossen, aber heute kann ich mir das nicht noch einmal leisten.«

Ich nickte. »Hast du täglich geöffnet? Bis in die Nacht?« Ich sollte ihm sagen, dass die Polizei die Webcam-Aufnahme hatte. Stattdessen fragte ich ihn nach den Öffnungszeiten seines Restaurants. Na klasse.

»Im Sommer schon.« Er stand auf. »Das einzig Blöde daran ist, dass Leroy und ich so wenig Zeit füreinander haben, aber er kommt oft bei mir vorbei und hilft auch schon mal aus. Wenn der Laden erst mal läuft, wird es besser.«

»Hey, vergiss den Schlüssel nicht.«

Als er ihn einsteckte und sich zum Gehen wandte, hielt ich ihn zurück. »Moment, da ist noch was.«

»Ich weiß. Das Haus ist noch nicht freigegeben.«

»Nein.« Ich räusperte mich. »Die Polizei hat die Aufzeichnungen der Webcam.«

Er starrte mich an wie eine gestrandete Robbe.

»Sag ihnen, was du mir gesagt hast, dann ist alles gut.«

»Ich …« Er fingerte an seinem Ring herum. »Ich habe von dem Geständnis gehört, Freddie.«

»Holger war es nicht.« Wild schüttelte ich den Kopf, als könnte ich so Holgers Falschaussage ausradieren.

Doch Theo sah mich nur traurig an und ging.

Verdammt. Glaubte er ernsthaft, dass Holger Nelleke vergiftet hatte? Er kannte meinen Onkel doch. Das musste ich erst einmal verdauen.

Ich bestellte mir noch einen *koffie verkeerd* und guckte über den Strand, wo sich die Nach-Sommerferien-Urlauber vergnügten, während ich über Mord und mögliche Mörder nachdenken musste. Aber was wusste ich denn überhaupt, das sich lohnte festzuhalten? Nelleke war in der Nacht von Sonntag auf Montag umgebracht worden. Bei oder nach einem Muschelessen zu zweit. Als Gift wurde Zyankali verwendet. Eine Substanz, die Gitti zum Zeitpunkt des Mordes in ihrem Atelier aufbewahrte.

Nelleke hinterließ einen Sohn, Theo. Ihr Mann Kees war kurz zuvor verstorben. Vermutlich war Theo der Alleinerbe.

Verdammt. Schon ging es los mit dem Vermuten, dabei wollte ich mich doch ausschließlich auf die Fakten konzentrieren. Entsprechend strich ich den letzten Satz gedanklich wieder.

Aber weiter im Text.

Nelleke war Eigentümerin eines Bungalowparks. Ihrer Schwester Mareike gehörte der Campingplatz gegenüber. Dann gab es noch Schwager Bart, der Nellekes Tod als ausgleichende

Gerechtigkeit empfand, weil sie angeblich am Tod seines Bruders Kees schuld war.

Holger wiederum hatte die Tote gefunden und dann behauptet, sie vergiftet zu haben. Auch wenn ich nicht daran glaubte, machte es ihn zum Verdächtigen. Genau wie Gitti, die verschwunden war. Und zwar unmittelbar, nachdem Holger das Opfer entdeckt hatte.

Wenn ich richtig zählte, waren das schon vier Personen, die etwas mit dem Mord zu tun haben konnten: Theo, Bart, Holger und Gitti. Aber ohne ein offensichtliches Motiv, das höchstens Bart besaß, nützte mir der beste Verdächtige nichts.

Und wie sah es mit Indizien aus? Die Webcam-Aufzeichnung zeigte, wie Theo sich in der Nacht auf das Grundstück seiner Mutter geschlichen und es zehn Minuten später wieder verlassen hatte. Angeblich, um ein Gemälde seines Mannes zu holen.

Das war alles. Ab jetzt hatte ich nur noch Aussagen und Gerüchte. Vielleicht sollte ich intuitiver an die Sache herangehen und sie aufstellen. Ich räumte das Geschirr beiseite und nahm Theos *Chocomel*-Tasse als Repräsentanten für meinen Kindheitsferienfreund.

Früher hatte Theo oft darum kämpfen müssen, dass Nelleke Zeit für ihn fand. Sie hatte viel zu tun gehabt, war geschäftig im Park unterwegs gewesen, hatte gern mit den Leuten geredet. Wenn Theo etwas von ihr wollte, vertröstete sie ihn häufig. Ich erinnerte mich an den Kuchen, den er gebacken hatte. Seinen ersten. Für seine Mama. Hatte er ihr eine Freude machen wollen? Wollte er, dass sie stolz auf ihn war? Oder einfach nur, dass sie den Kuchen gemeinsam aßen? Nelleke hatte ihn ins Parkbüro gestellt und jedem, der reinkam, etwas davon angeboten. Theo hatte dann strahlend ein Stück abgesäbelt.

Ich musterte das Geschirr, wählte den Zuckerstreuer für Nelleke aus, stellte ihn in die Mitte des Tisches. Ich glaube, sie hätte es gemocht, im Mittelpunkt zu stehen. Die *Chocomel*-Tasse gehörte zu ihren Trabanten genauso wie all die anderen Tassen und Becher, die ich im Kreis um den Zuckerstreuer anordnete. So hatte ich ihr Verhältnis zueinander während meiner Ferien hier empfunden. Doch wie hatte es sich entwickelt? Theo hatte seinen Kindheitstraum vom eigenen Restaurant wahr gemacht. Hatte Nelleke sich für ihn gefreut, hatte sie ihn unterstützt? Oder war sie enttäuscht gewesen, weil er kein Interesse am Bungalowpark hatte? Und wie hatte sich Theos Beziehung mit Leroy auf die zu seiner Mutter ausgewirkt? Hatte das schwierige Verhältnis zwischen Leroy und Nelleke das zwischen Theo und ihr belastet?

Ich schenkte es mir, nach geeigneten Repräsentanten für Leroy und den Bungalowpark zu suchen. Stattdessen fragte ich mich, warum ich mir so sicher war, dass Theo Nelleke nicht vergiftet hatte. Aus dem, was ich aufgestellt hatte, konnte ich durchaus einige Motive herauslesen. Aber das war schon wieder Spekulation. Dass Theo einen Grund gehabt hatte, seine Mutter zu töten, konnte ich aber auch nicht ausschließen.

Warum nur wehrte sich mein Bauch dagegen, ihn als Mörder in Betracht zu ziehen? Auf sein Bauchgefühl sollte man hören, hatte es bei der Familienaufstellung geheißen. Nicht blind, aber man sollte versuchen zu ergründen, warum er grummelte, wenn er grummelte. Und da kam dann doch wieder der Kopf ins Spiel. Mit Logik also: Warum hatte Theo Nelleke nicht umgebracht?

Er war in der Nacht in ihrem Garten gewesen, behauptete, seinen Schlüssel verlegt und das Haus nicht betreten zu haben. Angenommen, das war gelogen und er war doch drin. Dann hätte er Nelleke innerhalb von zehn Minuten das Gift verabreichen müssen. War das möglich? War es realistisch? Um die Zeit hätte sie geschlafen, wäre folglich in ihrem Schlafzimmer im Obergeschoss gewesen. Holger hatte sie aber unten im Wohnzimmer gefunden. Und außerdem, das durfte ich nicht vergessen, hatte Vermeer quasi zugegeben, dass Nelleke schon am Sonntag und nicht erst in der Nacht zum Montag gestorben war.

Wenn sich der Arzt, der den Todeszeitpunkt bestimmt hatte, nicht mächtig verschätzt hatte, konnte Theo sie nicht getötet haben. Jedenfalls nicht um vier Uhr nachts. Aber was, wenn er vorher schon eine Gelegenheit dazu gehabt hatte? Ich musste mir unbedingt nachher die Webcam-Aufnahme von Sonntag angucken.

Auf meinem Handy, das ich aus dem Rucksack nahm, googelte ich Zyankali. Wenn man nicht gerade einen Geheimagenten aus dem Kalten Krieg beerbt hatte, Apotheker oder Goldschmied war, war es nicht so einfach, an die Substanz heranzukommen. Viel brauchte man nicht, um jemand zu töten. Hundert bis dreihundert Milligramm reichten. Ganz bestimmt wurde es kein schöner Tod. Und auch nicht unbedingt ein schneller. Schmerzhafte Krämpfe, bevor man innerlich erstickte. Wenn man Pech hatte, stundenlang.

Ich schluckte. Wer jemand auf diese Weise umbrachte, musste ihn sehr hassen. Wieder etwas, das nicht auf Theo zutraf, es sei denn, er wäre inzwischen zu einem sehr guten Schauspieler mutiert. Nein, diese unmenschliche Mordmethode passte nicht. Weder zu ihm noch zu Holger oder zu Gitti.

Nachdenklich packte ich das Smartphone weg. Die Beschreibungen der Todeskrämpfe ließen mich frösteln, obwohl ich in der Sonne saß. Ich musste mich bewegen. Und ich musste nach wie vor Gitti finden.

Ich schaute über den Strand. Auch wenn inzwischen mehr Leute da waren, war er nicht überfüllt. Immer noch blieb Platz zum Atmen, zum Laufen, zum Spielen. Wie oft hatte ich genau das hier zusammen mit Holger und Gitti gemacht?

Ich hielt nach bekannten Gesichtern Ausschau. Wie Gitti und Holger hatten viele der Dauermieter an diesem Teil des Strandes ihre Stammplätze. Ihren langjährigen Freunden hatte sie doch bestimmt erzählt, wo ihre Installation war. Ich stand auf.

9

Alte Freunde – oude vrienden

Mittwochmittag

Mit den Sandalen in der Hand lief ich auf den Holzbohlen an den *strandhuisjes* entlang. An der 333 blieb ich kurz stehen. Sie war zu. Vielleicht hatten Holger und Gitti das Häuschen tatsächlich immer noch gemietet. Irgendwie würde mich das freuen, obwohl es nun unpraktisch für sie war, zu weit weg vom neuen Haus, aber wer weiß, vielleicht mochten sie ja »ihren« alten Strandplatz behalten.

»Klausemann!« Ein paar Hütten weiter hörte ich eine Stimme, die mich sofort in die Vergangenheit beamte. »Willst du was trinken?«

Klausemann, so hatte das Paar vom Bungalow gegenüber ihren Sohn immer gerufen. Er war etwas jünger als Theo und ich. Ein paarmal hatte ich auf ihn aufgepasst oder ihn mitnehmen müssen, den kleinen Klausemann, der vor allem wollte, dass ich ihn Klaus nannte. Fuhr er etwa immer noch mit seinen Eltern in den Urlaub? Neugierig sah ich mich um.

Ein kleiner Junge kam angerannt, offensichtlich der neue Klausemann. Aus Klausepapa, wie ich Klaus' Vater insgeheim immer genannt hatte, musste inzwischen Klauseopa geworden sein. Und Klaus war selbst Vater. Zweifacher sogar, denn der Mann, der gerade hinter einem kleinen Mädchen mit einem rosa Strohhut herlief, das zum Wasser abhauen wollte, konnte nur Klaus sein.

»Freddie?«

Ich drehte mich wieder zu den Strandhäuschen um.

Heidi, so hieß seine Mutter, wie mir wieder einfiel, lächelte mich von ihrer Liege aus an. Jetzt richtete sie sich auf. »Habe ich doch richtig gesehen. Sieh mal, wer hier ist, Manfred.«

Manfred, das war Klauseopa, schaute zu mir. »Ja, Mensch,

dich habe ich ja lange nicht mehr gesehen.« Erfreut schälte er sich aus seinem Liegestuhl. »Komm, setz dich zu uns.«

Er bestand darauf, dass ich auf seinem Liegestuhl Platz nahm, und holte für sich einen Klappstuhl aus dem Häuschen. Dann wurden mir sowohl der neue Klausemann als auch Tinchen, so hieß die Tochter von Klaus, und seine Frau Susanne vorgestellt.

»Hast du auch Familie?« Neugierig beugte sich Manfred in seinem Klappstuhl vor, als würde ich im nächsten Augenblick »mein Mann, mein Sohn, meine Tochter« aus der Hosentasche zaubern und ihm wenigstens Fotos präsentieren, wenn sie schon nicht in natura da waren. Am liebsten hätte ich einfach nur »Ja« geantwortet. Schließlich hatte ich Eltern, Onkel und Tante. Zählte das nicht?

»Mach dir nichts draus, das kommt bestimmt noch.«

Wenn er jetzt mein Knie tätschelte, würde ich aufspringen und abhauen.

»Du bist ja ganz rot im Gesicht. Brauchst du Sonnenmilch? Hast wohl vergessen, wie die Sonne hier brennt, was?«

»Mensch, Papa, Freddie ist erwachsen.« Klaus sah seinen Vater tadelnd an. Dann grinste er mir zu. »Er ist noch ganz der Alte, wie du siehst.«

»Das ist er. Und nun lässt du Freddie mal zu Wort kommen, Manfred. Erzähl, wie geht es dir?« Heidi musterte mich forschend.

»Ganz okay, danke.« Ich streckte meine Finger in den weichen, warmen Sand und spielte damit herum. »Ich suche Gittis Muschelinstallation. Wisst ihr, wo die steht?«

»Nein.« Energisch schüttelte Manfred den Kopf. »Seit sie in den Ort gezogen sind, lässt sich Gitti nicht mehr im Park blicken.«

»Manfred!« Dieses Mal war es Heidi, die ihren Mann zur Ordnung rief.

»Stimmt doch. Oder wann hast du sie zum letzten Mal gesehen?«

»Wollt ihr nicht mit den Kindern ans Wasser gehen?« Heidi

strubbelte ihrem Enkel durchs Haar und gab ihm einen Kuss. »Baust du mir eine Burg?«

»Ja«, krähte der Kleine und schnappte sich Eimer und Schaufel. Zusammen mit seinen Eltern und Tinchen zog er ab.

Zeit für Erwachsenengespräche.

»Sag mal, stimmt es, dass die Polizei Holger festgenommen hat, weil er Nelleke umgebracht haben soll?« Manfred ging gleich in die Vollen. »Also wenn es einer von den beiden sein muss, dann hätte ich ja eher auf Gitti getippt.«

»Manfred!«

»Schon gut.« Ich ließ den Sand durch meine Hand rieseln. »Wieso meinst du, dass Gitti es gewesen ist?«

»Na ja«, er rieb sich über die Beine, »zwischen Nelleke und ihr muss es ziemlich gekracht haben.«

»Warst du dabei?« Heidi guckte ihren Mann streng an. Der verneinte.

»Na also.« Sie wandte sich an mich. »Du weißt doch, wie viel geredet wird.«

»Aber ich habe es von Holger, und er würde das doch nicht erzählen, wenn es nicht stimmen würde.« Triumphierend streckte Manfred seine Beine aus und brachte den Stuhl bedrohlich ins Kippen.

»Hat er dir auch verraten, worüber die beiden sich gestritten haben?«

»Nein.« Manfred ruckelte mit dem Stuhl, damit der sich tiefer in den Sand grub und einen besseren Stand bekam. »Ehrlich gesagt hatte ich an dem Tag andere Sorgen. Ich hatte gerade erfahren, dass Nelleke den Park verkaufen wollte.«

»Was?« Wenn man in einem Liegestuhl senkrecht sitzen könnte, hätte ich das jetzt getan. »Das glaub ich nicht. Der ist doch schon ewig in der Familie.«

»Es kommt noch schlimmer.« Manfred schnaubte. »Der Neue wollte alles plattmachen und so ein Luxus-Ferien-Wellness-Resort da hinsetzen. Alle unsere Bungalows futsch! Weg. Von einem Augenblick auf den anderen.«

»Puh. Davon haben Holger und Gitti gar nichts erzählt.«

»Na, sie sind ja auch fein raus. Man könnte fast meinen, dass sie es schon vorher gewusst und deswegen das Haus gekauft haben. An das sie, nebenbei bemerkt, nur über Nelleke rangekommen sind.«

»Nun reicht's aber.« Heidi sah sich um, als würde sie etwas suchen, das sie ihrem Mann an den Kopf werfen konnte.

»Schon gut.« Manfred hob die Hände. »Holger hätte es mir gesteckt, wenn er es gewusst hätte. Er hat mir schließlich auch versprochen, Nelleke den Verkauf auszureden. Er konnte ja gut mit ihr, aber Gitti haben unsere Probleme doch nicht mehr interessiert.«

Heidi schüttelte den Kopf. »Woher willst du denn das wissen? Sie hat einfach gerade viel zu tun. Die Aufführung …«

»Die Aufführung, die Aufführung, es geht um unser Zuhause!« Manfred wurde laut. Und rot. Wie eine reife Tomate, die beim nächsten falschen Wort zu platzen drohte.

»Jetzt reg dich doch nicht wieder so auf.« Heidi legte ihm die Hand auf den Arm. »Der Verkauf ist schließlich erst mal vom Tisch.«

»Hat Theo das gesagt?«

»Nein, aber Mareike.« Heidi reichte ihrem Mann eine Flasche Wasser. »Hier, trink einen Schluck. Es ist aber auch wieder heiß heute.«

Nachdenklich rieb ich mir das Kinn. Warum zog Theo den Verkauf nicht durch? Er hatte doch kein Interesse an dem Park. Oder spielte er auf Zeit? Aber warum sollte er?

»Wie hat Holger … woran ist Nelleke denn gestorben?« Manfred stellte die Wasserflasche ab, nahm ein Handtuch und wickelte es sich um den Kopf wie einen Turban. Ein ziemlich wackeliger Turban. »Der Kommissar wollte es uns nicht verraten.«

»War Ju… war Hoofdinspecteur Doorn bei euch? Was wollte er wissen?« Glaubte er nun doch nicht, dass Holger es getan hatte?

»Der ist ein Netter, nicht wahr?« Heidi blinzelte, wie sie es immer tat, wenn sie einem zuzwinkern wollte.

Ich pflichtete ihr bei und hoffte, dass sie das Glühen meines Gesichts auf die Sonne zurückführen würde. Die knallte aber auch.

»Ich dachte ja erst, die drehen für den Tatort. Wie der Mommsen sieht der aus. Nur dass er eine jüngere Inga bei sich hatte.« Manfred schob einen Zipfel seines Handtuchturbans hoch. »Die war ganz schön ungeduldig, sie wird es mal weit bringen.«

Erstaunt sah ich ihn an. Ungeduld bringt einen weit im Leben. Der Spruch war mir neu.

»Und natürlich wollten sie alles wissen, was uns aufgefallen ist. Ob Nelleke irgendwie anders gewesen war in den letzten Tagen.« Manfred richtete sich mit vor Stolz geschwellter Brust auf. Die Rolle als Zeuge in einem Mordfall schien ihm zu gefallen.

Ich schaute zum Wasser, wo die kleine Klausemann-Familie an ihrer Burg baute. Wie weit würde Manfred gehen, damit sie das auch weiterhin machen konnten? Sollte ich Klaus aushorchen, wo sein Vater Sonntagnacht gewesen war?

»Nach Holger haben sie sich erkundigt«, sagte Heidi leise. »Seinem Verhältnis zu Nelleke. Ob da was lief zwischen den beiden.«

»Und?« Ich vergrub meine Hand im Sand, sah dann aber auf. »War da was?«

»Nein.« Sie erwiderte meinen Blick und seufzte. »Zumindest von Holgers Seite aus kann ich mir das nicht vorstellen. Bei Nelleke hingegen, wer weiß?«

Ich biss mir auf die Unterlippe. War Nelleke hinter Holger her gewesen? Am Sonntag hatte sie ihn zu sich bestellt, er hatte sich ihrer erwehrt, sie war blöd gefallen, er hatte das Ganze als Muschelvergiftung getarnt?

Nein, das war Unsinn. Die Polizei hatte ja offenbar wirklich Anzeichen für eine Vergiftung gefunden. Sonst hätten sie sich nicht so auf das Zyankali in Gittis Schuppen gestürzt. Ich zog meine Hand aus dem Sand.

Klein-Klausemann kam angerannt, um Oma und Opa zur Burgbesichtigung zu holen.

»Komm doch auch mit«, lud Heidi mich ein.

»Gern.« Ich klaubte ein paar Muscheln aus dem Sand und hielt sie Klein-Klausemann hin. »Wollen wir damit eure Burg verzieren?«

Sofort sammelte er weitere Muscheln und gab sie mir. Als ich beide Hände voll hatte, gingen wir zur Burg. Nachdem ich sie ausgiebig bewundert hatte, übergab ich Klein-Klausemann seine Ziermuscheln. Prompt gab es Streit zwischen den Kindern. Natürlich wollte Tinchen auch welche in die Burg drücken, riss dabei aber umgehend einen Turm ab. Nur die Aussicht auf ein Eis konnte den kleinen Klausemann trösten. Wie früher hatte Heidi vorgesorgt und welches in der Kühlbox dabei.

Ich verabschiedete mich und winkte ihnen noch nach, als sie zum Strandhäuschen stapften. Mir war auch nach einer Abkühlung, aber mehr nach einer äußerlichen. Ich schlüpfte aus Hose und Shirt, legte die Kleidung über meinen Rucksack und stürzte mich in die Fluten.

Erfrischt kehrte ich wenig später zu meinen Sachen zurück, setzte mich in den Sand und sah den Wellen zu, während ich mich von der Sonne trocknen ließ. Eine kleine Muschelsammlerin lief an mir vorbei zum Wasser und hielt ihre Fundstücke in die nächste Welle, um sie zu säubern, bevor sie in ihren Eimer durften. Einen Moment sah ich ihr zu und wünschte mir, dass ich meine Gedanken genauso wie sie ihre Muscheln sortieren könnte. Einfach in die Hand nehmen, prüfend betrachten und nur die richtigen behalten.

Mit einem leisen Seufzer stand ich auf, zog mich an und ging am Wasser entlang zurück zum Strandaufgang.

Jedes Sandkorn kannte ich hier, wusste, in welchem Strandabschnitt sich bei Ebbe Seen bildeten, konnte am Verlauf der Dünenlinie erkennen, wo ich mich befand. Wenn das mit Menschen doch genauso einfach wäre. Heidi und Manfred kannten Holger und Gitti seit über fünfundzwanzig Jahren. Holger schienen sie einen Mord nicht zuzutrauen, bei Gitti hingegen sah das anders aus. Durfte ich ihrem Urteil vertrauen?

Das erinnerte mich an die Familienaufstellung vom Sonntag, in der wildfremde Menschen mich und meine Familie anscheinend besser verstanden als ich. Jedenfalls hatten sie so gut wie immer das Gegenteil von dem behauptet, was ich erwartet hatte. Besonders wenn es darum ging, was meine Eltern in der aufgestellten Situation fühlten. Noch immer sah ich den Stellvertreter meines Vaters vor mir. Völlig absurde Dinge hatte er von sich gegeben. Mein Vater sei unschuldig. Dabei wusste ich doch ganz genau, dass er meiner Mutter fremdgegangen war!

Vielleicht sollte ich auch hier einfach mal das Gegenteil annehmen von dem, was ich dachte. Bei der Nachbarin von gegenüber, dieser Roos, war ich mir zum Beispiel ziemlich sicher, dass sie maßlos übertrieb und kaum etwas dran war an dem, was sie erzählte. Wenn ich ihr Wort für bare Münze nahm, dann hatte Holger was mit Nelleke gehabt. Woraufhin Gitti sie vergiftet hatte.

Völliger Blödsinn, auch wenn ich zugeben musste, dass dieses Szenario nicht gänzlich aus der Luft gegriffen war. Gitti hatte Mittel und Motiv. In dem Zusammenhang ergab sogar Holgers Geständnis Sinn. Wer hätte kein schlechtes Gewissen, wenn die eigene Ehefrau die Liebhaberin ermordete? Bestimmt wollte Holger etwas wiedergutmachen, indem er an Gittis Stelle den Mord gestand. Insofern passte es. Das Einzige, das nicht passte, war mein Gefühl. Holger und Gitti liebten einander. In ihrer Beziehung gab es keine Seitensprünge.

Ich schnaubte. Eine tolle Begründung.

Doch was wäre, wenn Nelleke wirklich auf Holger gestanden hatte? Sie wollte was von ihm, er aber nicht von ihr. Sie blieb hartnäckig, er hingegen wies sie zurück. Gleichzeitig ließ er Gitti nie im Zweifel darüber, dass er keine Gefühle für die Nachbarin hegte.

Ob Gitti ihm geglaubt hatte? Oder war sie dafür zu eifersüchtig gewesen? So eifersüchtig, dass sie Nelleke umbrachte?

Das schien mir noch mehr an den Haaren herbeigezogen zu sein, als Theo zu verdächtigen, der sein Erbe wollte. Mord um des lieben Geldes willen war ein häufiges Motiv. Und bei dem Bungalowpark handelte es sich um ein nicht zu unterschätzendes Erbe. Besonders wenn der Käufer ein Luxusresort daraus machen wollte.

Ich blieb stehen. Hatte ich Theo doch zu schnell von der Mörderangel gelassen?

Ich fischte mein Smartphone aus dem Rucksack und googelte Theos Restaurant. Das »Zout of Zoet« lag in der Innenstadt, in einer Seitenstraße des Boulevards, der am Meer entlangführte. Das war wie gemacht für eine kleine Radtour. Vorher würde ich aber noch eine Stippvisite beim Bungalowpark einlegen und sehen, ob ich nicht doch noch jemand auftrieb, der wusste, wo ich Gitti finden konnte.

Entschlossen stapfte ich durch den weichen Sand zur Treppe des Strandaufgangs. An den Fahrradständern nahm ich Holgers Hollandrad, saß auf und ließ es die wenigen Meter zum Park hinunterrollen.

Es war, als kehrte ich in meine Kindheit zurück. Viel verändert hatte sich hier nicht. Die hölzernen Bungalows mit den überdachten Terrassen davor sahen noch genauso aus wie in den Neunzigern. Außer dass einige dringend einen neuen Anstrich benötigten. Vor der Rezeption bremste ich und stellte das Rad ab. Bei meiner kleinen Runde durch den Park würde es mich nur stören.

Als hätten Holger und Gitti ihren Bungalow noch, ging ich zuerst zu ihrer »Hütte«, wie Holger das Holzhäuschen liebevoll genannt hatte. Obwohl sie es erst vor Kurzem freigeräumt hatten, war es anscheinend bereits wieder belegt. Diese Häuschen, wie überhaupt jeder Quadratzentimeter Ferienwohnfläche, waren schwer begehrt. In einer Lage wie dieser sowieso. Direkt hinter den Dünen, neben dem *kreek*, fußläufig zum Ort und – wenn die anderen Urlauber nicht gerade feierten – ruhig. Hätte das Häuschen noch leer gestanden, wäre ich glatt in Versuchung gekommen, es selbst zu mieten. Sofern ich es mir hätte leisten können. Vermutlich waren die Preise auch nicht mehr das, was sie früher mal waren. Wenn es dann noch Luxus-Ferienhäuser wären anstatt der einfachen und ein wenig in die Jahre gekommenen Bungalows, dann wäre für viele der bisherigen Mieter ein Urlaub hier wohl nicht mehr erschwinglich. Ein Langzeitaufenthalt schon gar nicht.

»*Hoi*, Freddie. Schön, dass man dich noch mal hier sieht.«

Ich drehte mich um und stand Mareike gegenüber, die sich auf den ersten Blick überhaupt nicht verändert hatte. Jedenfalls erkannte ich Theos Tante sofort wieder. Das kurz geschnittene Haar mochte inzwischen mehr grau als blond sein, aber ihre blauen Augen leuchteten in dem braun gebrannten Gesicht noch wie früher, auch wenn sie ziemliche Augenringe hatte. Kein Wunder nach dem, was geschehen war. Ihr gehörte der Campingplatz gegenüber, wo es den besseren Spielplatz gab, weshalb wir Kinder oft drüben gespielt hatten, wenn wir nicht ans Meer durften. Hatten wir etwas angestellt, war mit ihr nicht gut Kirschen essen gewesen. Aber wir hatten immer gewusst, woran wir bei ihr waren. Seitdem Kees damals zum Pflegefall geworden war, kümmerte sie sich neben dem Campingplatz auch um die Verwaltung des Bungalowparks.

»Mein Beileid.« Unsicher, ob ich ihr die Hand geben sollte, ließ ich sie vom Gurt des Rucksacks nach unten sinken, streckte sie dann aber doch nicht aus. »Erst Kees und jetzt Nelleke. Das tut mir wirklich sehr leid.«

»Danke. Besonders hart ist es natürlich für Theo.« Sie ließ den Blick über den Platz wandern und schaute dann von Holgers und Gittis ehemaligem Häuschen zu mir. »Und für dich. Ist bestimmt nicht einfach, zu verkraften, was Holger getan hat.«

»Aber er war es nicht.«

Sie sah mich an wie damals, wenn wir uns herausreden wollten. Nur dass ich dieses Mal fünfundzwanzig Jahre älter war und im Recht.

Bewusst schob ich die Brust etwas vor, ließ die Schultern sinken, sodass ich aufrecht und selbstsicher dastand. »Er war es wirklich nicht.«

Mareike zuckte nicht mal mit den Schultern, geschweige denn mit einer Wimper, aber sie nickte zu ihrem Büro rüber. »Möchtest du einen Kaffee?«

»Nein, danke, ich hatte gerade schon einige *koffie* mit Theo.

Er hat mir erzählt, dass Nelleke und Leroy nicht gut miteinander zurechtgekommen sind. Die beiden müssen wohl erst neulich böse aneinandergeraten sein.«

»Wenn Theo das sagt.« Mareike musterte mich, dann seufzte sie. »Ich kann verstehen, dass du nach einem Ausweg suchst, aber manchmal gibt es einfach keinen, weißt du. Ich kann es ja auch nicht fassen. Nach all den Jahren. Da glaubt man, einen Menschen zu kennen, und dann das.«

»Holger würde so etwas niemals tun.«

»Ja, das habe ich damals auch gedacht, als mein Mann mich verlassen hat. So was tut weh, aber ich kann dir versichern, man kommt drüber weg.« Sie nahm meine Hand und drückte sie. »Bei Männern weiß man nie. Wahrscheinlich wollte Nelleke nach Kees' Tod mehr als eine kleine Affäre, Holger aber nicht. Sie hat ihn unter Druck gesetzt, da ist er durchgedreht.«

»Aber mein Onkel liebt meine Tante.« Ich entzog Mareike meine Hand. »Ich kann mir nicht vorstellen, dass er sie hintergeht. Nicht Holger.«

»Männer.« Mareike verschränkte die Arme vor der Brust. »Da glaubst du, sie lieben dich, und am nächsten Tag verlassen sie dich. Einfach so.«

Und ich hatte immer gemeint, ihr Mann sei früh verstorben. Wahrscheinlich hatte sie nur nicht über ihn geredet, ihn totgeschwiegen, was ich als Kind mit gestorben gleichgesetzt hatte.

In meinem Magen zog sich etwas zusammen. Ich dachte an Jan. Ich dachte an meinen Vater. Beide waren sie untreu gewesen, aber deswegen musste das ja nicht auch für Holger gelten.

»Wie hat Gitti es aufgenommen? Kommt sie zurecht?« Mareike war nicht davon abzubringen, dass Holger Nelleke umgebracht hatte. Das tat mir weh. Und es machte den Klumpen in meinem Magen härter.

Ich riss mich zusammen. »Sie ist seit Tagen nicht aufgetaucht. Deswegen bin ich hier. Vielleicht weiß ja jemand von der alten Truppe, wo sie sein könnte.«

»Ich fürchte, da wirst du warten müssen. Die sind alle ausgeflogen.«

»Mist. Weißt du nicht, wo Gittis Aufführung beim Nazomerfestival stattfinden soll? Im Programm steht ›Strand Westkapelle‹, aber da habe ich sie nirgends gefunden.«

»Ihre Aufführung ist ja auch erst am Freitag.« Mareike wandte sich in Richtung ihres Büros. Wenn jemand die einfachsten Dinge nicht begriff, wurde sie ungeduldig. Immerhin drehte sie sich noch mal zu mir um. »Wahrscheinlich arbeitet sie gerade an der Installation.«

»Aber wo denn?« Das klang verzweifelter, als ich beabsichtigt hatte, und führte obendrein dazu, dass Mareike mich mitleidig ansah. Ich biss die Zähne zusammen.

»Keine Ahnung.« Sie machte eine ausschweifende Armbewegung, die quasi ganz Walcheren umfing. »In irgendeiner Scheune, nehme ich an, damit der ganze Kram geschützt steht.«

Ich stöhnte. Es gab bestimmt weniger Scheunen als Ferienwohnungen auf Walcheren, aber ich war mir nicht sicher, ob Erstere im Netz so gut zu finden waren wie Letztere. Zumindest hatte ich noch nie von einer Suchplattform für Scheunen gehört. Vielleicht gab es »barn.com« oder »zeeuwseschuurs.nl«.

Als könnte Mareike meine merkwürdigen Gedanken lesen, wandte ich den Kopf und tat so, als würden mich die Vorgärten und Dekorationen in den Bungalows brennend interessieren. Was sie tatsächlich taten. Vor allem die Plakate, die an einigen von ihnen angebracht waren.

»*We zijn niet te koop.*«

»*Don't sell us out.*«

»Verraten und verkauft.«

Ich deutete auf ein Protestschild, das in einen Vorgarten gerammt war. »Der geplante Verkauf hat wohl für einige Unruhe gesorgt.«

Mareike warf einen flüchtigen Blick auf das Schild. »Ach, du kennst doch die Dauermieter. Wenn sich was ändert, schreien sie.«

»Dann stimmt es also nicht, dass der Eigentümer in spe hier einen Luxuspark hinsetzen will?«

»Wer weiß?« Mareike wippte auf den Füßen. »So einfach

geht das alles nicht, aber der Verkauf ist ja erst mal vom Tisch. Unterschrieben ist zum Glück noch nichts. Nelleke hat noch darauf gewartet, dass der Käufer sein endgültiges Angebot vorlegt.«

»Dass sie überhaupt verkaufen wollte …« Ich schüttelte den Kopf. Das Geschäft lief doch gut, oder? Jedenfalls hatte ich nicht das Gefühl, dass Bungalows leer standen. Wenn überhaupt, hätte ich gedacht, dass Nelleke sich nach dem Tod ihres Mannes erst recht wieder in die Arbeit stürzen würde. Warum hatte sie sich stattdessen zum Verkauf entschlossen? Und was sagte Theo dazu?

»Ich glaube, Kees' Tod hat das alles ausgelöst.« Mareike rieb über den Anhänger ihrer Kette, ein *Zeeuwse knoop*.

Den zeeländischen Knopf, ursprünglich ein Männerschmuckstück, hatte sie schon getragen, als es noch nicht in Mode gekommen war, ihn auf allem und jedem zu vermarkten. Inzwischen sah man sie überall. Auf Tassen, Bechern, als Schlüsselanhänger, Türknöpfe, Backformen, Fahrradklingeln, Pralinen, Seifen. Die Liste war endlos, das Geschäft mit den Touristen groß.

Mareike seufzte. »Nach seinem Tod hat Nelleke sich verändert. Fast so, als wollte sie noch mal ganz von vorn beginnen, ein neues Leben, und das alte hinter sich lassen.«

»Ich hatte immer den Eindruck, sie liebte das alles hier genauso wie du. Was hatte sie denn vor?«

»Keine Ahnung.« Mareike ließ den Anhänger los und die Hand sinken. Für einen Moment sah sie ziemlich verloren aus, dann fing sie sich wieder und nickte mir beinahe brüsk zu. »Ich muss.«

Was auch für mich galt. Ich musste endlich Gitti finden. Danach konnte ich mich immer noch darum kümmern, wie es mit dem Park weiterging und ob das was mit dem Mord an Nelleke zu tun hatte.

10

Salzig oder süß – zout of zoet

Mittwochnachmittag

Meine Tour durch das Hinterland führte mich tatsächlich an einer Scheune vorbei. »De Zeeuwse Schuur Museum« beherbergte eine private Sammlung von Autos und landwirtschaftlichen Geräten aus den fünfziger Jahren, alles in einer Scheune untergebracht, daher der Name »Zeeländisches Scheunenmuseum«.

Von Gitti hatte dort allerdings noch nie jemand was gehört. Und als ich nach Scheunen fragte, die man mieten konnte, um darin an raumgroßen Kunstwerken zu arbeiten, guckten sie mich nur argwöhnisch an. Als ob es *mein* Hobby und nicht Gittis wäre, Muscheln zu Skulpturen zusammenzusetzen!

Aber wo sollte ich meine Tante sonst noch suchen? Allmählich gingen mir die Ideen aus. Ob sie die Nachricht, dass sie ein paar Tage an ihrer Installation arbeitete, nur geschrieben hatte, damit Holger sich keine Sorgen machte? War Gitti in Wirklichkeit ganz woanders? Vielleicht in Deutschland? Dann konnte ich es mir wohl sparen, jede Scheune von Walcheren auf den Kopf zu stellen. Stöhnend setzte ich mich wieder aufs Rad.

Ohne eine Spur von Muscheln oder gar Muschelkunst entdeckt zu haben, erreichte ich die Promenade von Vlissingen und rollte den Boulevard entlang. Wieder einmal wusste ich nicht, was ich von der Mischung aus alten Wohnhäusern und eher futuristischen Hochhäusern halten sollte. Eines musste man den Gebäuden lassen: Durch die großen, oft bodentiefen Fenster hatte man bestimmt eine wunderbare Sicht auf die Westerschelde, und ein tolles Fotomotiv war die Skyline obendrein. Doch ihr kehrte ich den Rücken zu und machte mich auf die Suche nach dem »Zout of Zoet«.

Ein unscheinbares Lokal, das ich erst beim zweiten Gang durch die mehr als kurze Straße fand. Und auch das nur, nachdem ich die Hausnummer nachgesehen hatte. Da hatte Theo sein Restaurant schon auf den schönen Namen »Salzig oder Süß« getauft, doch anscheinend vergessen, das entsprechende Schild anzubringen. Kopfschüttelnd stellte ich das Hollandrad ab.

Im Unterschied zu dem Lokal daneben waren die Tische im Außenbereich verwaist. Hatte Theo es sich anders überlegt und das Restaurant heute doch nicht aufgemacht?

Ich spähte durchs Fenster. Auch im Innern konnte ich keine Gäste entdecken. Dennoch drückte ich gegen die Tür und war überrascht, als sie tatsächlich aufging.

»Theo? Hallo?« Ich trat ein und sah mich neugierig um. Einfache Tische und Stühle, bunt zusammengewürfelt, normalerweise gefiel mir so etwas, aber hier funktionierte es nicht und wirkte in etwa so gemütlich wie in einer Abstellkammer.

»Freddie?« Theo kam aus der Küche und sah mich erstaunt an.

»Hi Theo, störe ich? Hast du noch zu?«

»Nee, komm rein.« Er wischte sich mit dem Handrücken den Schweiß von der Stirn. »Ich schiebe gerade noch die Quiches in den Ofen, bin gleich wieder da.«

Ich ging an die Theke und nahm mir eine der Karten, die dort lagen. Kalte Getränke, warme. Toasties, Salate, *vis & friet*, vegane Burger, Muschelburger, Sommerburger. Erdbeerburger, Schokoburger. Immerhin keine Salzlakritzburger. Gerade hatte ich noch überlegt, mir etwas zu bestellen, aber süße Burger?

»Und, was darf's sein?« Theo kam zurück und rieb sich die Hände an einem Handtuch ab, das er sich als Schürze um den Bauch gebunden hatte. »Soll ich dir was empfehlen?«

»Danke, ich brauche erst mal was zu trinken. Groß und kalt und viel.«

Theo mischte eine Apfelschorle, gab noch frische Minze und Zitrone dazu und reichte mir das Glas.

Ich nahm einen großen Schluck. Die Mischung war richtig gut und erfrischend. Und stand genauso wenig auf seinem Getränke- und Speiseangebot wie die Quiches.

»Ist das noch das Menü deines Vorgängers?« Ich deutete auf die Karten. »Bei dir gibt es dann süße und salzige Quiches? *Zoet en zout?*«

»*Nee*, Burger. Ich dachte, die gehen immer.« Theo hob die Schultern, ließ sie wieder sinken. »Und als was Besonderes: die süßen Burger.«

»Oh.« Hastig nahm ich einen weiteren Schluck und hätte mich am liebsten hinter dem Glas versteckt. »Wie lange hast du das Lokal denn schon?«

»Im zweiten Jahr.« Er legte die Menükarten übereinander, als würde sein Leben davon abhängen, dass sie ordentlich lagen. »Läuft leider noch nicht so, wie ich es mir vorgestellt hatte.«

»So nah am Boulevard ist es aber doch gar nicht schlecht gelegen, oder?« Ich sah nach draußen, wo gerade wieder eine Familie anhielt und sich offensichtlich überlegte, ob sie im »Zout of Zoet« einkehren sollte. Die kleine Tochter setzte sich durch und zerrte ihren Vater ins Lokal.

»*Hoi!*« Theo strahlte seine Kundschaft an, dass ich mir schon meine Sonnenbrille aufsetzen wollte. »*Wat mag het zijn?*«

»Ein Schokoburger.« Das Mädchen sah zu seinem Vater. »Mit Cola und Fritten.«

»Nina, nein«, die Mutter, die ihnen folgte, schob den Buggy samt jüngerem Sohn ins Restaurant. »Du kannst eine *Chocomel* haben oder einen Apfelsaft.«

Das Mädchen zog einen Flunsch, entschied sich dann aber für den Apfelsaft.

Aus der Küche schrillte ein Alarm.

»Einen Augenblick.« Theo eilte nach hinten.

»Sollen wir nicht doch woanders hingehen?« Die Mutter war im Eingang stehen geblieben und sah sich um.

»Sorry.« Ein weiterer Gast wollte hinein, anscheinend brauchte es immer erst ein paar Leute im Lokal, die dann andere nach sich zogen. Den hier erkannte ich allerdings wieder. Das war Fußballgott alias Leroy. Theos Mann sah auch aus der Nähe verdammt gut aus. Vielleicht etwas älter, als ich gedacht hatte, aber hey, mit dem Typen konnte man sich sehen lassen.

»*Hoi!*« Theo kam mit einer Quiche in jeder Hand an die Theke und begrüßte Fußballgott mit einem Kuss.

»Mhm«, schnupperte der, »*dat ruikt goed.*«

Nicht nur er schnupperte genüsslich. Die Quiches rochen wirklich zu gut. Da hob sogar Ninas Mutter ihre Nase.

»Das ist Freddie.« Theo stellte die Quiches auf der Theke ab und nickte zu mir hin. Dann legte er einen Arm um Fußballgott. »Und das hier ist Leroy.«

»Wir waren aber vor ihm da.« Nina zeigte auf Leroy. »Du musst dich hinten anstellen.«

Der zwinkerte ihr zu und setzte sich zu mir, während sich Theo an den Schokoburger für Nina machte.

»Hast du vielleicht Zeit, Freddie? Mir ist ein Fotomodell abgesprungen.« Fußballgott Leroy fackelte nicht lange. Das war einer, der sich den Ball nahm und den Elfmeter verwandelte.

»Du willst aber nicht mich fotografieren?« Ich schüttelte den Kopf. »Andersherum wird ein Fotoshooting daraus. Ich mache gern Bilder von dir.«

Leroy lachte, als hätte ich den Witz des Jahrhunderts gerissen. Sogar Nina sah kurz zu uns rüber, bevor sie wieder mit Argusaugen über die Herstellung ihres süßen Burgers wachte.

»Ehrlich, das tut nicht weh und geht ganz schnell.«

»Ich bin aber nicht mehr jung und brauche kein Geld.« Davon abgesehen hatte ich Zeit und war neugierig. Auf Leroy und seinen Streit mit Nelleke. Also änderte ich den Kurs. »Von welcher Art Bilder sprechen wir hier denn?«

Er lachte über den Argwohn in meiner Stimme. »Werbefotos, mit Laienmodels. Um noch mehr Menschen zu zeigen, wie schön es hier ist. Und weil du kein Geld brauchst, bekommst du auch keins. Deal?« Leroy hielt mir die Faust hin.

»Na gut.« Ebenfalls lachend hob ich die Hand, formte sie zur Faust. »Deal.«

Wir stießen unsere Fäuste aneinander.

Leroy musterte meine Frisur. Nach dem Morgen am Strand mit anschließender Radtour sah sie wahrscheinlich nicht mehr wie der letzte Schrei aus. Zum Schreien traf es wohl eher.

»Hey, du wolltest mich so, wie ich bin. Ich färbe mir jetzt nicht die Haare rot.«

»Keine Sorge. Das mache ich nachträglich am PC.« Er grinste. Dann stand er auf, winkte Theo zu und nickte zur Tür. »Auf geht's. Einmal an den Strand, du wirst es lieben.«

Ja, den Strand würde ich lieben. Genau wie die Gelegenheit, Leroy unauffällig über Nelleke auszuhorchen. Daher machte ich, dass ich hinter ihm herkam.

»Ist das dein *fiets*?« Leroy deutete auf Holgers Rad.

»Yep.« Ich kramte den Schlüssel aus meinem Rucksack, steckte ihn in das Fahrradschloss und ließ es aufschnellen. »Wo soll es hingehen?«

»Auf den Gepäckträger.« Leroy nahm mir das Rad aus der Hand und stieg auf.

»Moment mal!« Empört funkelte ich ihn an.

»Mit dem Rad sind wir viel schneller da. Los, komm.« Er rollte los und deutete hinter sich. »Setz dich.«

»Hast du ein Glück, dass ich nicht mit meinem Rennrad gekommen bin«, knurrte ich, lief neben dem Rad her und sprang auf.

Leroy trat kräftig in die Pedale und bog mit Volldampf auf die Promenade ab. Als er sich in die Kurve legte, gerieten wir ganz schön in Schieflage. Wenn er so weiterfuhr, würde ich meine Fotomodellkarriere mit einem Auftritt als Verkehrsopfer beginnen müssen.

Über den Boulevard flogen wir förmlich, bis wir den Nollestrand erreichten. Leroy ließ das Rad auf den Sand rollen. Prompt kippte es zur Seite. Ich sprang ab und wäre am liebsten gleich durch zum Wasser gelaufen.

»Wo willst du die Bilder machen?« Ich sah mich um. Hier war ganz schön was los. Einige schwammen oder ließen sich auf einem Board treiben, andere spazierten am Ufer entlang, ein paar Kids spielten Fußball, und in den *strandslaaphuisjes* vor den Dünen hatten die Bewohner es sich in ihren Liegestühlen oder Loungemöbeln gemütlich gemacht. Auf eines dieser Strandschlafhäuser zeigte Leroy gerade.

»Wow. So eines wollte ich schon immer mal von innen sehen.« Ich stapfte auf das Haus zu. Für eine Übernachtung darin würde ich mich sogar zu einem Nacht-Shooting überreden lassen. »Hast du es für länger?«

»So lange, bis der nächste Mieter kommt.« Leroy joggte an mir vorbei durch den weichen Sand. Der Typ sah nicht nur fit aus, er war es auch.

Als ich an dem Häuschen ankam, hatte er es bereits aufgeschlossen und seine Kameraausrüstung herausgeholt.

Er deutete auf die Loungemöbel. »Setz dich mal dahin. Hast du was zum Lesen dabei? Oder nein, setz dich einfach hin und schau aufs Meer.«

Ich tat wie geheißen.

Er stellte Lichtformer auf, machte eine Probeaufnahme, richtete die Teile etwas anders aus und legte dann los.

»Machst du auch Kunstfotos?« Ich schob mir die Sonnenbrille ins Haar und sah zu ihm.

»Ich mache gute Fotos. Dreh den Kopf wieder zum Wasser.« Er schoss seine Bilder und ließ dann die Kamera sinken. »Und jetzt noch schnell ein paar Aufnahmen im Haus.«

Er packte sein Zeug, und ich folgte ihm ins Innere.

»Ist es schwer, mit der Fotografie seinen Lebensunterhalt zu verdienen?« Ich kletterte auf die Holzleiter zum Dachboden und spähte zu den Betten. Durch ein Bullauge konnte man auf die Dünen sehen. Ich drehte mich um. Und vorn hinaus aufs Meer.

»Das kann man wohl sagen. Gut, bleib so.« Leroy schoss ein paar Fotos und dirigierte mich dann an den Herd, wo ich in einem Topf rühren und ihm dabei was erzählen sollte.

»Theo hat mir gesagt, du bist auch Maler. Stellst du deine Bilder aus?« Ich tat so, als probierte ich das Süppchen, das ich mir da gerade kochte, würzte es fiktiv nach und grinste dann fürs Foto in die Kamera. »Sind da Meerbilder dabei? Die lassen sich doch bestimmt gut verkaufen, oder?«

»Dann kann ich auch bei den Fotoshootings bleiben.« Leroy scheuchte mich aus der Küche an den Esstisch.

Sein Handy brummte. Er fummelte es aus der Hosentasche und fluchte. »Los, raus hier.«

»Wieso? Ist was passiert?«

Doch Leroy raffte nur eilig seine Ausrüstung zusammen und schmiss mich dann förmlich aus dem Haus.

»Was ist los? Dürfen wir nicht hier sein? Hast du den Schlüssel geklaut?«

»Nicht so laut.« Dabei grinste er mich an, als würde er mir gerade eine Liebeserklärung machen. Hey, der Typ konnte schauspielern. Vielleicht sollte er lieber damit sein Geld verdienen. Jetzt legte er auch noch einen Arm um mich und lotste mich ans Wasser. »Noch ein paar Bilder mit den Füßen im Meer.«

»Nur wenn du mir sagst, was hier los ist. Es reicht mir, wenn mein Onkel im Knast sitzt. Ich habe keine Ambitionen, selbst da zu landen.« Ein Schauder lief mir über den Rücken. Wenn ich das laut sagte, klang es noch gruseliger und schlimmer und vor allem real. Ich sah zum Strand hoch, wo eine Familie unter lautem Jubelgeschrei der Kinder in »unser« Strandhaus einzog.

»Die neuen Mieter.« Er zwinkerte mir zu. »Hab ich doch gesagt. Wenn die kommen, müssen wir raus.«

Er machte noch ein paar Aufnahmen am Wasser, danach gingen wir zur Windorgel am Ende des Nolledeichs. Dort ragten Bambusrohre in den Himmel, und je nach Windstärke und -richtung pfiff und brummte es in der Windorgel die unterschiedlichsten Melodien. Von dort hatte man einen wunderbaren Blick auf die Skyline von Vlissingen. Sogar den Gefängnisturm konnte man sehen.

Ich rieb mir die Unterarme und hoffte, dass es Onkel Holger in seiner Zelle gut ging, und wenn nicht, dass es ihn wenigstens zur Vernunft und folglich zum Widerruf seines Geständnisses bringen würde.

»Dir kann unmöglich kalt sein.« Leroy deutete auf meine Arme und hielt mit der Kamera drauf, schüttelte dann aber den Kopf. Meine Gänsehaut war wohl weder künstlerisch wertvoll noch werbetauglich.

Ich stellte mich zwischen den Rohren in Pose und sah direkt

in Leroys Kameraauge. »Sag mal, dieser Bart, Nellekes Schwager, hat der sie oft besucht?«

»Das Kinn ein bisschen tiefer, aber sonst genau so bleiben.« Leroy schoss eine ganze Serie. Dann setzte er die Kamera ab. »Als Theos Vater noch lebte, war er schon recht häufig da, aber nach seinem Tod …« Er spielte an der Kamera herum.

»Als sie gefunden wurde, war er auch da.« Ich ließ mein Rohr los und trat aus der Windorgel heraus. »Er wirkte ziemlich wütend. Theo und du, ihr standet mit ihm vor Nellekes Haus.«

»Bart ist immer wütend. Zumindest, wenn es um Nelleke geht.«

»Weil er ihr die Schuld am Tod seines Bruders gibt?«

Leroy nickte.

»Aber er meint das im übertragenen Sinn, oder glaubt er wirklich, dass sie ihn umgebracht hat?«

Erneut spielte er an seiner Kamera herum.

»Wie ist Kees denn gestorben?«

»Er hatte einen Schlaganfall. Bart ist fest davon überzeugt, dass Nelleke bei seinem Tod nachgeholfen hat.«

»Und was meinst du?« Ich kam mir vor wie eine Bohrmaschine. Eine, die Fragen in Menschen bohrte.

»Wenn sie nachgeholfen hat, dann hat sie es sehr geschickt gemacht.« Leroy sah aufs Meer. »Es wurde jedenfalls nichts Ungewöhnliches festgestellt. Bart hat weiß Gott oft genug nachgefragt und darauf gedrängt, dass Kees' Tod gründlich untersucht wird. Wie das alles für Theo war, hat ihn dabei null interessiert.«

»Puh, das muss heftig gewesen sein. Der Vater tot, die Mutter vom Onkel verdächtigt, nachgeholfen zu haben.« Ich biss mir auf die Zunge. Ich drehte ja schon am Rad bei der Vorstellung, dass mein Onkel jemand umgebracht haben sollte. Familien waren wirklich mordsgefährlich.

»Aber so war es ja nicht.« Leroy wandte sich zu mir um und schaute mich grimmig an. »Auch wenn Nelleke wirklich kein Engel war, muss sie ja nicht gleich eine Mörderin gewesen sein. Und dann noch einen perfekten Mord? *Never ever.* Wenn sie den draufgehabt hätte, hätte sie ihn viel früher begangen. Nelleke ist ... war keine, die sich aufopfert. Die wollte leben.«

»Was ihr wohl jemand nicht gegönnt hat.«

»Was heißt hier jemand?« Leroy kniff die Augen zusammen und musterte mich, immer noch ziemlich finster. »Dieser Jemand ist doch wohl dein Onkel. Fühlt sich nicht gut an, oder?«

Ich schluckte, riss mich dann aber zusammen. »Holger war es nicht.«

»Was macht dich da so sicher?« Jetzt zückte der Typ doch wahrhaftig wieder seine Kamera.

Ich funkelte ihn so heftig an, dass er nie wieder einen Blitz brauchen würde. »Runter mit dem Teil!«

Er lachte und drückte ab.

Mir blieb die Spucke weg.

»Wut ist so spannend.« Er grinste mich an. »Ich liebe es, Gefühle einzufangen. Erst mit der Kamera, und dann male ich sie. Wilder als Wellen. Du wärst ein gutes Gefühlsmodell. Hast du Lust?«

»Vergiss es.« Ich wusste nicht, was absurder war. Ich als Modell oder ich und Gefühle.

Wieder hob er die Kamera.

»Aber deine Kunstwerke würde ich gern mal sehen«, sagte ich rasch, um von meinen scheinbar offensichtlichen Gefühlsturbulenzen abzulenken. »Stellst du irgendwo aus?«

»Ich wollte bei ›Kunst aan de kust‹ mitmachen, aber Nelleke hat sich geweigert.« Er hielt sich die Kamera vors Gesicht und fotografierte eine Möwe, die sich auf dem Geländer niederließ.

So eine Kamera war perfekt, wenn man sein Gesicht verstecken wollte. Ich sollte mir auch eine zulegen, aber dann würde ich vielleicht nicht mehr so gut zuhören. Der raue Unterton war mir nicht entgangen, nur eine Nuance, Leroy bemühte sich um Leichtigkeit, aber ganz so lässig, wie er tat, war er nicht.

»Was hat Nelleke damit zu tun? Saß sie in einem Kunstkomitee?«

»Nein.« Er lachte auf. »Kunst und Nelleke, das ist wie Negligé und Gummistiefel.«

Ich grinste. »Passt doch prima.«

»*Nee, nee*, ich wollte ein paar Bilder im Bungalowpark ausstellen. Der liegt auf der Strecke, und da kommen ja auch so viele Leute vorbei, aber sie hat es nicht zugelassen.« Er lächelte schief. »Genug davon. Ich muss los. Lass dir von Theo was zu essen geben, du hast es dir verdient.«

»Na, vielen Dank.«

»Mach's gut! Und melde dich, wenn du mal wieder wütend bist. Ich male dich auch, ohne dass du dafür zahlen musst.«

»Bis dann.« Eigentlich eher: Bis dahin kannst du lange warten. Der Typ war dreist. Aber auf eine Art und Weise, bei der man ihm nicht böse sein konnte. Ich jedenfalls konnte bei ihm nicht Nein sagen. Nelleke wohl schon.

Ich sammelte Holgers Hollandrad ein und schob es durch den weichen Sand. Dabei kam ich mir vor, als würde ich durch Gefühle waten. Ständig rutschte man weg, verlor ein bisschen den Boden unter den Füßen – bis es einen völlig umhaute. Wie bei dem Mordsgefühlschaos, das Theo durchlebt haben musste, als es um Kees' Tod ging. Was wäre, wenn Bart ihn am Ende überzeugt hatte, dass Nelleke Kees getötet hatte? Ein weiteres Motiv für Theo, seine Mutter zu vergiften. Allerdings sehr weit hergeholt. Außerdem wäre Bart dann am Montagabend auf der Straße nicht so sauer auf Theo gewesen.

Auf dem Deich stieg ich auf, ließ mir vom Fahrtwind die Flausen aus dem Kopf blasen und radelte über die Promenade zum »Zout of Zoet« zurück. Zum einen hatte ich tatsächlich Hunger, zum anderen wollte ich Theo noch ein bisschen auf den Zahn fühlen. Er hatte zwar sein eigenes Restaurant, aber arg viel Geld konnte er nicht damit verdienen, wenn er immer so wenig Gäste hatte wie vorhin.

Als ich eintrat, lag der Wirtsraum einsam und verlassen da. Auf der Theke standen noch mehr Quiches als vorher und dufteten um die Wette.

»Hey, Freddie.« Theo kam aus der Küche und trocknete sich die Hände an einem Handtuch ab. »Magst du kosten?«

Mein Magen knurrte ein lautes und sehr deutliches »Ja,

bitte!«, das wohl auch Theo hörte. Schon schnitt er kleine Probierhappen heraus, arrangierte sie auf einem Teller und stellte ihn vor mich.

Ich schnappte mir eine Gabel und versuchte zuerst von der Muschelquiche. Ein Traum! Verzückt schob ich den nächsten Bissen in den Mund. »Warum stehen die Quiches nicht auf deiner Karte? Die sind super.«

»Findest du?« Theo warf mir einen Hundeblick zu, irgendwie traurig und hoffnungsvoll zugleich. »Ich dachte, die Leute essen lieber Burger und Fritten.«

»Wie man sieht.« Ich machte eine Armbewegung, die das leere Lokal umfasste.

»Ja, na ja.« Nach der Quiche-Backerei hatte er wieder seinen Siegelring aufgesteckt und spielte daran herum. »Morgen habe ich einen Termin bei der Bank.«

»So schlimm?«

Er nickte. »Deswegen die ganzen Quiches. Wenn ich nervös bin, muss ich backen.«

»Von mir aus könntest du öfter nervös sein.« Ich lächelte ihn an und probierte von der nächsten Quiche. »Mmh, die ist auch super. Damit müsstest du das ›Zout of Zoet‹ doch spielend vollbekommen.«

»Ich weiß nicht.« Er drehte seinen Ring, als wollte er sich den Finger abschrauben.

»Was ist los?«

»Ich weiß nicht, was ich tun soll.«

»Wegen des Bungalowparks? Verkauf ihn doch. Ich hab gehört, es soll Interessenten geben. Oder willst du nicht?«

»Doch, schon. Aber er soll an den Richtigen gehen. Überall diese Luxusbauten, das ist wie ein Ausverkauf von Walcheren. Verstehst du? Man erkennt die Insel gar nicht mehr wieder.«

Ich legte die Gabel zur Seite. Seit wann war Theo nostalgisch? Oder war das nur eine Ausrede, und er war schlichtweg mit der ganzen Situation überfordert? Kein Wunder. Schließlich war seine Mutter gerade gestorben.

»Dann lass es doch erst mal so weiterlaufen. Bitte Mareike,

den Park für dich zu führen, so wie sie es bisher für Nelleke getan hat.«

»Ja, es ist nur … Wenn ich das Restaurant retten will, muss ich Geld reinstecken. Meine Mutter wollte mich nicht unterstützen. Und jetzt … ich weiß, es klingt bescheuert, aber das geht mir alles zu schnell.«

Ich klappte den Mund auf und wieder zu. Die meisten Menschen würden das Geld sofort nehmen, lieber gestern als heute. Der ein oder andere würde dafür sogar töten.

Theo nicht. Der hatte früher beim Angeln die Fische immer ins Meer zurückgeworfen.

»Tut mir leid, wenn ich dich damit belästige, aber mit Leroy kann ich nicht darüber reden. Für ihn ist klar, dass wir an den verkaufen, der am meisten zahlt, aber …« Er seufzte. »So einfach ist das für mich nicht.«

»Kannst du mit dem Bungalowpark nicht für das Lokal hier bürgen? Dann behältst du beides, bis du weißt, was du willst.«

Theo hob die Schultern.

»Was wollte Nelleke denn mit dem Geld aus dem Verkauf anfangen?« Da müsste es doch um Millionen gegangen sein, von denen sie ihrem einzigen Sohn wirklich etwas hätte abgeben können. Ein zinsloses Darlehen. Eine Vorauszahlung auf sein Erbe. »Hatte sie vor, in etwas anderes zu investieren?«

»Sie wollte nach Curaçao ziehen.« Er nahm das Handtuch und wischte über die Theke, obwohl ich sie nicht mal vollgekrümelt hatte. »Die letzten Jahre mit meinem … mit Kees waren hart für sie.«

Ich runzelte die Stirn. Hart fand ich, dass Nelleke den ganzen Erlös vom Verkauf für sich behalten wollte. Mir kam eine Idee. Ich kramte in meinem Rucksack und holte die *poppetjes* heraus.

»Das bist du, das ist deine Mutter.« Püppchen für Püppchen legte ich auf den Tresen zwischen uns und forderte Theo auf, sie so anzuordnen, wie es sich für ihn richtig anfühlte.

»Aber Nelleke ist doch tot.« Er schob das Nelleke-Püppchen zur Seite und starrte auf das Kees-Püppchen.

»*We are family …*« Mein Smartphone meldete sich.

Theo schrak zusammen.

»Entschuldige, aber vielleicht ist es ja mein Onkel oder meine Tante.« Ich zerrte das Gerät aus dem Rucksack.

Das Display zeigte Julian an. Mein Herz nahm Fahrt auf.

»*We are family …*«

»Willst du nicht rangehen?« Theos Stimme riss mich aus meiner Trance.

»Ja klar.« Ich rutschte vom Barhocker, wischte über das Display und eilte nach draußen. »Hallo?«, sagte ich so atemlos, als wäre ich gerade den Zeeland-Marathon gelaufen.

»Hi, Freddie, wir müssen noch mal ins Haus deines Onkels. Wann bist du zurück?«

»In einer Stunde könnte ich da sein. Worum geht es denn?«

Natürlich verriet Julian mir nicht, was sie wollten. Wir verabschiedeten uns. Wieder im Lokal, griff ich nach meinem Rucksack.

Theo schob mir die Püppchen zu und deutete auf seine Quiche-Batterie. »Von jeder was?«

»Danke, das ist lieb, aber ich habe es eilig.« Ich winkte ihm noch mal zu, und dann saß ich auch schon auf Holgers Rad und düste los.

Die rotierenden Beine ließen meinen Verstand auf Hochtouren laufen. Was konnte die Polizei noch in Holgers und Gittis Haus wollen? Sie hatten Gift und Rechner. Welche anderen Spuren konnte es geben? Holgers Handy? Das nutzte er in etwa so intensiv wie Gitti ihres. Also gar nicht. Oder doch? Hatte Nelleke ihn darauf angerufen oder ihm Nachrichten geschickt? Ihre Telefondaten müssten der Polizei vorliegen. Reichte das nicht?

Meine Füße wirbelten so schnell, dass die Pedale kaum hinterherkamen. Ich stellte garantiert einen neuen Streckenrekord auf dem Hollandrad auf. Erst als ich am Bungalowpark vorbei durch den Wald nach Westkapelle hineinbretterte, nahm ich ein wenig Tempo raus. Dann war ich auch schon am Haus, sprang vom Rad und lehnte es gegen die Hauswand. Schlüssel aus dem

Rucksack, rein ins Haus und hoch ins Arbeitszimmer. Kein Handy. Ich eilte ins Schlafzimmer der beiden und entdeckte das Gerät auf Holgers Nachttisch.

Wie beim Rechner hatte Holger keinen Zugangsschutz eingerichtet. Und weder Anrufe noch Nachrichten in letzter Zeit. Dafür hatte ich mich so abgehetzt.

Ich sah mich im Zimmer um. Was zum Teufel wollten Julian und Vermeer?

Es klingelte. Ich lief die Treppe nach unten und öffnete die Tür.

»Hallo.« Julian lächelte mich an.

Prompt kribbelte es in meinem Bauch, als verliefe dort plötzlich eine Ameisenstraße. Was sollte das denn bitte?

»Dürfen wir reinkommen?« Die effiziente Vermeer fing fast das Trippeln an, weil ich nicht sofort zur Seite trat. Na, eine Sekunde würde sie sich wohl noch gedulden können.

»Wie geht es meinem Onkel?« Ich spähte an ihnen vorbei zu ihrem Wagen, der vor dem Haus stand. Natürlich saß Holger nicht darin.

»Mach dir keine Sorgen.« Das Lächeln verschwand aus Julians Gesicht. Und das sollte mich beruhigen?

»Wir sind gekommen, um die Fischerkleidung zu holen.« Miss Effizient nickte zum Garten hin. »Die Sachen in die Schuppen hinter die Haus gehören doch *meneer* Herzmann?«

»Ja, aber was haben die denn mit dem Fall zu tun?« Ich runzelte die Stirn und sah fragend von Vermeer zu Julian.

»Dazu können wir nichts sagen.« Vermeer kam Julian zuvor. Der sah mich nur an. Traurig? Mitleidig?

Sofort brodelte es in mir. Mitleid hatte der Teufel erfunden. Das half doch niemandem. Ich streckte den Rücken durch und ging vor den beiden her durchs Haus in den Garten zum Atelier.

Holgers Stiefel, die Trägerhose, seine Jacke – alles packte die Inspekteurin ein. Fast war ich versucht, ihr noch die Angel und ein paar Würmer in die Hand zu drücken. Was wollten sie mit Holgers Fischerkleidung beweisen? Dass er sie getragen hatte? Vielleicht sogar in Nellekes Haus? Er war öfter bei ihr gewesen.

Wenn er viel gefangen hatte, hatte er ihr bestimmt auch mal einen Fisch geschenkt. Holger war so. Holger war ein Guter.

Julian räusperte sich. »Danke übrigens, dass du uns die Suche nach der Webcam abgenommen hast.« Seine grauen Augen schimmerten hell.

Meine Wut legte sich ein wenig. Wie schaffte er das nur? Bevor ich fragen konnte, was sie auf den Aufnahmen entdeckt hatten, schloss Miss Effizient die Schuppentür.

»Wir können.« Wieder mal hatte sie ihrem Namen alle Ehre gemacht. Bildete ich mir das ein, dass sie ihrem Chef einen warnenden Blick zuwarf?

Julian sah mich noch einen Moment eindringlich an. Dann nickte er mir zu. »Ich melde mich. Okay?«

Ich ballte die Hände. Nein, das war nicht okay. Nichts war in Ordnung. Ganz besonders nicht, wenn er mich so ansah.

11

Familienaufstellung – familie opstelling

Mittwochabend

Ich wurde hier noch zum Video-Junkie. Kaum waren Julian und Vermeer abgefahren, hatte ich auch schon meinen Laptop von oben geholt und mich damit auf der Terrasse niedergelassen. Dieses Mal öffnete ich die Datei vom Sonntag und setzte mit Einbruch der Dunkelheit ein. Ich ging davon aus, dass der Mörder gewartet hatte, bis Nellekes Besucher gegangen war. Und dass er es nicht zu spät hatte werden lassen. Auf die Minute genau hatte der Rechtsmediziner die Todeszeit gewiss nicht bestimmen können. Da Vermeer sich nicht für den Montag interessiert hatte, musste der Täter das Gift also deutlich vor Mitternacht verabreicht haben. Daher stellte ich die Zeit auf einundzwanzig Uhr und startete das Video.

Der Garten lag im Dunkeln. Die Tür zu Gittis Schuppen war geschlossen. Kein Licht, keine Künstlerin. Hatten Holger und sie den Abend gemeinsam zu Hause verbracht? Zu dumm, dass ich Holger nicht danach gefragt hatte, aber woher hätte ich auch wissen sollen, dass diese Frage relevant werden würde?

Auf der Aufnahme rührte sich nichts. Ich ließ sie etwas schneller ablaufen und konzentrierte mich auf den Bildausschnitt, in dem sich Nellekes Gartentor befand. Nichts. Das Einzige, das sich auf dem Bildschirm veränderte, waren die Ziffern, die die Zeit angaben. Jetzt zeigten sie dreiundzwanzig Uhr.

Ich rieb mir die Augen. Dann spulte ich im Schnellvorlauf bis zum Ende. Nichts und niemand. Nicht einmal eine Katze oder ein Vogel. Verdammt! War der Mörder tatsächlich im Hellen gekommen? War er der Besucher gewesen und hatte in aller Gemütsruhe Muscheln mit Nelleke gegessen oder sie direkt beim Essen vergiftet?

Ich setzte die Zeit auf achtzehn Uhr und ließ die Aufnahme wieder laufen. Dieses Mal etwas schneller. Bei Tageslicht sah man die Veränderungen im Bild leichter. Doch wieder bewegten sich nur die Ziffern der Zeitanzeige. Neunzehn Uhr. Mit einem Schlag wurde es dunkel, heftiger Regen setzte ein. Der Schauer verzog sich so schnell, wie er gekommen war.

Und dann sah ich ihn. Ich stoppte die Aufnahme, ging ein wenig zurück und atmete tief durch, bevor ich das Video wieder startete.

Das Tor zum Nachbargarten öffnete sich, und eine Gestalt trat ein. Eine Gestalt in Fischerkleidung. Eine Schirmmütze lugte unter der Kapuze hervor.

Ich drückte auf die Pausetaste. Die Aufnahme stoppte, und mit ihr blieb auch mein Herz beinahe stehen. Bevor es zu rasen anfing. Diese Mütze sah genauso aus wie Holgers Mütze. Er, nein, nicht er, die Gestalt hatte sich die Mütze tief ins Gesicht gezogen, dazu der Schatten, den die Kapuze warf. Es war unmöglich zu sagen, wer das war.

Ich vergrößerte das Bild, zoomte heran, die Pixel verschwammen vor meinen Augen. Atmen. Ein und aus, bis die Mütze wieder zu einer Mütze wurde, die unzählige Angler trugen. Und selbst wenn es Holgers Sachen waren, die diese Gestalt anhatte, musste es nicht Holger sein, der da drinsteckte. Ich zwang mich zur Ruhe und ließ die Aufnahme weiterlaufen.

Der Fischer ging Richtung Haus, verschwand dadurch sofort aus dem Bild. Dann blieb alles ruhig, bis die Gestalt eine gute halbe Stunde später das Grundstück wieder verließ. Die Ansicht von hinten erlaubte jedoch überhaupt keine Rückschlüsse. Also spulte ich wieder zurück und betrachtete den kurzen Bewegungsablauf beim Eintreten bestimmt zehn Mal, konnte aber nicht sagen, ob es Holger war oder nicht. Der Ausschnitt war zu kurz. Allerdings konnte ich die Größe prüfen. Erneut ließ ich die Aufnahme zurücklaufen bis zu dem Bild, in dem der Angler in den Garten trat und neben dem Schuppen stand.

Ich bestimmte die Höhe, vom Atelier, vom Angler, eilte in den Garten, holte mir einen Zollstock aus dem Schuppen und maß nach. Auch von der Größe her konnte es Holger sein. Ich presste meine Stirn gegen das Holz des Schuppens und hätte die Wand am liebsten eingetreten. Es machte von vorn bis hinten keinen Sinn!

Wenn Holger Nelleke tatsächlich umgebracht hatte, und das mit Gittis Zyankali, warum hatte er den Rest des Giftes nicht entsorgt? Warum hatte er die Webcam nicht ausgeschaltet oder wenigstens in den Himmel gerichtet? Warum war er am nächsten Morgen rübergegangen, um auch noch die Leiche zu finden, anstatt einfach abzuwarten? Ganz abgesehen vom fehlenden Motiv und davon, dass ich Holger eine solche Tat nicht zutraute.

Diese Widersprüche musste doch auch Julian sehen. Und nicht nur die.

Ich richtete mich auf. Die Fischermontur! Ich erinnerte mich an die Überreste einer Feuerstelle, die ich auf meinem Spaziergang gesehen hatte, als ich nach Gitti gesucht hatte. Hatte der Mörder die Kleidung nach der Tat vernichten wollen? Verbrannt in den Dünen? Hoffentlich fand ich die Stelle wieder. Dann hätte Vermeer endlich mal richtig was einzutüten.

Ich lief ins Haus, schnappte mir meinen Rucksack und radelte zum Strandaufgang am Bungalowpark. Dort stellte ich das Rad ab und nahm den Weg in die Dünen. Im Unterschied zu den abendlichen Spaziergängern, die alle paar Meter stehen blieben, um ein weiteres Oh-wie-ist-das-schön-Sonnenuntergang-über-dem-Meer-Foto zu schießen, hoffte ich, dass die Sonne nicht unterging. Nicht, bis ich die Feuerstelle erreicht hatte.

Die Sonne tat mir den Gefallen. Im letzten Licht verließ ich den Weg und ging zu der Sandkuhle im Dünengras, doch … nichts. Nur Sand. Hatte ich mich in der Stelle getäuscht?

Ich sah mich um. Nein, es musste hier gewesen sein. Ich hockte mich hin und wühlte im Dreck. Vielleicht hatte der Sand ja die Überreste bedeckt. Wenn ich wenigstens einen kleinen Teil aufspüren würde, würde ich Julian anrufen, dann sollten sie die Düne umgraben, aber dazu brauchte ich zumindest einen Funken Asche.

Die Sonne glühte und versank langsam im Meer. Mit ihr

meine Aussichten, hier noch eine Spur der verbrannten Fischerkleidung zu entdecken. Vom Winde verweht, vom Sand begraben oder von wem auch immer entsorgt – hier würde ich nichts mehr finden.

An der nächsten Treppe lief ich ans Wasser, um dort zurückzugehen. Wenn die verbrannte und verschwundene Fischermontur die des Mörders war, würde die Polizei doch sicher feststellen, dass Holgers Kleidung nur ähnlich aussah, aber doch Unterschiede aufwies. Mochten sie auch klein sein.

Und wenn nicht?

Ich quetschte mich durch zwei Buhnen und blieb beinahe stecken. Augen auf. Nicht einfach draufloslaufen. Die besten Lücken erkannte man aus der Ferne, nicht wenn man unmittelbar vor den Pfählen stand. Ab und an brauchte es Abstand, um wieder klar sehen zu können. Daher schaltete ich meinen Verstand für den Rest der Strecke aus oder versuchte es zumindest. Ich ging von einem Strandabschnitt zum nächsten, lauschte der Brandung und peilte frühzeitig eine geeignete Lücke an, die ich dann nicht mehr aus den Augen ließ, was gar nicht so einfach war.

Als ich zu Hause ankam, war mein Kopf wieder einsatzbereit. Manchmal half es, davon auszugehen, dass das, was man widerlegen wollte, stimmte. Angenommen also, Holger war der Mörder. Wie hatte er die Tat begangen?

Im Laufe des Sonntags, als Gitti in Bruinisse war, hat er sich das Zyankali aus dem Schuppen geholt. Vielleicht auch schon irgendwann in den Tagen zuvor. Nachmittags oder abends geht er angeln. Als das Unwetter einsetzt, kehrt er zurück und geht direkt zu Nellekes Hintereingang. Vielleicht hat er sogar einen Alibi-Fisch dabei, den er ihr mitbringt. Er klopft, sie bittet ihn herein.

Wie wollte er ihr das Gift verabreichen? Im Fisch? Den sie erst noch hätte zubereiten müssen? Das machte keinen Sinn. Hat er die frisch gekochten Muscheln gesehen und das Gift dort hineingegeben? Das hätte er doch viel einfacher haben können. Mit dem Ersatzschlüssel konnte er jederzeit in ihr Haus.

Er hätte nur eine Gelegenheit nutzen müssen, wo sie nicht da war, das Gift in ihre Lebensmittel geben und abwarten. Eine viel naheliegendere und vor allem weitaus unauffälligere Vorgehensweise. Was für Märchen erzählte er Julian und Vermeer bloß, dass sie ihn immer noch festhielten? Ich würde morgen nach Middelburg fahren und mit Julian reden. In aller Ruhe und Vernunft. Der Täter konnte genauso gut durch den Vordereingang gekommen sein. Als Nellekes Gast. Wer das gewesen war, mussten sie doch längst herausgefunden haben.

Mein Handy meldete sich. Ein Videoanruf.

»Hey, Miriam!« Ich stellte das Gerät auf Lauthören, und dann berichtete ich. Es dauerte ein bisschen, bis ich Miriam auf den neuesten Stand gebracht hatte. »Und jetzt sitze ich hier und zerbreche mir den Kopf, warum Holger gelogen hat. Klar, sicher, um Gitti zu schützen, aber warum glaubt er, das tun zu müssen?«

»Lass uns deine Familie aufstellen, und zwar mit Fokus auf Holger und Gitti.« Miriam sprang auf und verschwand aus dem Bildausschnitt. Ich hörte, wie sie in den Nebenraum lief.

»Miri?« Ich zuckte mit den Achseln und holte meine zeeländischen Püppchen aus dem Rucksack. Meine Eltern, Holger und Gitti, ich. Das Nelleke-Püppchen. Wie Theo zuvor legte auch ich es an den Rand.

»Oh, du hast ja tolle Stellvertreter.« Miriam war wieder zurück und hielt Spielfiguren in die Kamera. »Da kann ich die ja beiseitelegen.«

Ich nahm das Holger- und das Gitti-Püppchen und schob sie auf dem Tisch hin und her. Egal, ob sie dicht beieinander standen oder weit voneinander entfernt, ob sie sich sahen oder nicht, die aufgemalten Puppengesichter zeigten alle das gleiche Grinsen. Ich ließ sie umfallen und fuhr mir durchs Haar. »Das bringt doch nichts.«

»Und ob. Du hast es doch selbst erlebt. Du traust dich nur nicht, loszulassen und in dich hineinzuhören.«

Ich stöhnte.

»Lass mich sie aufstellen.« Miriam schloss die Augen und

entspannte sich. Ich gab mir Mühe, nicht mit den Fingern auf den Tisch zu trommeln. Endlich öffnete sie die Augen wieder, wählte eine Spielfigur für Gitti aus und fragte sie, wo sie stehen wolle. Dann wiederholte sie das Prozedere für Holger. Die beiden Holzfiguren standen nah beieinander, ließen sich aber durchaus Luft zum Atmen.

Miriam nickte zufrieden. »So ist es richtig. So wollen sie stehen.«

»Und was passiert, wenn Nelleke dazukommt? Wo steht sie?«

Wieder schloss Miriam die Augen und atmete ruhig ein paarmal ein und aus. Ich nahm das Nelleke-*poppetje* und stellte es zwischen Holger und Gitti. Das Einzige, das ich dabei fühlte, war der Drang, die beiden anderen Püppchen umzuwerfen, als wäre das hier »Mensch ärgere dich nicht«.

»Zwischen Holger und Nelleke läuft nichts«, hörte ich Miriams Stimme. »Die können sich so nahekommen, wie sie wollen, da ist nichts zu spüren, aber die beiden Frauen ziehen sich gegenseitig an.«

Ich runzelte die Stirn. Gitti und Nelleke als Freundinnen widersprach meinen Erinnerungen und passte auch nicht zu dem Streit, von dem die Nachbarin berichtet hatte. Ich schüttelte den Kopf. »Das sind doch nur Püppchen. Am Sonntag waren es wenigstens richtige Menschen.«

»Denen du auch nicht glauben wolltest.« Miriam lächelte mich an. »Ich weiß. Was du nicht logisch herleiten kannst, kann nicht sein. Aber was soll ich sagen? Es ist trotzdem so.«

Erneut schüttelte ich den Kopf.

»Ruf deine Eltern an und frag sie nach dem Verhältnis der beiden zueinander. Ob Holger was mit Nelleke hatte. Ob deine Tante mit ihr befreundet war.«

Wir sahen uns an.

»Frag sie, Freddie. Deine Eltern sind keine Holzfiguren.«

»Na gut.« Ich nickte. Und versprach Miriam, mich zu melden, wenn es etwas Neues gab. Dann beendete ich den Videocall und rief meine Eltern an.

»Freddie?« Die Stimme meiner Mutter klang ängstlich und hoffnungsvoll zugleich.

»Tut mir leid, wenn ich so spät noch anrufe«, sagte ich schnell, drückte auf die Lauthörtaste und legte das Gerät vor mich auf den Couchtisch. »Es ist nichts passiert. Ich überlege nur gerade … ich meine, weil die Nachbarn hier erzählen, dass Holger auffallend oft bei Nelleke war, ob da was zwischen den beiden gelaufen sein könnte.«

»Du kennst Holger doch. Er hilft, wo er kann.«

Ich hörte, wie sie zischend ausatmete, wie sie es immer machte, wenn sie etwas aufregte.

»Telefonierst du?« Mein Vater war wohl in den Raum gekommen.

Ich sah auf die Uhr. Auf die Minute genau um zehn. Anderthalb Stunden Bridgeprogramm jeden Abend, ob sein Schwager des Mordes angeklagt ist oder nicht, dachte ich. Was gemein von mir war. Was sollte er denn auch tun? Holger hatte gestanden. Dafür konnte mein Vater ja nichts.

»Holger liebt Gitti, Freddie!« Meine Mutter hatte sich wieder gefangen. »Er würde sie nicht betrügen. Das kannst du doch nicht ernsthaft glauben. Freddie? Bist du noch dran?«

»Ja, ich bin noch da.« Ich nahm das Holger-Püppchen. Mein Herz schlug hart gegen die Rippen. Ich legte das Holger-Püppchen neben das Nelleke-Püppchen. »Woher bist du so sicher, Mama? Kann es nicht doch sein, dass Holger was mit ihr angefangen hat? Ein Ausrutscher, wer weiß, und genauso wie Papa damals gibt er es einfach nicht zu.«

»Freddie!« Mein Vater.

»Frederike!« Meine Mutter.

»Jetzt sag ihr doch endlich die Wahrheit, Margarete.«

Ich biss mir auf die Unterlippe, hörte, wie meine Mutter einatmete.

»Du verstehst da was falsch, Freddie. Dein Vater hat mich nie betrogen. Im Gegenteil. Ich hatte eine Affäre. Ein Fehltritt …«

Schockiert schnappte ich nach Luft. Von der Erklärungshymne, die folgte, bekam ich vor lauter Rauschen in den Ohren kaum etwas mit. Meine Mutter hatte meinen Vater betrogen und nicht andersherum, wie ich jahrelang geglaubt hatte. Gedacht hatte zu wissen. Mein Vater hatte nie darüber reden wollen. Auch für meine Mutter war das Thema tabu gewesen. Warum nur hatten sie es mir nicht gesagt? Gefragt hatte ich oft genug.

»Freddie?« Die Stimme meiner Mutter klang klein. »Es tut mir leid. Ich wollte es dir sagen, aber ich habe wohl den richtigen Zeitpunkt verpasst.«

Dieser war es garantiert auch nicht. Wir sahen uns ja nicht mal. Ich biss mir auf die Fingerknöchel. Sie wusste doch, wie wichtig es mir war, die Wahrheit zu kennen. Wobei ... Wenn ich ehrlich war, war das gar nicht der Punkt, jedenfalls nicht nur. Was mir mehr zu schaffen gemacht hatte als ein längst vergangener Seitensprung, war das Verhalten meiner Mutter in ihrer Beziehung. Dass sie sich alles hatte bieten lassen, hatte mich wahnsinnig aufgeregt. Ihr ewiges Wegschauen. So eine Beziehung wollte ich nie führen. Und jetzt stellte sich heraus, dass es gar nicht so gewesen war. Meine Mutter war es, die das schlechte Gewissen gehabt hatte. Deshalb hatte sie nichts gesagt, wenn mein Vater fast jedes Wochenende zu einem Bridgeturnier verschwunden war, sogar an ihrem Geburtstag, vom Hochzeitstag ganz zu schweigen.

»Freddie? ... Bitte sag doch was.«

»Lass uns reden, wenn ich wieder zurück bin, ja?«

»Ja, natürlich.«

»Und gib mir bitte mal Papa.«

»Mach ich. Gute Nacht, mein Schatz.«

Mein Vater kam tatsächlich ans Telefon, war dann aber genauso wortkarg wie immer. Dennoch spürte ich, dass er sich über meine Entschuldigung freute. Wenn ich wieder in Deutschland war, würden wir miteinander sprechen, und ich hoffte, dass es uns dieses Mal endlich gelang.

Ich legte auf und betrachtete die Püppchen auf dem Tisch. Dass meine Eltern mit mir nicht ohne Weiteres über ihre Beziehung diskutierten, konnte ich verstehen. Das mussten sie ja auch nicht. Dass sie mich aber jahrelang im Dunkeln gelassen hatten, erschütterte mich schon. Ich war mir so sicher gewesen, dass mein Vater derjenige gewesen war, der sein Glück zumindest zeitweise woanders gesucht hatte. Was war ich wütend auf ihn gewesen! Wie hatte ich mich so täuschen können?

Das war das eine. Das andere aber war: Wie hatten die Stellvertreter meiner Eltern das bei der Familienaufstellung wissen können? Mein Pseudo-Vater hatte von einer großen Traurigkeit gesprochen, weil er nicht an mich rankäme.

Ich nahm mein eigenes Püppchen und stellte es so, dass es die Elternpüppchen ansah. Hatten meine Gefühle mir damals die Wahrnehmung vernebelt? Warum sahen Fremde klarer als ich?

Mein Blick fiel auf die Püppchen für Holger und Gitti, das Nelleke-*poppetje*. Lag ich auch bei meiner Wahrnehmung der Beziehung von meinem Onkel und meiner Tante völlig daneben? Musste ich das Bild, das ich mir von ihrer Ehe gemacht hatte, ebenfalls revidieren?

Tag 4 – Weichtiere

*Muscheln sind
Weichtiere. Ihre Schalen
(sind) ihr Zuhause.*

12

Gesucht & gefunden – gezocht & gevonden

Donnerstagmorgen

Nach einer unruhigen Nacht wartete ich nicht, bis die Sonne aufging. Ich zog mir meine Laufsachen an, schlüpfte in die Schuhe und rannte los. Kurzatmig trabte ich die Stufen zum Deich hinauf. Erst oben bekam ich endlich wieder Luft – der weite Blick, die Brandung. Ich atmete durch und lief nach links, Richtung Sandstrand.

Immer wieder glitt der Lichtstrahl des großen Leuchtturms über Hausdächer, Deich und Meer. Runde um Runde blitzte der Weg vor mir auf, um dann wieder in der Dunkelheit zu verschwinden. Wenn es mir mit dem Fall doch nur genauso ginge. Da wusste ich nicht mal, ob ich womöglich gerade im Treibsand versank. Kein Weg, kein Licht, nur Fragezeichen und Befürchtungen, Zweifel und Angst. Angst, dass ich bei Holgers Unschuld genauso danebenliegen könnte wie beim Seitensprung meines Vaters. Den nicht er begangen hatte, sondern meine Mutter. Ich hatte mich damals getäuscht, täuschte ich mich auch jetzt? Hatte Holger tatsächlich die Wahrheit gesagt, als er gestanden hatte? Mit einem Mal fiel mir das Atmen schwer.

Ich joggte hinunter zum Sandstrand, ans Wasser, konzentrierte mich auf die Schritte, den Rhythmus. Der zwar feste, aber im Vergleich zum Asphalt herrlich federnde Untergrund tat gut. Die Bewegung löste meine Verspannungen. Die Gedanken an meine Eltern, Holger und Gitti, Seiten- oder Nicht-Seitensprünge, falsche oder echte Geständnisse schwanden. Mein Kopf leerte sich mit jedem Schritt mehr.

Am liebsten wäre ich endlos weitergelaufen. Keine Geheimnisse aus der Vergangenheit mehr und keine in der Gegenwart. Keine vergiftete Nachbarin, kein Onkel in U-Haft, keine verschwundene Tante.

Ich schlüpfte zwischen zwei Holzbuhnen hindurch. Gitti würde ich nicht dadurch finden, dass ich einen neuen Langstreckenrekord aufstellte. Als ich die nächsten Wellenbrecher erreichte, suchte ich daher keine Lücke, sondern kehrte um.

Langsam färbte sich der Himmel. Vereinzelt sah ich Frühangler vor dem Horizont, dunkle Gestalten, die wie frei stehende und manchmal auch etwas unförmige Holzbuhnen wirkten.

Auf Höhe des Strandpavillons, in dem ich gestern mit Theo gefrühstückt hatte, stellten zwei Männer ihre Angeln auf. Erst als ich erneut hinsah, erkannte ich die beiden. Klausemann und sein Vater Manfred.

Ich kniff die Augen zusammen. Trug Manfred nicht auch so eine Schirmmütze wie Holger? Nein, aber früher hatte er eine gehabt. Vor meinem inneren Auge sah ich beide mit ihren Schirmmützen auf den auch damals schon fast kahlen Köpfen.

»Guten Morgen.« Ich nickte Manfred zu, der sich die Kapuze überstülpte. »Ganz schön frisch, wenn die Sonne noch nicht wärmt. Besonders am Kopf, oder?«

»Konnte meine Mütze nicht finden«, brummte er.

»Die liegt bestimmt, wo sie immer liegt.« Klaus zwinkerte mir zu.

»Dann hätte ich sie ja wohl mitgenommen.« Manfred war ungewöhnlich schlecht gelaunt. Wahrscheinlich fehlte ihm neben der Mütze auch noch ein ordentlicher Kaffee. Jetzt griff er zur Thermoskanne, goss sich einen ein und wärmte die Hände am Becher, als wäre es bitterkalter Winter.

»Das Büro hatte noch zu.« Klaus grinste breit. »Da konnten wir die Mütze nicht aus ihrem Stammplatz in der *Lost-and-found*-Kiste befreien.«

»Ach was, da liegt sie nicht. Hör nicht auf den Jungen.«

»Wetten, dass sie dort ist?« Klaus wandte sich wieder mir zu. »Weiß nicht jeder, dass der Inhalt dieser Kiste meinem Vater gehört? Das war doch schon immer so.«

Ich ließ die beiden sich weiter kabbeln, verabschiedete mich und lief zum Strandaufgang. Tagsüber stand das Büro im Bungalowpark meist offen, auch wenn es mal nicht besetzt war.

Was hieß: freier Zugriff auf die Mordsmütze. Besonders für die Bewohner des Bungalowparks.

Auf der Kuppe begrüßte mich die Sonne. Das Hinterland lag glitzernd vor mir, der Bungalowpark, gegenüber der Campingplatz, dahinter die Appartementanlage, das Hotel. Ich joggte hinunter zum Park und hatte Glück. Mareike schloss gerade die Bürotür auf.

»*Goedemorgen*«, begrüßte ich sie.

»*Hoi*, Freddie. Möchtest du zu mir?«

»Manfred sucht seine Anglermütze. Ist sie hier?« Ich spähte an ihr vorbei in die Fundkiste.

»Immer dasselbe mit ihm.« Mareike wühlte in der Kiste. »Ist noch nicht da.«

»Sind Manfred und Familie schon den ganzen Sommer über im Park?«

Mareike runzelte die Stirn. »Warum willst du denn das wissen?«

»Ach«, ich zuckte mit den Achseln, »nur so. Ist der Park ausgebucht?« Mit ein bisschen Glück würde Mareike die Buchungsübersicht öffnen, und ich könnte sehen, wer am Sonntag alles vor Ort gewesen war.

»Du fragst doch nicht ohne Hintergedanken.« Sie musterte mich so wie früher, wenn ich sie unter einem Vorwand aus dem Büro locken wollte, damit die anderen Kinder die Schale mit den Süßigkeiten plündern konnten.

Ich blieb ruhig. »Ich weiß nicht, ob ich es mir leisten kann, aber so ein Bungalow hier wäre schon traumhaft.«

»Hättest du mal eher was gesagt.« Sie hob bedauernd die Hände. »Ich hätte dir natürlich Vorzugsrecht bei Holgers und Gittis Bungalow eingeräumt, aber der ist schon vergeben.«

»Und sonst habt ihr nichts frei?« Ich guckte zu den Aktenordnern, die in dem halbhohen Seitenschrank standen.

Sie winkte ab. »Ich kann dich auf die Warteliste setzen, wenn du willst, aber auch die ist gut gefüllt.«

»Steht Klaus auch darauf?« Solange seine Kinder klein waren, kam er bestimmt bei seinen Eltern im Bungalow unter.

Doch in ein paar Jahren war es dort garantiert zu eng für sechs Leute.

»*Beste* Freddie, ich darf dir so was nicht sagen, das weißt du doch sicher.« Noch einmal hob sie die Hände, als wollte sie sich entschuldigen. Dann nickte sie zum Schreibtisch hin. »Und jetzt muss ich arbeiten. Oder hast du noch eine Frage? Du bist ja bald schlimmer als die Polizei. Die wollen auch ständig was, obwohl der Fall doch geklärt ist.«

Ich verzichtete darauf, ihr zu widersprechen, und hoffte, dass die wiederkehrenden Polizeibesuche hießen, dass Julian und Vermeer weiter nach dem Täter suchten und nicht etwa nach Spuren, die bewiesen, dass Holger es war. Also bedankte ich mich und trat den Rückzug an. Ich würde später noch einmal vorbeikommen und eine Lücke abpassen, in der sie nicht im Büro saß. Ein kurzer Blick, wer am Wochenende hier gewesen war, mehr wollte ich doch gar nicht. Mochte sein, dass ich einem Phantom nachjagte, aber die Plätze waren sehr begehrt, wie Mareike mir ja gerade selbst erklärt hatte. Wenn ein Investor den Park kaufte und stattdessen ein Luxusresort hinstellte, verlor so mancher sein zweites Zuhause. Das konnte durchaus ein Grund sein, den Verkauf verhindern zu wollen.

Manfred besaß die passende Mütze, die ihm oft aus der Tasche rutschte. Bei der Schlepperei von Angelzeug und Fischen wurde ihm regelmäßig zu warm auf dem Weg vom Strand zurück, und er stopfte die Mütze in die eh schon volle Jackentasche. Noch hatte keiner sie zurückgebracht. Vielleicht, weil es nicht mehr ging? Vielleicht, weil nicht mal ihre Asche übrig war? Manfred selbst war zu klein, Klaus zu groß für den Täter. Wenn, dann musste es ein anderer Dauercamper gewesen sein. Zu schade, dass ich sie nicht alle aus ihren Betten werfen und der Größe nach aufstellen konnte.

Ich seufzte. Am geschicktesten war es, am frühen Abend vorbeizuschauen, zur besten Grillzeit. Jetzt musste ich erst mal frühstücken.

Durch den Wald erreichte ich den Ort, und kurz darauf stand ich auch schon unter der Dusche.

Wenig später blubberte die Kaffeemaschine. Während ich auf den Kaffee wartete, prüfte ich meine E-Mails. Immer noch keine Antwort auf meine Anfrage an die Kontaktadresse des Nazomerfestivals. Auch nicht im Spam-Ordner.

Ob ich nach Middelburg zum Kulturamt fahren und da nachfragen sollte, wer im Festkomitee saß? Irgendjemand musste schließlich wissen, wo Gitti an ihrer Installation arbeitete. Das konnte sie doch unmöglich vor aller Welt geheim halten!

Ich wollte ja eh zur Polizei und mit Julian reden, rausfinden, warum sie Holger noch immer festhielten. Anschließend würde ich zum Kulturamt gehen. Das machte bestimmt nicht vor zehn auf. Und wenn ich schon einmal dort war, konnte ich gleich in Erfahrung bringen, wer außer Gitti Mitglied im Kunstverein war. Die Kandidaten würde ich dann im Anschluss abtelefonieren.

Klang nach einer Menge Anruferei. Und das alles auf Niederländisch. Ob Google Translate das schaffte?

Aber wen konnte ich sonst um Hilfe bitten? Theo und Leroy lieber nicht. Und die frisch verdächtig gewordenen Dauermieter im Bungalowpark noch viel weniger.

Da fiel mir »De Laatste Kruimel« ein. Die beiden Inhaberinnen des Scheunencafés in Aagtekerke, ganz besonders aber Wiesjes Oma Henrica, würden mir bestimmt helfen, Gitti aufzuspüren. Oma Henrica hatte mir schon im Mordfall im Yogazentrum so manchen Tipp gegeben. Hier in der Gegend kannte sie jeden. Und sie kannte garantiert auch jede Scheune. Wenn sich Gitti irgendwo auf Walcheren aufhielt, dann wusste Oma Henrica es garantiert! Hatte damals nicht sogar der Kultur- und Kunstverein in dem Café zusammengesessen, als ich auf Yogi-Mördersuche gewesen war? Vielleicht trafen sie sich öfter dort. Sicher bekam ich von Oma Henrica mehr Informationen über die Leute als auf dem Kulturamt. Da musste der Trip nach Middelburg erst mal warten.

Schnell noch einen Schluck Kaffee, dann packte ich meine Siebensachen in den Rucksack und schwang mich auf Holgers Hollandrad. Über die kleinen Wege war ich mit dem *fiets* schneller als mit dem Auto über die Landstraße, schon allein deshalb, weil ich mich auf ihnen besser auskannte.

Mit quietschenden Handbremsen stoppte ich eine Viertelstunde später vor dem ehemaligen Bauernhof, dessen Scheune zum Café umfunktioniert worden war. Ich stellte das Rad ab und eilte über den Kies zur Tür, die weit offen stand. Im Vorbeigehen warf ich einen Blick über die Gartenterrasse. Außer einer Katze, die um die Stühle schlich, schien niemand da zu sein.

»Hey, Freddie, schön, dich wiederzusehen.« Wiesje kam heraus. Der Klatschmohn auf ihrem Kleid wirkte so fröhlich wie die ganze Frau. »Besuchst du wieder ein Yogaseminar?«

»Nein, eigentlich Onkel und Tante, und genau deswegen bin ich hier.«

»*Och nee!*« Nun kam auch Wiesjes Oma Henrica aus der Scheune. Wie bei meinen Besuchen zuvor trug sie Tracht: eine kurzärmelige schwarze Wolljacke mit einer türkisfarbenen Bluse darunter, über dem Rock eine grau-weiß gestreifte Schürze. Um den Hals schmiegte sich eine Korallenkette. Am meisten faszinierten mich auch heute wieder die Ohreisen, die die Haube hielten.

Sie hingegen interessierte sich wohl mehr für Schuhwerk, denn sie deutete auf meine Sandalen und wiegte den Kopf hin und her. »In denen kannst du nicht wachsen. Schuhe müssen groß genug sein, um einem Platz zu lassen.«

Ich musste lachen. Bei meinem letzten Besuch hatte ich Jans Schuhe getragen und war in seinem Großfußmodell ständig gestolpert. Das hatte sich die alte Dame wohl gemerkt. »*Goedemorgen.* Es freut mich, Sie wiederzusehen. Wollen Sie einen Kaffee mit mir trinken?«

»Einen Kaffee?« Oma Henrica schnaubte entrüstet. »Damit kann man doch nicht anstoßen.«

Wiesje und ich grinsten uns an.

»Ich bring dir besser einen Tee, aber ohne Schuss.« Wiesje gab ihrer Oma einen Kuss auf die Wange und drehte sich dann zu mir. »*Een koffie verkeerd?*«

»Ja, bitte.«

»Komm.« Oma Henrica setzte sich auf die Bank an der Außenwand und klopfte auf den Platz neben sich. »Jetzt setz dich schon und erzähl. Wo sind die großen Schuhe hin? Hast du einen neuen Mann?«

»Nein, ich …«

»Warum lebst du dann nicht weiter auf großem Fuß?«

Ich seufzte.

»Freiheit ist wichtig.« Sie tätschelte meine Hand. »Und die braucht Füße, die hingehen können, wohin sie wollen. Aber jetzt erzähl mal von deinem neuen Mann.«

»Wirklich, da ist keiner.« Der erneute Seufzer entwischte mir einfach so.

Henrica zerquetschte fast meine Finger. »Das glaube ich nicht.«

Ich kaute auf meiner Unterlippe herum, riss mich dann aber zusammen. Schließlich war ich nicht hergekommen, um Wiesjes Oma mein Herzeleid zu klagen. Als ob ich welches hätte. Sachte entzog ich ihr meine Hand.

»Hier ist dein *koffie verkeerd*.« Wiesje reichte mir die große Schale Milchkaffee und stellte den Becher mit frischem Pfefferminztee für ihre Oma auf die Fensterbank. »Möchtest du auch etwas zu essen? Rührei mit Speck, Pfannkuchen, Müsli mit Obst oder lieber ein Toastie?«

»Gern, ein Müsli.« Mein Blick fiel auf einen mit Muscheln verzierten Blumenkasten. Auch wenn keines von Gittis Stücken wie das andere aussah, war ich mir doch sicher: Das Ding stammte aus ihren Händen.

Mit einem Klirren stellte ich die Schale ab und deutete auf den Kasten. »Der ist von meiner Tante, Gitti Herzmann.«

Oma Henrica schüttelte den Kopf. »*Nee*, der ist von Gitti van de Hartjes.«

»Das ist ihr Künstlername. Ich suche sie. Sie arbeitet hier irgendwo an einer Kunstinstallation für das Nazomerfestival.«

»Soll ich sie anrufen? Dann kann sie vorbeikommen und mit dir frühstücken.« Wiesje sah mich fragend an.

»Das ist sinnlos. Sie hat ihr Handy nicht dabei.« Ich rieb mir den Nacken. »Ihr wisst nicht zufällig, wo die Installation steht?«

»Doch, aber wir haben versprochen, nichts zu sagen. Künstler und ihre Ehre, du weißt schon. Ich rufe sie an.« Wiesje lächelte mir zu. »Keine Sorge. Dort gibt es ein Telefon.« Sie verschwand in die Scheune.

Sprachlos schaute ich ihr nach.

»Suchst du etwa nach *de* Mörder?«, raunte Oma Henrica und beugte sich verschwörerisch zu mir rüber. »Dem von *het* Nelleke?«

»Kannten Sie sie?«

Die alte Frau seufzte und zupfte ihre Schürze zurecht. »Nelleke Kuipers, na klar kannte ich sie.«

»Nelleke van der Have. Ihr gehörte der Bungalowpark in Westkapelle.«

»Kuipers.« Oma Henrica schnaubte. »Wir behalten unsere Namen, auch wenn wir heiraten.«

»Gitti kommt rüber. Du willst bestimmt mit ihr zusammen frühstücken, oder? Dann warte ich mit dem Müsli, bis sie da ist.« Wiesje nickte mir zu und trat dann neben Henrica. »Lass uns reingehen.«

Doch die wehrte ab und wollte ihren Tee draußen in der Sonne trinken.

Ich reichte ihr den Becher.

»Bedankt.« Misstrauisch beäugte sie die Pfefferminze, als wären es Algen, die da in ihrer Tasse herumschwammen. »Kuipers. Nelleke *en* Mareike. Hatten kein Glück mit ihren Männern.«

»Oma.« Wiesje runzelte die Stirn. »Was erzählst du denn da wieder?«

Die beiden zankten sich ein bisschen. Von mir aus konnte sich Wiesjes Oma gern etwas mehr über Nelleke und Mareike auslassen, auch wenn sie dabei übertrieb. Interessant wäre es trotzdem, doch Wiesje schien in der Diskussion, die sie auf Niederländisch führten, die Oberhand zu behalten. Ich wollte gerade fragen, ob sie Zeeländisch sprachen, denn ich konnte kein einziges Wort verstehen, als sich ein Auto näherte. Ich spähte zur Straße. Den Kombi kannte ich.

Langsam bog der Wagen auf den Parkplatz ein und rollte bis hinter die Hecke, die das Grundstück von der Straße trennte. Die Fahrertür sprang auf, und Gitti stieg aus. Dunkle Latzhose, graues Top und ein ebenfalls dunkles Kopftuch ins Haar gebunden, als wäre sie mit dem Cabrio gekommen. Ob das ihre Arbeitskleidung war? So dunkel und unscheinbar kleidete sie sich sonst nicht. Egal. Hauptsache, sie war da.

»Gitti, endlich!« Als hätte mich eine Feuerqualle gestreift, sprang ich auf und lief zu ihr. »Wo hast du bloß gesteckt? Ich habe die ganze Halbinsel nach dir abgesucht.«

»Psst, nicht so laut.« Sie schaute sich um, als wäre sie auf der Flucht. »Lass uns in die Scheune gehen, da sind wir für uns.«

Verblüfft folgte ich ihr ins Innere des Cafés. Ob drinnen oder draußen, wir waren doch eh die einzigen Gäste.

Immerhin umarmte sie mich in der Scheune. Das aber gleich so lange, dass ich das Gefühl hatte, sie wollte mich gar nicht mehr loslassen. Vorsichtig befreite ich mich aus ihrer Umklammerung und musterte sie. »Arbeitest du etwa Tag und Nacht an der Muschelinstallation? Du siehst ganz schön fertig aus.«

»Ach, Freddie, nein. Die ist längst vollendet.«

Ich runzelte die Stirn. »Hast du die Idee doch schneller umsetzen können als gedacht? Oder taugte sie nichts?«

»Das war doch nur eine Ausrede, damit Holger sich keine Sorgen um mich macht.« Suchend spähte sie im Café umher. »Wo ist er denn?«

»In Untersuchungshaft.« Die Worte waren raus, bevor mein Hirn auch nur auf »Antwort überlegen« gedrückt hatte.

Gitti blinzelte. »Du machst einen Scherz, oder?«

»Nein, er behauptet, dass er Nelleke vergiftet hat.«

»Was?« Gitti wurde leichenblass.

Rasch hakte ich sie unter und lotste sie zum erstbesten Tisch. Als sie saß, erklärte ich ihr so behutsam wie möglich, was passiert war. Dass Holger gestanden hatte, nachdem die Polizei das Zyankali in ihrem Atelier gefunden hatte.

»Aber ich habe es nie gebraucht«, flüsterte Gitti. »Ich wollte es zum Vergolden verwenden, doch das habe ich dann lieber in einem Labor gemacht. Die hatten alles dort. Ach, hätte ich es bloß dagelassen.«

Ich berichtete weiter, erzählte, dass die Polizei Holgers Fischermontur abgeholt hatte, um darauf nach Spuren zu suchen, weil jemand in Fischerkleidung in Nellekes Garten geschlichen war.

»Ich habe ihn gesehen.« Gitti kauerte sich zusammen. »In Nellekes Garten. Er kam aus dem Haus. Ich ... er hat mich auch gesehen.«

Ich starrte sie an. »Hast du ihn erkannt?«

»Nein, es war doch mitten in der Nacht.«

»War das gegen halb vier? Dann hast du Theo gesehen.« Enttäuscht ließ ich die Luft wieder raus, die ich wohl angehalten hatte, ohne es zu merken. »Um die Zeit war Nelleke schon tot.«

»Weißt du das ganz genau?« Gitti rieb sich ihre Arme, als würde sie sonst erfrieren. »Als ich gehört habe, dass sie tot ist, hatte ich solche Angst. Der Mann hat mich doch gesehen.«

Rasch versicherte ich ihr, dass die Polizei sich für das Video von Montagnacht nicht interessiert hatte. Gitti stöhnte auf und erzählte nun ihrerseits.

In der Nacht war sie aufgewacht. Weil es so warm im Raum war, hatte sie das Fenster aufgemacht und sich in die kühle Nachtluft hinausgelehnt. Da hatte sie einen Schatten gesehen. Jemand, der über das Nachbargrundstück huschte. Erschrocken war sie zurückgezuckt und dabei mit ihrem Ehering gegen die Webcam gestoßen. Das leise Klirren ließ den Schatten innehalten. Er schaute sich um, sah zu ihr hoch, aber es passierte nichts weiter. Der Schatten verschwand. Gitti hatte sich wieder schlafen gelegt und nicht mehr daran gedacht. Bis Holger am nächsten Morgen aus dem Nachbarhaus gerannt kam und ihr zurief, dass Nelleke tot war. Da hatte sie Angst bekommen. Was, wenn der Schatten der Mörder gewesen war? Und sie gesehen hatte? Also hatte sie rasch ein paar Sachen in eine Tasche gepackt, hatte Holger den Zettel geschrieben, damit er sich keine Sorgen machte, und war bei einer Bekannten von Wiesje untergetaucht.

Ich nickte und erinnerte mich an den Wackler auf dem Video, kurz bevor Theo den Garten verlassen hatte. »Wenn du solche Angst hattest, warum hast du dich nicht an die Polizei gewendet? Du hättest ihnen ja sogar das Video zeigen können.«

»Was hätte die Polizei denn tun können? Ich hab den Mann nicht gut genug gesehen. Da wird die Aufnahme nicht besser sein. Außerdem erfasst sie doch nur das Atelier. Ist da echt auch noch Nellekes Garten drauf zu sehen?« Gitti sah mich ungläubig an.

»Ja, aber nur ein ganz kleines Stück, und zwar der Bereich vor dem Tor. Der Täter ist am Sonntagabend gegen zwanzig nach sieben gekommen und kurz vor acht schon wieder gegangen. Wart ihr um die Zeit zu Hause?«

»Nein.« Gitti zog an beiden Enden ihres Kopftuchs, als wollte sie sich strangulieren. »Ich habe noch mal nach der Installation für das Nazomerfestival geschaut, und Holger ...«

Wir sahen uns an.

»Er wollte angeln«, sagte Gitti schließlich. »Aber ein Gewitter ist aufgekommen, da ist er gar nicht erst los, hat er mir erzählt.«

»Kein Alibi.« Ich ballte die Hände, versteckte sie aber rasch unterm Tisch. Gitti sollte nicht sehen, wie angespannt ich war. »Wer weiß davon, dass du Zyankali hast? Und vor allem, wo du es aufbewahrst?«

Gitti stierte mich an, als hätte sie eine Erscheinung. Ungläubig schüttelte sie einige Male den Kopf. Dann beugte sie sich vor und schlug mit der flachen Hand auf den Tisch. »Das gibt es doch gar nicht. Das ist so mies, so mies, aber er muss es gewesen sein. Und ich dachte noch, wie nett, dass er uns beim Umzug hilft mit seinem großen Transporter, und hab ihm alles gezeigt. Sogar meinen Goldschmuck.« Sie schlug die Hand vor den Mund.

»Wer?« Ich nahm ihre andere Hand und drückte sie. »Nun sag schon, Gitti, von wem sprichst du?«

»Bart«, flüsterte sie.

»Der Fischer? Nellekes Schwager?« Theos Onkel, der wollte, dass Nelleke für den Tod seines Bruders bezahlte. Motiv und Mittel. Von der Größe her passte er, und eine Fischermontur hatte er ganz gewiss auch.

Ich kramte mein Smartphone aus dem Rucksack. »Lass uns ihn anrufen und herausfinden, wo er am Sonntagabend gewesen ist.«

»Bist du wahnsinnig? Und als Nächstes bringt er dann uns um?«

»Übers Telefon wird das schwer.« Ich gab Barts Namen in die Suchmaske ein.

»Ich glaube nicht, dass du ihn erreichst. Heute ist Donnerstag. Da ist er auf dem Markt in Middelburg.«

»Umso besser. Lass uns hinfahren. In der Öffentlichkeit kann uns nichts passieren, und wenn er kein Alibi hat, gehen wir gleich zur Polizei.« Ich rannte zu Gittis Auto.

Über die Schulter rief ich Oma Henrica zu, dass wir später vorbeikommen und ich dann zahlen würde. Holgers Fahrrad könne sie so lange in Kommission nehmen.

13

Markttag – marktdag

Donnerstagmittag

Pünktlich zur Mittagsstunde erreichten wir den Marktplatz mit seinen Buden und Verkaufsständen. Die Cafés und Restaurants rundherum waren entsprechend gut gefüllt. In einer Touristengruppe, die vom Rathaus her kam und ihrer Führerin über den Platz folgte, verlor ich Gitti fast. Nur mit Mühe schlängelte ich mich hinterher und nahm den Gang zwischen den Verkaufsbuden, in den sie hoffentlich abgebogen war. Schließlich prallte ich beinahe auf sie, weil sie abrupt stehen blieb. Wir hatten unser Ziel erreicht.

Am Muschelstand war ordentlich was los. Neben Miesmuscheln gab es Austern, Aal und Krebssuppe. Mein Magen knurrte, aber das Essen musste warten. Erst sollten wir mit Bart reden.

»Er ist nicht da.« Gitti deutete auf den Stand und drehte sich dann um die eigene Achse, wohl vor lauter Angst, dass Bart plötzlich von einer anderen Seite auftauchte. »Was machen wir denn jetzt?«

Ich reihte mich in die Käuferschlange ein und bedeutete Gitti, auf mich zu warten. So panisch, wie sie war, sprach ich besser ohne sie mit Barts Mitarbeiterin.

»*Goededag.* Was darf es sein?« Die ältere Frau hatte den Stand gut organisiert. Woanders hätte ich garantiert länger angestanden.

»Von dem geräucherten Aal, bitte. Und dann müsste ich dringend mit *meneer* van der Have sprechen.«

»Bart? Der kommt heute nicht.« Die Frau beäugte mich. »Worum geht es denn?«

Wie fragte man eine Angestellte, wo ihr Chef am Sonntagabend gewesen ist, wenn man keine Polizistin war? Verdammt.

»Meine Tante hatte einen Termin mit ihm.« Ich gestikulierte vage zu Gitti hinüber. »Diesen Sonntag. Aber er ist nicht gekommen. Es ist doch nichts passiert?«

»*Nee*, ich denke nicht.« Sie packte den Fisch auf die Waage und sah mich fragend an. »Gut so?«

Ich nickte. »Haben Sie vielleicht eine Telefonnummer, unter der ich ihn erreichen kann?«

»Aber *zeker* doch.« Die Frau hielt beim Einwickeln inne und deutete zu einem Stapel Visitenkarten auf der Theke. »Bedienen Sie sich.«

Das tat ich. Dann zahlte ich, nahm den Aal in Empfang und trat zu Gitti. »Lass uns eine stille Ecke zum Telefonieren suchen.«

Wir verließen den Markt, gingen am Rathaus vorbei und bogen schließlich in die Stadhuisstraat ab. Vor dem Observatorium war es etwas ruhiger. Wir hockten uns auf die Treppe vor dem Gebäude.

Ich holte mein Handy aus dem Rucksack, entsperrte es und hielt es Gitti hin. »Sprichst du mit Bart? Vielleicht kannst du ein Missverständnis vortäuschen und ihn fragen, wann ihr den geplatzten Termin am Sonntagabend nachholen könnt.«

Gitti rückte näher an mich heran, nahm aber das Smartphone und tippte seine Nummer ein.

Ich hörte leise das Freizeichen und drückte auf Lauthören. Gerade noch rechtzeitig, bevor jemand ranging.

»Bart? Gitti hier.«

»Bei van der Have. Bart ist unterwegs und erst heute Abend wieder da.«

»Danke. Dann versuche ich es später noch mal.«

Gitti legte auf. »Und jetzt?«

»Jetzt gehen wir zur Polizei.« Ich nahm das Handy und googelte die Adresse. »Die Wache liegt am Kanal ganz in der Nähe. Erst sprechen wir mit den ermittelnden Beamten, und dann fahren wir zum Gefängnis, und du redest mit Holger.«

Schnell erreichten wir den Kanal, überquerten ihn, und dann standen wir auch schon vor dem Polizeigebäude. Dem Beamten am Empfang erklärte ich, dass meine Tante und ich im Mordfall Nelleke Kuipers mit Hoofdinspecteur Julian Doorn sprechen müssten. Nachdem wir uns ausgewiesen hatten, telefonierte er kurz und bat uns dann, einen Moment zu warten.

Nach ein paar Minuten erschien Julian tatsächlich, gefolgt von Vermeer. Sofort eilte ich auf ihn zu und fragte, ob Gitti zu Holger dürfe.

»Vielen Dank, dass du deine Tante hergebracht hast.« Kurz sah er mich an, ein leichtes Lächeln in den Augen, dann nickte er Gitti zu. »Frau Herzmann? Meine Kollegin begleitet Sie schon einmal in einen Besprechungsraum. Ich komme gleich nach.«

»Hier entlang bitte.« Vermeer wartete an der Tür auf Gitti und verschwand dann mit ihr in den gesicherten Bereich.

»Mein Onkel war es nicht, Julian. Was behauptet er denn, wie er Nelleke vergiftet haben will?« Ich hatte es leichthin sagen wollen, fürchtete aber, dass mir der Ton missglückt war. Die Lautstärke auf jeden Fall. Der Beamte guckte schon zu uns rüber.

»Wollen wir kurz draußen reden?« Julian sah mich an mit diesem Blick, der so viel Ruhe ausstrahlte, und deutete zum Ausgang hin.

Wir traten vor die Tür.

Ich atmete durch und schaute Julian fest an. »Ich weiß, Holger hat gestanden. Aber wenn er Nelleke tatsächlich umbringen wollte, hätte er doch einfach einen Schrank so anbringen können, dass er beim Aufmachen umkippt und ihr auf den Kopf fällt. Wieso sollte er sich verkleiden, anschleichen und auch noch dafür sorgen, dass die Kamera ihn filmt?«

»Genau das versuchen wir herauszufinden.« Julian rieb sich die Schläfen.

Doch ich war noch nicht fertig. »Warum zieht er seine Fischermontur an, um Nelleke zu vergiften? Warum schaltet er die Webcam nicht aus, wenn er hintenrum zu ihr geht? Warum nimmt er für die Tat ausgerechnet das Gift, das in Gittis Schuppen steht? Er hat doch nicht mal ein Motiv!«

»Die ganze Sache ergibt hinten und vorn keinen Sinn. Warum

gesteht dein Onkel eine Tat, die er nicht begangen hat? Erklär es mir.«

»Woher soll ich das wissen?«

»Rede mit ihm. Mit uns spricht er nicht.« Er sah mich eindringlich an.

»Wenn ihr mich zu ihm lasst?«

Julian zog sein Smartphone aus der Brusttasche und telefonierte. Als er das Gespräch beendet hatte, schüttelte er den Kopf. »Er will dich nicht empfangen, Freddie. Warum? Warum verweigert dein Onkel seit zwei Tagen jegliche Aussage? Er könnte längst wieder zu Hause auf dem Sofa sitzen. Aber solange er auf seinem Geständnis besteht, müssen wir ihn hierbehalten.«

Ich guckte auf meine Füße, als hätten sie eine Antwort parat.

»Du, ich muss wieder rein.« Julians Stimme klang sanft.

Bittend schaute ich auf. »Schickt Gitti zu ihm. Mit ihr wird er sprechen.« Ich schluckte. Und wenn nicht?

»Wir werden sehen.« Julian hob die Hand. Für einen Moment dachte ich, er wolle mich berühren, doch er ließ sie wieder sinken. Abrupt wandte er sich ab und verschwand ins Gebäude.

Ich biss mir auf die Unterlippe. Dass Holger so beharrlich schwieg, konnte doch nur bedeuten, dass er unschuldig war. Da er höchstwahrscheinlich keine Ahnung hatte, wie, wann und woran Nelleke gestorben war, konnte er den Polizisten gegenüber kein Insiderwissen vortäuschen. Und damit er sich nicht in Widersprüche verhedderte, sagte er lieber nichts.

Es war zum Haareraufen! Warum wollte er um jeden Preis verhindern, dass sein falsches Geständnis aufflog? Weil sich die Polizei dann auf Gitti stürzte? Er musste fest davon überzeugt sein, dass sie etwas mit Nellekes Tod zu tun hatte. Für niemand anderen wäre er bereit, ins Gefängnis zu gehen.

Ein Rundfahrtenboot tuckerte auf dem Kanal entlang. Die Stimme, die die Historie des *kloveniersdoelen*, des ehemaligen Hauses der Schützengilde, erläuterte und die Architektur des Gebäudes pries, war auch am Ufer noch gut zu hören. Ja, Middelburg war eine wunderschöne Stadt. Wenn man nicht gerade seinen Onkel aus der U-Haft holen wollte. Gegen seinen Willen, wie es aussah.

Ich kramte meine Sonnenbrille aus dem Rucksack, setzte sie auf und ging an der nächsten Brücke über den inneren Kanal. Der Strom der Fußgänger trieb mich wieder zum Marktplatz, wo der Wochenmarkt noch im Gange war. Käse, verschiedenste Nussmischungen, Obst und Gemüse, Kleidung, Handwerkszeug aller Art, Anglerzubehör, Fahrradklingeln, Taschenmesser, Handtücher – hier gab es alles. Nur keine Antworten.

An einem Stand mit Kopfbedeckungen stieß ich auf Manfred.

»Hallo, Freddie, na, wieder allein unterwegs?« Er strahlte mich an.

»Und du? Auf der Suche nach einer neuen Mütze?«

»Ja, die alte ist einfach nicht zu finden. Dabei habe ich sie schon an die dreißig Jahre.« Betrübt schüttelte er den Kopf. »Dein Onkel hat auch so eine. Das war noch richtig gute Qualität.«

»Habt ihr die damals hier gekauft?« Ich wählte eine Schirmmütze aus und hielt sie Manfred hin.

Der nahm sie, beäugte sie kritisch und legte sie dann wieder weg. »Nicht auf dem Markt, nein. Wir haben sie in Westkapelle gekauft, das Geschäft gibt es schon gar nicht mehr, auf der Zuidstraat war das, ich weiß nicht, ob du dich noch daran erinnern kannst.«

»Habt ihr da gleich Mützen für den ganzen Bungalowpark beschafft? Quasi als Erkennungszeichen?«

»›Park Hoge Duin‹-Angler? Das hätten wir mal machen sollen.« Manfred winkte einem anderen Mann zu, der am Stand gegenüber Fahrradpacktaschen begutachtete. »Einer von uns«, raunte er mir zu. »Kommt auch schon seit Ewigkeiten. Wenn ich mir vorstelle, dass das nach dem Verkauf alles ein Ende gehabt hätte …«

»Glaubst du wirklich, der neue Besitzer hätte eure Bungalows abgerissen?«

»Na, was meinst du, was der verlangen kann, wenn der da so Luxusteile hinsetzt? Hast du mal geschaut, was man in den

›besseren‹ Parks für eine Woche zahlen muss?« Manfreds gute Laune war wie weggeblasen. Mit beiden Händen gestikulierte er, dass ich schon befürchtete, die Frau neben ihm bekäme eine Ohrfeige. »Unsereiner wäre da weg vom Platz an der Düne. Da hat man sein Leben lang in sein Häuschen am Meer investiert und dann … nichts mehr.«

»Schlimm ist das.« Der Mann vom Stand gegenüber kam zu uns rüber. »Ich finde, wir sollten weiter dranbleiben und prüfen, wie wir uns absichern können.«

Manfred nickte. Die Männer verabredeten sich für heute Abend zu einem Bier, bei dem sie das Thema weiter besprechen wollten. Schließlich war der Verkauf ja nicht endgültig vom Tisch. Dann verabschiedeten sie sich. Auch von mir. Sie mussten weiter. Markttage waren Einkaufstage.

Nicht für mich. Ich würde die Zeit nutzen, bis Gitti bei der Polizei fertig war, um nachzudenken. Zuvor stärkte ich mich mit ein paar Mini-Loempias und ergatterte anschließend einen der wenigen Außentische in der Brasserie vor der Buchhandlung »De Drvkkery«.

Ich holte meinen Laptop aus dem Rucksack und öffnete das Tool für die Software-Analyse. In meinem Kopf drehte sich gerade alles im Kreis, von Mützen über Gift und Fischerkleidung bis hin zu den unterschiedlichen Motiven. Eine strukturierte Vorgehensweise würde Ordnung in das Chaos bringen, die Spurenspreu vom Indizienweizen trennen. Und das ging am besten mit einem Fischgrätendiagramm.

Mit einem Klick öffnete ich das Analysetool und legte eine neue Datei an, die ich »Miesmuschelmord« nannte. Wenn das nicht zum Fischgrätendiagramm passte, wusste ich es auch nicht.

Ein Pfeil, das Rückgrat des Fischskeletts, verlief von links nach rechts und zeigte auf das Opfer – oder spießte es auf: Nelleke, Eigentümerin des Bungalowparks in Westkapelle, vergiftet, Sonntag, nach neunzehn Uhr. Dabei ging ich davon aus, dass die Tat erfolgt war, nachdem der unbekannte Fischersmann sich in den Garten geschlichen hatte. Schließlich hätten

Vermeer und Julian sonst nicht Holgers Fischerkleidung beschlagnahmt.

Erbe und damit Hauptgewinner, wenn man das Ganze rein finanziell betrachtete, war Nellekes Sohn Theo. Ich zeichnete eine Gräte für ihn ein und vermerkte das Erbe als Motiv. Um sein Restaurant zu retten, brauchte er dringend Geld, das Nelleke ihm nicht hatte geben wollen. Ich nahm einen Schluck Apfelschorle. Das war ein ziemlich starkes Motiv. Theo hatte schon als Kind davon geträumt, einmal sein eigenes Restaurant aufzumachen. Statt Sternen hatte ich ihm damals Muscheln gegeben. Wozu denn auch Sterne, wenn Muscheln so viel schöner waren?

Gegen ihn als Täter sprach, dass er den Verkauf des Parks nicht durchzog. Wartete er ab, weil er den Verdacht nicht auf sich ziehen wollte? Das – genauso wie ein Giftmord – setzte Planung und Kaltblütigkeit voraus, also genau die Eigenschaften, die Theo nicht besaß. Jemand, der fünf Quiches backte, weil ihm danach war, sie nicht mal auf die Tageskarte setzte und für seine regulären Speisen nicht gerüstet war, dem traute ich so etwas schlichtweg nicht zu.

Anders sah es bei Leroy aus. Ich fügte eine Leroy-Gräte ein. Auch er würde profitieren, wenn sein Partner erbte. Mit seinen Fotojobs war er anscheinend nicht sonderlich glücklich, und viel Geld brachten sie ihm vermutlich auch nicht ein. Genauso wenig wie die Malerei, die er wiederum zu lieben schien. Ein echter Künstler, was Nelleke wohl anders gesehen hatte. Ihr Tod löste all seine Probleme. Keine Demütigung mehr durch die Schwiegermutter, genügend Geld für seine Kunst, und sein Mann konnte sein Restaurant behalten. Keine schlechte Bilanz. Ich fügte eine Motivgräte ein.

Von der Größe her konnte er die Gestalt in der Fischerkleidung gewesen sein. Die Mütze hätte er im Bungalowpark mitgehen lassen können. Und weshalb? Hatte er den Verdacht auf Manfred lenken wollen? Oder wusste er, dass Holger auch so eine Mütze besaß? Blieb die Frage, wo Leroy am Sonntagabend gewesen und wie er an Zyankali gekommen war.

Am Nachbartisch blies ein Kind Seifenblasen in die Luft. Genauso kam ich mir vor. Nur dass meine Gedankenblasen nicht so schön schillerten. Zu halten waren sie aber auch nicht. Nicht ohne weitere Fakten.

Ich seufzte. Und kam zu Bart. Der Fischer aus Bruinisse hatte ein Motiv und – Gitti sei Dank – eine Idee, wo er Zyankali finden würde. Offen war, wo er an dem Abend gewesen war. Ich fügte die entsprechenden Gräten ein.

Nellekes Mann war tot und schied damit aus. Ihre Schwester Mareike hatte kein Motiv. Sie besaß den Campingplatz und mochte gegen den Verkauf des Bungalowparks gewesen sein, erbte aber nichts. Da hatten die Dauermieter ein stärkeres Motiv. Konnte es sein, dass einer von ihnen oder auch mehrere zum äußersten Mittel gegriffen hatten, damit sie ihre Bungalows nicht verloren?

Ich startete die Suchmaschine und gab den Namen des Parks ein. Prompt poppten einige Facebook-Posts auf:

»Erhaltet Park ›Hoge Duin‹. Gegen den Ausverkauf der traditionellen *Zeeuwse* Bungalowparks.«

»Petition gegen den Verkauf eines der ältesten Bungalowparks in *Wasschappel*. Unterschreibt und helft mit, dass die individuell gestalteten Bungalows nicht einem weiteren seelenlosen Ferienpark weichen müssen!«

»Rettet unser Zuhause. Rettet Park ›Hoge Duin‹!«

Bilder der Bungalows, der Bewohner, ihrer Gärten. Leidenschaftliche Plädoyers gegen den Verkauf. Betroffen dreinschauende Smileys, wütende, traurige. Fotos des Parks von vor dreißig Jahren. Wutreden. Kommentare anderer, die so etwas auch erlebt hatten und sich über den Ausverkauf der zeeländischen Küste beschwerten. Wüste Beschimpfungen, lange Tiraden, ganz schön viel Geschwurbel, das zu nichts führte. Ein paar Besonnene gab es auch, die versuchten, die Wogen zu glätten und konkrete Aktionen zu kanalisieren. Ein Name tauchte besonders häufig auf: Georg Kaltenbrunner. Nie gehört. Ich sah mir sein Profil an.

Geboren 1960 in Aachen-Burscheid, ging es schon in der Kindheit in den Ferien nach Westkapelle, erst viele Jahre auf den Campingplatz, bis dann wohl irgendwann das Geld für den Bungalowpark gereicht hatte. Fotos von ihm und seiner Frau Lieselotte. Die Klassiker: auf dem Strand, am Wasser, in den Dünen. Mit den Rädern über den Deich, am Leuchtturm.

Es war interessant, und es war erstaunlich. Kaltenbrunner hatte seinen Account noch nicht lange, hatte aber gleich sein ganzes Leben online gestellt. Zumindest alles, was sein Leben in seiner »zweiten Heimat« betraf. Er hatte eine Unterschriftenliste initiiert, wobei mir nicht ganz klar wurde, was er damit erreichen wollte. Hatte er ernsthaft geglaubt, mit ein paar Namen auf einem Blatt Papier Nelleke den Verkauf ausreden zu können? Selbst wenn er hundert und mehr zusammenbekommen hatte, was sollte das bringen?

Dazu kamen Aufrufe, sich bei ihm zu melden, um die Proteste bündeln und gemeinsame Aktionen planen zu können. Zu schade, dass ich nicht sehen konnte, ob und wer sich gemeldet hatte. Viel einfacher käme ich schließlich nicht an eine Liste weiterer Verdächtiger, die ich zudem ganz bequem im Park abarbeiten könnte. Falls Kaltenbrunner nicht sogar selbst derjenige war, der einen anderen Ausweg gesucht hatte, um seinen Bungalow, sein *Zeeuwse thuis*, zu behalten.

Aber auch wenn er Nelleke nicht umgebracht hatte, konnte er mir gewiss weitere Namen nennen. Vielleicht war darunter jemand, dem so eine Tat zuzutrauen wäre. Es mochte die Suche nach dem Pfefferkorn am Strand sein, aber ich musste es versuchen und mit ihm sprechen – und zwar nach Möglichkeit nicht als Holgers Nichte.

Am besten gab ich mich als jemand aus, der über seine Aktionen berichten wollte. Die öffentliche Aufmerksamkeit würde ihm helfen, sollte auch Theo den Bungalowpark verkaufen wollen. Was generell gegen die Theorie sprach, dass der Mord den Verkauf verhindern sollte. Denn der Täter konnte ja nicht wissen, ob der Erbe den Park behalten würde. Das wäre nur ein Aufgeschoben, aber kein Aufgehoben. Ein Spiel auf Zeit. Oder würden sie so weit gehen, auch Theo aus dem Weg zu räumen? Morden, bis der letzte Erbe tot war?

Allein um diese Theorie auszuräumen, war es wichtig, Georg Kaltenbrunner auf den Zahn zu fühlen. Kurz entschlossen rief ich ihn auf der Handynummer an, die er bei Facebook hinterlegt hatte.

»Kaltenbrunner?«

Er ging sofort ran. Unglaublich.

Schnell erklärte ich mein Anliegen, und wir verabredeten ein Treffen im Park. Der Mann schien auf jemand wie mich gewartet zu haben und lechzte förmlich nach der Publicity, die ich ihm in Aussicht stellte.

Ich schickte Julian eine Nachricht und bat ihn, Gitti zu sagen, dass ich mit dem Bus nach Hause fahren würde. Anschließend suchte ich mir eine Verbindung heraus, zahlte und machte mich auf den Weg zur nächsten Haltestelle.

14

Auf der hohen Düne – op de hoge duin

Donnerstagnachmittag

An der Haltestelle Joossesweg stieg ich aus und ging auf der schmalen Straße Richtung Dünen. Auf der Busfahrt war mir noch eine bessere Idee für meine Befragung gekommen. Ich würde eine Leidensgenossin mimen, mit Wohnwagen auf einem Platz bei Cadzand, der verkauft werden sollte. Auf Camping »Zon en Zee« sei ich bei den Kommentaren auf Kaltenbrunners Facebook-Seite gestoßen. Er würde mir glauben, dass ich über das Netz auf ihn und seine Aktivitäten aufmerksam geworden war und nun wissen wollte, ob die Aktionen was gebracht hatten. Wenn wir uns zusammenschlossen, würden wir noch mehr Leute erreichen. Darüber wollte ich einen Artikel schreiben, der mir und anderen Mut und Hoffnung machen sollte.

Zufrieden mit meiner Vorbereitung passierte ich Hotel und Appartementanlage. Park »Hoge Duin« war schon in Sichtweite, genauso wie Mareikes Campingplatz auf der anderen Seite der Straße. Jetzt musste ich nur noch bis zu dem Bungalow von diesem Kaltenbrunner gelangen, ohne dass ich Manfred oder einem anderen von Holgers und Gittis Spezis in die Arme lief und diese mich lautstark begrüßten.

Ich hatte Glück. Entweder war noch Siesta, oder die Bewohner waren ausgeflogen. Der Park lag ruhig da. Die Tür zur Rezeption war geschlossen. Ein Schild zeigte jedoch, dass geöffnet war, auch wenn das Büro leer war. Die Gelegenheit, nach einer Belegungsliste für letztes Wochenende zu schauen, ließ ich mir nicht entgehen. Rasch trat ich ein und eilte an den Schreibtisch. Der Bildschirm darauf war noch einer dieser tiefen, schweren Röhrenmonitore. Dass es so etwas überhaupt noch gab.

Unter dem Tisch versteckte sich ein Desktoprechner. Immerhin besaß der ein CD-ROM-Laufwerk und nicht auch noch einen Schlitz für Disketten. Der Bildschirmschoner zeigte eine Unterwasserlandschaft, in der bunte Fische herumschwammen. Schade, dass es keine fliegenden Toaster – oder Toasties – waren!

Ich bewegte die Maus. Das Bild verschwand. Die Passwortabfrage erschien. Natürlich. Ein ungeschützter Rechner wäre ja auch zu schön gewesen.

Ich seufzte und schnappte mir einen der Ordner, die in dem halbhohen Seitenschrank neben dem Tisch standen. Wenn ich vom Alter des Bildschirms auf das des Rechners schließen durfte, konnte darauf doch keine Buchungssoftware laufen, und Mareike führte die Listen noch mit der Hand. Allerdings nicht in diesem Ordner. Darin befanden sich nur Rechnungen, Aufträge, ein Kostenvoranschlag für die Pflege der Grünanlagen. Ich stellte ihn weg, warf einen prüfenden Blick nach draußen. Niemand in Sicht. Schnell nahm ich den nächsten Ordner und blätterte ihn durch.

Ein Briefumschlag segelte auf den Boden. Ein Schreiben von einem Reisebüro. Ich bückte mich und hob es auf, als ich aus den Augenwinkeln eine Bewegung draußen wahrnahm. Hastig stopfte ich den Brief zurück in den Ordner und eilte zur *Lost-and-found*-Kiste.

Keine Sekunde zu früh.

»Hallo, Freddie. Hast du was verloren?« Mareikes Stimme klang erstaunt.

»Hast du mich erschreckt.« Was definitiv nicht gelogen war. Nicht einmal, dass ich zusammenzuckte, musste ich spielen. Ich sah sie an. »Kannst du mir Bescheid geben, wenn jemand ein blaues Tuch findet?«

»Natürlich.« Mareike nickte.

Hatte ihr Blick einen Tick länger auf mir geruht, als es normal gewesen wäre? Ich glaubte nicht. Wenn sie mir eine Sache nicht abkaufte, ließ sie es mich üblicherweise gleich wissen.

»Dann gehe ich lieber noch mal den Weg ab und suche es.« Mit einem Winken verabschiedete ich mich. Manfreds Mütze war immer noch nicht wieder aufgetaucht. Zumindest hatte sie nicht in der Fundstückekiste gelegen.

Draußen war es nach wie vor ruhig. Ohne jemandem aus der alten Garde über den Weg zu laufen, gelangte ich zu Kaltenbrunners Bungalow. Der lag in der Querreihe, die an den Wald grenzte. Eine einfache Hütte mit einem kleinen Stück Garten, das von einer Hecke umsäumt war. Darin steckte ein großes Pappmaschee-Herz. Rot und verrückt. Unwillkürlich musste ich lächeln. Auch über das Schild, das über dem Eingang hing: *»Thuis is achter de hoge duin.«* Da konnte ich nur zustimmen. Auch ich fühlte mich hinter der hohen Düne immer noch und immer wieder sehr zu Hause.

Ich lugte an der Hecke vorbei. Windräder, Mobiles, ein bepflanzter Holzschuh. Hier hatte sich jemand ausgetobt und alles angesammelt, womit man den Garten dekorieren konnte. Da würde selbst Gitti staunen. In der Ecke ein Schuppen, wie ihn die meisten hier hatten, für Grill, Liegestuhl und was man sonst noch draußen brauchte und im Häuschen nicht mehr verstauen konnte. Zwischen Bungalow und Schuppen die Terrasse, Korbstühle, ein runder Tisch, ein Stapel mit Papieren, die von einem Findling beschwert wurden. Da wusste einer, dass es an der See kaum windstille Tage gab und selbst windgeschützte Ecken verweht wurden.

»Hallo, sind Sie Frau Weihs?« Ein drahtiger Mann kam aus dem Bungalow. Von der Größe her passte er zu der Gestalt auf der Webcam-Aufnahme. Er zeigte auf die Korbstühle. »Wollen wir uns draußen hinsetzen? Ich habe schon einige Unterlagen herausgesucht.«

»Prima.« Ich nahm Platz und sah mich bewundernd um. »Schön haben Sie es hier. Da kann mein Wohnwagen nicht mithalten. Wohnen Sie schon lange im Park?«

Sofort erzählte er mir all das, was ich schon im Netz herausgefunden hatte, und fragte dann, wo mein Wohnwagen stand. Mit leuchtenden Augen tauschten wir uns über die schönsten Plätze an der Küste aus. Und wie schwer es war, eine erschwingliche Bleibe zu finden. Damit beendeten wir das Hohelied auf

Zeeland. Kaltenbrunner nahm einen Schnellhefter von dem Papierstapel und präsentierte Auszüge aus verschiedenen Zeitungen. Kleine Blätter, wenn ich es richtig sah. Fotos von ihm und dem Bungalowpark, Aufrufe zum Protest, zur Teilnahme an einer Demo. Ich blätterte durch die Artikel. Als Letztes hatte er einen kurzen Bericht abgeheftet, der über Nellekes plötzlichen Tod informierte und damit schloss, dass die Polizei eine Untersuchung aufgenommen habe.

»Tot?« Ich schnappte nach Luft und schaute ihn gespielt erschrocken an. »Heißt das, hier läuft ein Mörder rum?«

»Nein, nein, der Täter ist bereits gefasst. Nellekes Nachbar. Gar nicht lange her, da hat er noch hier im Park gewohnt. War immer nett und freundlich.« Kaltenbrunner strich über seine Papiere. »Wie man sich doch in einem Menschen täuschen kann.«

Wem sagte er das? War ich nicht die amtierende Weltmeisterin im Sich-in-Menschen-Täuschen? Entsprechend kräftig nickte ich. »Und wie geht's weiter? Verkaufen kann sie ja nun nicht mehr.«

»Dem Himmel sei Dank.« Der Mann faltete tatsächlich die Hände vor der Brust. »Der Park wird erst mal von der Schwester weitergeführt. Sie macht das schon seit Jahren, und ich hoffe, dass wir den Erben auf unsere Seite ziehen können.«

Auf die Seite ziehen – und wenn das nicht gelänge, um die Ecke bringen? Ich warf Kaltenbrunner einen scharfen Blick zu. Er hängte sich mächtig ins Zeug, um seinen Bungalow zu retten. Endete sein Einsatz mit den Papieren, in denen er gerade wühlte, oder war er schon darüber hinausgegangen?

»Hier ist es.« Zufrieden kramte er ein Fotoalbum hervor und schob es zu mir rüber, sodass ich die Aufnahmen sehen konnte. »Bilder von früher.«

Zwei junge Paare stützten sich auf Schaufeln und lachten in die Kamera, die Haare vom Wind zerzaust, die der einen Frau wehten sogar vor das Gesicht des Mannes an ihrer Seite. Hinter ihnen lagen Stangen und Baumaterial. Die vier stellten wohl gerade den Zaun auf.

Kaltenbrunner tippte auf das Foto. »Das sind Nelleke und ihre Schwester Mareike mit ihren Männern.«

Bildete ich mir das ein, oder guckte er tatsächlich grimmig drein? Seine Stirn war gefurcht, aber als er meinen Blick bemerkte, lächelte er und tippte erneut auf das Foto. Ich erwiderte sein Lächeln und betrachtete das Bild eingehender.

Mareike hätte ich nicht erkannt, mit langen Haaren und einem breiten Lachen im Gesicht. Zu schade, dass ihre Haare ihren Mann verdeckten. Den Kerl, der sie so zum Strahlen gebracht hatte, hätte ich gern gesehen. Nelleke befand sich zwischen den beiden Männern, sie schmiegte sich an Kees und ließ ihn ihre Schaufel halten, während Mareike sich aufrecht hielt, den Männern ebenbürtig.

»Das muss lange her sein. Ist das nicht der Eingangsbereich, dort, wo inzwischen die Rezeption ist?« Ich deutete auf die Stelle, an der die vier standen.

»Gut erkannt. Das war vor fast vierzig Jahren. Nelleke war noch nicht mal mit Theo schwanger. Damals war ich mit meiner Frau auf Hochzeitsreise hier. Na ja, wir haben gezeltet, gegenüber auf dem Campingplatz.«

Nur die Traurigkeit in Kaltenbrunners Stimme hielt mich davon ab, herauszuplatzen, dass auch ich schon dort im Zelt übernachtet und es grandios gefunden hatte.

Verstohlen sah ich zu ihm. Er schaute so, als würde er in die Vergangenheit sehen und nicht ins Grüne. Dabei rieb er unablässig seinen Ringfinger, der aber leer war. Hatte seine Frau ihn verlassen? War sie gestorben? Hatte er nichts mehr zu verlieren? Nichts mehr außer diesem kleinen Stück Land hinter der Düne, das ihn an sie erinnerte? Das er um alles in der Welt behalten wollte?

Keine wilden Theorien, ermahnte ich mich still. Bleib im Hier und Jetzt.

»Sie müssen die vier gut gekannt haben.«

»Wie bitte?« Kaltenbrunner zuckte zusammen. Hatte ich einen wunden Punkt getroffen? Er räusperte sich und rückte das Fotoalbum zurecht, dabei lag es doch gut. »Entschuldigen

Sie, ich war gerade in Gedanken. Was meinen Sie? Wen soll ich gut gekannt haben?«

Ich nickte zu dem Bild hin.

»Ja, natürlich. Man wächst doch sehr zusammen.« Wieder verstummte er, keine Geschichten mehr.

»Und trotzdem wollte sie verkaufen? Warum denn?«

»Das weiß keiner so genau. Ganz heimlich hat sie das alles eingefädelt.« Seine Stimme wurde lauter. »Wenn ich nicht zufällig an dem Tag beobachtet hätte, wie sie so einem Anzugträger den Park gezeigt hat, hätten wir womöglich erst davon erfahren, wenn die Bagger angerückt wären.«

»Solche Leute meinen echt, sie können sich alles erlauben! Mit der Aktion hat sie sich bestimmt eine Menge Feinde gemacht.« Erneut studierte ich das Foto beziehungsweise erweckte hoffentlich den Anschein, dass ich das tat. »Konnte denn nicht mal ihre Schwester sie davon abhalten? Oder ihr Mann?« Den schob ich schnell nach. Schließlich konnte ich ja nicht wissen, dass Kees tot war. Das hatte Kaltenbrunner noch nicht erwähnt. Ich rieb mir die Stirn, als könnte ich so mein Hirn unterstützen bei der akrobatischen Höchstleitung, im Freiflug über mein angebliches Nichtwissen nicht abzustürzen.

»Kees ist kürzlich gestorben.« Kaltenbrunner presste die Lippen zusammen, sein Mund wurde zu einem kurzen Strich, gerade und böse.

Ich runzelte die Stirn. »Ich verstehe. Dadurch ist sie vielleicht auf die Idee gekommen zu verkaufen. Aber haben Sie nicht gesagt, dass ihre Schwester den Park führt? Mit der hat sie sich dann wohl auch zerstritten.«

»Ach was, Mareike hat alles für Nelleke getan. Schon seit Kees den Schlaganfall hatte und Nelleke ihn pflegen musste.«

»Und diese Mareike wollte den Park nicht übernehmen?« Ich machte eine ausladende Bewegung mit dem Arm. »Das wäre doch das Naheliegendste gewesen.«

»Wenn einem etwas am Park und seinen Bewohnern liegt, sicherlich, aber Nelleke ging es wohl darum, so viel Geld wie möglich herauszuschlagen ...« Kaltenbrunner klappte das Foto-album zu.

»Klingt nicht so, als hätten Sie eine Chance gehabt, den Verkauf abzuwenden.«

»Eine Chance hat man immer. Selbst wenn wir den Verkauf nicht verhindert hätten, hätten wir ja immer noch gegen die Kündigung unserer Bungalows vorgehen können.« Kaltenbrunner öffnete ein Notizbuch. »Nach Rücksprache mit einem Rechtsbeistand habe ich die Möglichkeiten, die wir haben, also die legalen, versteht sich, zusammengestellt. Sehen Sie hier.« Er deutete auf eine Tabelle, die er über eine Doppelseite gemalt hatte.

Sofort war ich versucht, ihm eine kleine Einführung in softwarebasierte Tabellenkalkulation zu geben, aber es war sowieso fraglich, ob er überhaupt einen Rechner besaß.

Zeile für Zeile ging er seine Mitschrift durch. Ich seufzte innerlich, riss mich zusammen und schaute auf sein Notizbuch. Der Mann war wirklich sehr akribisch. Eine gestochen klare Handschrift, die wichtigen Punkte unterstrichen, alles unglaublich ordentlich und genau. Links oben standen sogar Datum und Uhrzeit, und zwar von Sonntag. Zweiundzwanzig Uhr dreißig. Natürlich waren diese Angaben keine Beweise, aber welcher Täter würde sich überhaupt die Mühe machen, eine mehrere Seiten lange handschriftliche Abhandlung über die Rechtslage bezüglich Eigenbedarfskündigung zu verfassen? Entscheidender aber war, dass er zuversichtlich wirkte, in einem Rechtsstreit eine Kündigung verhindern zu können. Wenn er mir hier nichts vorspielte, sah die Lage für die Mieter gar nicht so schlecht aus, wie ich bislang gedacht hatte.

Kaltenbrunner musste meinen Blick auf das Datum bemerkt haben, denn er nickte mir zu. »Welch eine Ironie. Ich wollte die Punkte am nächsten Tag abtippen und ein Rundschreiben aufsetzen, aber das war dann ja nicht mehr nötig.« Er zuckte nicht mit der Wimper, als er das sagte.

»Darf ich ein Foto von Ihnen machen für meinen Beitrag zur Rettung von Camping ›Zon en Zee‹?« Ich zückte mein

Smartphone, um noch ein paar Alibi-Bilder für das Interview zu schießen.

Sofort setzte Kaltenbrunner sich zurecht. »Soll ich was in die Kamera halten? Vielleicht einen Artikel zu unserer Unterschriftenliste?«

»Nein, nein, das verlinke ich besser direkt.« Abschließend bat ich ihn noch, sich doch unter sein *Thuis*-Schild zu stellen, und schoss auch dort ein paar Bilder von ihm.

»Wieder für die Zeitung am Posieren, Georg?« Eine Nachbarin kam aus ihrem Garten und gesellte sich zu uns. Keine, die ich von früher oder meinen Stippvisiten in den letzten Jahren kannte. »Ich dachte, dass es damit vorbei ist und du auch mal wieder Zeit für uns hast.«

Kaltenbrunner hob die Hände und murmelte, dass immer noch viel zu tun sei.

»Ach, komm. Dass du am Sonntagabend nicht auf ein Bierchen zu uns gekommen bist, geschenkt. Aber jetzt, wo nicht verkauft wird, hast du keine Ausrede mehr.« Sie wandte sich an mich. »Georg ist unser Vorkämpfer, müssen Sie wissen, hat sich Tag und Nacht für den Erhalt des Parks eingesetzt, aber irgendwann muss auch mal gut sein.«

Ich stimmte ihr zu, bedankte mich bei Kaltenbrunner für seine Hilfe und verabschiedete mich.

Kurz entschlossen nahm ich den Weg am Spielplatz und an Holgers und Gittis ehemaligem Bungalow vorbei. Wenn mich hier jemand sah, der mich noch aus Kindheitstagen kannte, würde er denken, ich schwelgte in Erinnerungen.

In einem Vorgarten, in dem noch eines der Protestplakate stand, rückte gerade ein Mann den Grill zurecht. Von der Größe und Statur her kam er als Täter in Frage. Ich kannte ihn zwar nicht, aber Gitti bestimmt. Ich würde sie fragen. Und das ging einfacher, wenn ich ihr ein Bild zeigen konnte. Unauffällig machte ich eine Aufnahme von ihm. Von da an schoss ich immer, wenn ich einen der Dauermieter in seinem Garten entdeckte, ein Foto. Seit es normal war, dass die Leute ständig Selfies machten, war das heimliche Fotografieren ein Kinderspiel geworden.

Am Eingang angelangt, huschte ich schnell an Mareikes Büro vorbei, damit sie mich nicht sah und sich wunderte, was ich so lange im Park getrieben hatte.

Auf dem Rückweg zu Holgers und Gittis Haus machte ich dieses Mal einen Abstecher zur hohen Düne und kraxelte die vielen Stufen nach oben. Entweder hatte Kaltenbrunners Schild »*achter de hoge duin*« mich dazu verleitet, oder ich hoffte unbewusst, dass der Rundumblick mir neue Einsichten bescherte. Was er nicht tat.

Kaltenbrunner schien mir zu ordnungsliebend und gesetzestreu für einen Mörder, wobei seine Vorliebe, alles gut durchzuplanen, durchaus zu einem Giftmörder passen würde. Schon komisch, dass ich ihn so gar nicht von früher her auf dem Radar hatte. Andererseits nahm man als Kind die Welt doch sehr anders wahr. Und die Ecke, in der sein Bungalow stand, lag nicht in meinem damaligen Radius. Der ging bis zum Spielplatz, wenn ich den Park nicht verlassen durfte. Am liebsten hatte ich natürlich an der Nordsee gespielt, in den Dünen, im Wald um den *kreek* herum.

Ich schaute zum Meer. Es war windig geworden, Wolken jagten über den Himmel, das Wasser schäumte. Ein Tanz der Wellen, den zu beobachten ich nie satt wurde. Auf dem Strand verteilten sich Windschutze und diese halb offenen Zeltmuscheln. Letztere mochten für Geübte leichter aufzubauen sein, konnten aber mit einem ordentlichen altmodischen Windschutz nicht mithalten. Der Stolz, wenn das Teil stand, war durch nichts zu ersetzen.

Sofort musste ich an Holger denken. Erst über Holger und Gitti hatte ich das Meer, den Strand, meine Liebe zu diesem Fleckchen Erde entdeckt. Meine Eltern, insbesondere mein Vater, mochten den Sand nicht, den Wind nicht.

Auweia. Kaltenbrunners Pappmaschee-Herz und sein *Thuis*-Spruch hatten mich völlig sentimental werden lassen.

Ich schüttelte den Kopf über mich selbst und wandte mich wieder dem Weg zu. Der Wind blies mir mächtig um die Ohren. Ich stemmte mich dagegen und wünschte, dass ich das in den

Ermittlungen auch machen könnte und dabei wenigstens ein Stückchen weiterkäme. Es war wie verhext. Bislang konnte ich niemand wirklich ausschließen, aber auch keiner meiner Verdächtigen überzeugte mich richtig. Hatte ich den Täter noch gar nicht auf dem Radar? Oder täuschte ich mich schlichtweg in einem von ihnen?

Bart hatte Motiv und Mittel, aber sein auffälliges Verhalten sprach gegen ihn als Mörder. Theo und Leroy waren nach wie vor diejenigen mit dem besten Motiv, doch gegen sie sträubte sich mein Bauchgefühl. Darauf sollte ich hören, hatte es in der Familienaufstellung ständig geheißen. Also gehorchte ich, obwohl es mit meiner Intuition nicht sonderlich weit her war, wie das Telefonat mit meinen Eltern mir gestern Abend klargemacht hatte.

Ich stöhnte. Das war ja schlimmer als eine Quizshow. Ich hatte nicht einmal einen Fifty-fifty-Joker, der die Möglichkeiten einschränkte.

Wobei ... ich hatte einen Publikums-, nein, einen Haus-Joker.

Ich hatte Gitti. Sie hatte Nelleke gut gekannt. Und als Künstlerin arbeitete sie ausschließlich nach Bauchgefühl.

15

Mordaufstellung – moord opstelling

Donnerstagabend

Als ich in die Straße von Holgers und Gittis Haus bog, hielt ich Ausschau nach ihrem Kombi, konnte ihn jedoch nicht entdecken. Vor dem Eingang kramte ich mit der einen Hand nach dem Schlüssel und klingelte mit der anderen. Dreimal kurz, dreimal lang, wie früher. Doch heute öffnete sich nicht mit dem letzten Ton die Tür, und kein Onkel lachte mich an. Sollte ich Julian fragen, ob Gitti noch bei der Polizei war? Rasch holte ich das Handy aus dem Rucksack und tippte eine Nachricht an ihn.

Noch bevor ich das Smartphone in meine Hosentasche gesteckt hatte, vibrierte es. Eine neue Nachricht: »Gitti ist vorhin gegangen, zusammen mit Holgers Anwalt. Vielleicht ist sie noch bei ihm.«

»*Bedankt!*« Ich schloss den Messenger und landete in der Galerie bei den Bildern, die ich im Park fotografiert hatte.

Da ich ohnehin zu unruhig war, um still im Haus zu sitzen und auf Gitti zu warten, würde ich die Zeit nutzen und Roos die Fotos der Leute zeigen. Sie würde wissen, ob jemand von ihnen bei Nelleke gewesen war.

Schnell ging ich die Aufnahmen durch und schnitt sie so zurecht, dass die Leute gut zu sehen waren. Dann marschierte ich nach gegenüber und klingelte.

Roos öffnete die Tür. »Oh, hallo. Freddie, richtig?«

»Ja genau.« Ich lächelte sie an. »Darf ich Sie noch mal um Ihre Hilfe bitten? Sie haben doch so eine gute Beobachtungsgabe.«

»Geht es um den Mord?« Sie gab sich zurückhaltend, aber das Funkeln in ihren Augen verriet mir, dass sie mehr als bereit war, über den Skandal zu reden. »Dazu hat die Polizei mich auch schon zweimal befragt. Beim zweiten Mal war sogar ein

Hoofdinspecteur dabei. So ein Kavalier, ich sag's Ihnen. Noch einer von der alten Schule.«

»Dachte ich mir doch, dass Sie eine gute Zeugin sind. Die Polizei ist bestimmt nicht ohne Grund zweimal bei Ihnen gewesen.« Wenn ich noch mehr schleimte, würde mir gleich Honig aus dem Mund tropfen, doch offenbar funktionierte es.

Roos bat mich hinein, offerierte mir sogar etwas zu trinken und erzählte mir dann, was sie wahrscheinlich auch Julian und Vermeer berichtet hatte. Wie sie Holger, der augenscheinlich völlig aufgelöst gewesen war, vor dem Haus entdeckt und mit ihm auf den Notarzt gewartet hatte. »Hätte ich da schon gewusst, dass er der Mörder ist, hätte ich mich in mein Schlafzimmer verkrochen und zweimal abgeschlossen. Sitzt er wirklich im Knast?«

»Die Polizei untersucht den Fall noch.« Ich holte das Handy aus meiner Hosentasche und öffnete die Fotogalerie.

»Warum nur hat er es getan? Ich zermartere mir schon die ganze Zeit den Kopf, aber mir fällt kein Motiv ein.«

»Er hat auch keins, weil er ganz einfach nicht der Täter ist.« Rasch hielt ich ihr das Handy vor die Nase. »Aber ich habe hier ein paar Bilder von weiteren Verdächtigen. Sie können mir doch bestimmt sagen, wer von denen in letzter Zeit bei Nelleke gewesen ist.«

»Aber sicher doch.« Sie setzte ihre Lesebrille auf und ließ sich von mir das erste Foto zeigen. »Nein, nie gesehen. Der Kerl wäre auch gar nicht ihr Typ gewesen.«

»Wie war denn ihr Typ?«

»Na ja, handfest. So wie Ihr Onkel.«

Ohne darauf einzugehen, zeigte ich ihr die nächste Aufnahme. Roos winkte ab und trank einen Schluck. Wir arbeiteten uns weiter durch die Bilder. Ein-, zweimal zögerte sie, schüttelte dann aber doch den Kopf. Bis ich zu dem Foto von Kaltenbrunner kam.

»Der ist bei ihr gewesen. Das weiß ich noch genau. Sogar Blumen hat er mitgebracht. Tulpen.« Sie setzte die Lesebrille ab, stand auf und eilte aus dem Raum.

Verwirrt sah ich ihr nach. Wo wollte sie hin? Erwartete sie, dass ich mitkam?

Bevor ich mich jedoch dazu entschließen konnte, ihr zu folgen, kehrte Roos mit einem kleinen Kalender zurück. »So. Der hilft mir zu überlegen, wann ich ihn bei Nelleke gesehen habe.« Sie setzte sich wieder und blätterte durch die Seiten. »Das müsste … warten Sie mal …«

»War er nur einmal da oder öfter?«

»Öfter.« Sie sah auf. »Aber erst seit ein paar Wochen. Als Kees noch lebte, habe ich ihn hier nicht gesehen. Frühestens danach. Wer weiß, wo sie sich vorher getroffen haben.«

Nachdenklich rieb ich mir das Kinn. »War er auch einer der Männer, bei deren Besuch Nelleke die Vorhänge zuzog?«

Roos guckte durch das große Wohnzimmerfenster zur Straße. »Das hat sie bei allen gemacht.«

Wahrscheinlich, weil Nelleke die neugierige Roos gegenüber bemerkt hatte, die sofort ein romantisches Motiv hinter jedem Männerbesuch vermutete. Ich steckte mein Handy wieder ein. Immerhin wusste ich jetzt, dass Nelleke mit Kaltenbrunner gesprochen hatte. War sie doch nicht so entschlossen gewesen zu verkaufen? Warum sonst hätte sie mehr als einmal mit ihm reden sollen? Sein Ziel war es doch gewesen, sie vom Verkauf abzubringen.

»Vielen Dank für Ihre Hilfe.« Ich stand auf.

»Meine Liebe, das ist selbstverständlich unter Nachbarn.« Sie deutete auf ihr Weinglas. »Wollen Sie nicht doch einen Schluck? Die Herzmanns sind ja nicht da.«

Ich tackerte das Lächeln auf meinem Gesicht fest und schüttelte den Kopf. »Tut mir leid, aber meine Tante kommt gleich.«

»Dann ist sie zurück? Ich habe sie schon ein paar Tage nicht gesehen. Eigentlich ein Unding, dass sie ausgerechnet wegfährt, wenn Sie zu Besuch kommen! Weiß sie denn nicht, dass ihr Mann verhaftet wurde?« Roos erhob sich und brachte mich zur Tür.

Rasch scannte ich die Autos in den Parkbuchten nach dem Kombi ab, aber Roos hatte recht. Gittis Wagen war nicht dabei. Sie hatte die Straße wirklich im Blick. Und wenn die Fenster auf Kipp standen, auch im Ohr. Das hieß, dass sie gehört haben könnte, was zwischen Bart und Theo am ersten Tag vorgefallen war.

Ich wandte mich noch einmal zu ihr um. »Am Tag nach Nellekes Tod ist ihr Schwager hier gewesen und hat mit Theo gestritten. Da ging es um Geld, oder?«

Ein Schuss ins Blaue. Das hatte ich bei meinem Chef gelernt. Nichts regt so sehr zu Widerspruch an wie falsche Wahrheiten. Wenn die Leute sich auskannten. Die anderen stimmten einfach zu.

»Bart hat Nelleke immer mal wieder ausgeholfen, wenn sie knapp bei Kasse war, aber er hat nie auch nur *een kwartje* davon wiedergesehen. Die Frau konnte einfach nicht mit Geld umgehen. Weiß der Henker, für welchen Unsinn sie das alles ausgegeben hat. Wahrscheinlich für ihre Liebhaber.«

Ich starrte sie an. Nelleke hatte Schulden gehabt? »Und jetzt fordert Bart das Geld von Theo zurück?«

»Er wäre blöd, wenn er's nicht täte.«

Das Geräusch eines sich nähernden Autos ließ uns beide zur Straße gucken.

»Ah, da ist ja Ihre Tante.«

Der Kombi wurde langsamer und rollte, wohl auf der Suche nach einem Parkplatz, an uns vorbei. Der Beifahrersitz war leer. Mist! Eilig verabschiedete ich mich und lief winkend dem Auto hinterher. Nach ein paar Metern bemerkte Gitti mich und hielt an.

Ich trabte zur Beifahrertür und stieg ein. »Warst du die ganze Zeit bei der Polizei? Hast du mit Holger sprechen können?«

»Ach, Freddie.«

Mit Verspätung bemerkte ich, wie fest ihre Hände den Lenker umklammerten. Jetzt bloß kein Drama vor Roos, die natürlich noch in der Haustür stand und uns beobachtete. »Na, komm, so schlimm wird es schon nicht sein.«

Gitti wandte mir ihr Gesicht zu. Ihre Augen waren gerötet. Ich biss mir auf die Wangen. Ungelenk beugte ich mich über die Mittelkonsole und wollte ihre Hände vom Lenker lösen, aber das war gar nicht mehr nötig, denn sie fiel mir quasi in die Arme. Ich spürte, wie ihr Körper bebte. Verdammt, sie weinte. Als ihr Herzschlag sich wieder normalisierte, drückte ich sie noch einmal ganz fest, dann ließen wir uns los.

»Was hältst du davon, wenn wir erst mal was essen gehen? Und danach berichtest du. Okay?«

Sie schniefte erneut, putzte sich die Nase und deutete zur anderen Straßenseite, ohne rüberzusehen. »Was wolltest du denn bei Roos?«

»Erzähl ich dir gleich. Lass uns zuerst hier verschwinden. Wir können im ›Laatste Kruimel‹ zu Abend essen und bei der Gelegenheit Holgers Rad holen. Soll ich fahren?«

»Nein, schon gut.« Sie legte den Gang ein und fuhr los. Kein weiteres Schauspiel für Roos heute Abend.

Kurz darauf saßen wir auf der Terrasse des Scheunencafés und bestellten zwei *specialiteiten pannenkoeken*. Pfannkuchen hatten etwas ungemein Tröstliches. Dazu noch einen Salat, den wir uns teilen wollten, ein alkoholfreies Bier für mich und für Gitti zum Bier noch einen Genever. Den hatte sie dringend nötig.

»Mit dem Essen kann es etwas dauern«, entschuldigte sich Wiesje, als sie uns die Getränke brachte. »Die große Tisch hat gerade vor euch bestellt.«

»Kein Problem.« Wir waren froh, überhaupt einen Platz bekommen zu haben. Und wir hatten Zeit. Also stießen wir erst einmal an.

»So, dann erzähl mal.« Ich setzte mein Glas ab und schaute zu Gitti.

»Sie haben so viele Fragen gestellt, wollten alles ganz genau wissen.« Sie rieb sich die Schläfen. »Mein Kopf ist noch ganz wund davon.«

Ich legte meine Hand auf ihre, drückte sie und musste mich zusammenreißen, um nicht zu fest zu drücken, nur weil ich sauer auf Julian und Vermeer war. »Sie sollen den wahren Mörder finden und nicht Holger und dich fertigmachen.«

»Alles gut.« Gitti nahm meine Hand zwischen ihre Hände

und massierte sie. »Sie müssen das tun. Wenn sie nicht alles wissen, wenn wir ihnen nicht alles sagen, wie sollen sie dann herausfinden, wer es war?«

Ich nickte und hoffte, dass sie den Teil mit dem »alles sagen« auch Holger klargemacht hatte. Und dass Julian und Vermeer tatsächlich noch nach dem wahren Täter suchten und sich nicht auf Holger oder Gitti eingeschossen hatten. Die bearbeitete inzwischen meine Hand, als wollte sie ein Kunstwerk daraus formen. Sie rieb über die Muskeln und knetete die Finger so fest, dass es wehtat. Sachte entzog ich sie ihr.

»Sie waren wirklich nicht unfreundlich. Aber das alles hat mir Angst gemacht.« Gitti sah mich an, und ihre Augen wirkten mit einem Mal kindlich groß.

Ich konnte nicht anders. Ich umarmte meine Tante und hielt sie fest. Das half zwar niemandem, aber irgendwie tat es ihr gut und – erstaunlicherweise – auch mir.

»Du hast mich noch nie umarmt«, sagte Gitti leise.

Ich protestierte.

»Jedenfalls nicht so, Freddie. Nicht so, als ob du es wirklich meinen würdest.«

Darauf wusste ich nichts zu entgegnen. Ich drückte sie noch einmal, dann ließ ich die Arme sinken. »Hast du Holger gesprochen?«

»Er lässt dich grüßen.«

Ich rollte mit den Augen. Die Grüße hätte er mir heute Mittag persönlich sagen können. Aber egal. »Hat er endlich sein Geständnis widerrufen? Das bringt doch keinem was, wenn er lügt.«

»Das habe ich ihm auch gesagt.«

»Und?«

»Er hat mir versprochen, dass er mit der Polizei reden wird. Der Anwalt kümmert sich um einen erneuten Termin beim Haftrichter, allerdings meinte er, dass es außer dem Geständnis wohl noch andere Dinge gibt, die ihn belasten.«

Wir sahen uns an. Die Webcam-Aufnahme hatte ich ihm eingebrockt. Wobei die ja schon wieder dafürsprach, dass er

Nelleke nicht umgebracht hatte. Und wenn die Polizei an seiner Fischermontur Spuren fand, die belegten, dass er bei Nelleke gewesen war, bewies das noch lange nicht, dass es in der Tatnacht gewesen sein musste. Es war ja nicht auszuschließen, dass er in den Tagen zuvor direkt nach dem Angeln zu ihr gegangen war, um ihr einen Fisch zu bringen. Und dafür sollte er jetzt bezahlen?

Ich richtete mich auf. »Wir werden den wahren Täter finden, Gitti. Erzähl mir alles, was du Julian gesagt hast.«

»Julian?« Gitti runzelte die Stirn. »Ist das nicht der Hauptkommissar, also der Chefinspektor?«

»Ja, ich ... wir kennen uns«, sagte ich lahm.

»Ihr kennt euch.« Gitti lächelte. Es war ein ganz kleines Lächeln, aber es war eines. »Ich glaube, er ist nett.«

»Gitti, bitte.« Mein Kopf glühte garantiert, als wollte er sich als Leuchtturm bewerben.

»Schon gut.« Das Lächeln verschwand.

Das hatte ich ja super hinbekommen.

Gitti erzählte von dem Gespräch, doch etwas wirklich Neues erfuhr ich nicht. Bestimmt hatte sie das ein oder andere vergessen, so erledigt, wie sie vor mir saß.

»Hast du Julian und Vermeer auch von Bart erzählt? Dass er von deinem Zyankali gewusst hat?«

Gitti nickte.

»Und?«

»Sie haben es aufgeschrieben. Mehr nicht.« Inzwischen knetete sie ihre eigenen Hände. »Bei allem, was ich gesagt habe, war das so. Sie haben keine Reaktion gezeigt, einfach immer weitergefragt. Ich hätte nicht gedacht, dass einen das so verunsichern kann.«

Das konnte ich nur zu gut nachempfinden. Die vielen Fragen ließen einen zweifeln, an den eigenen Wahrnehmungen genauso wie an den Bildern, die man sich von den anderen gemacht hatte. Bei den Ermittlungen im Yogazentrum war es mir ähnlich ergangen, aber davon durfte man sich nicht runterziehen lassen.

»Wir rufen ihn gleich noch mal an. Bart, meine ich. Aber

vorher habe ich eine Frage.« Ich beugte mich vor. »Roos hat mir erzählt, dass Nelleke Bart Geld geschuldet hat. Weißt du davon?«

Gittis Hände hielten inne, dann kneteten sie sich heftiger als vorher, schien mir. »Von Roos erfährst du nur Klatsch und Tratsch.«

»An dem aber auch ein Sandkörnchen Wahrheit dran sein könnte.«

»Hat sie dir erzählt, dass Holger was mit Nelleke hatte? Ist da etwa auch was dran?« Gitti funkelte mich an. »Glaub mir, sie stiftet nur Unfrieden. Eigentlich ein Wunder, dass Nelleke vergiftet worden ist und nicht sie.«

»Stimmt.« Ich grinste sie an. Wütend war mir Gitti lieber. »Und was Holger betrifft: Nein, ich glaube nicht, dass er was mit Nelleke hatte, aber er war oft bei ihr. In dem Punkt hat Roos recht gehabt. Also könnte an dem Geldgerücht auch irgendwas dran sein.«

Gitti nahm einen Schluck. »Mag sein.«

»Wie auch immer. Lass uns erst mal herausfinden, wo Bart am Sonntagabend war.« Ich holte das Smartphone aus dem Rucksack und wählte seine Nummer, aber niemand meldete sich. Ich zuckte mit den Achseln. Wir würden es später noch einmal versuchen. Notfalls fuhren wir morgen nach Bruinisse.

Kaum hatte ich das Gerät weggepackt, klingelte es. Rief Bart zurück? Ich nahm ab. Meine Eltern. Nach einem kurzen Gruß reichte ich das Gerät an Gitti weiter und bedeutete ihr, dass ich kurz verschwinden müsse, während sie die beiden auf den neuesten Stand brachte.

Auch wenn ich nur bis zur Scheune ging, so taten mir die Schritte doch gut und holten mich wieder herunter. Gittis Tränen hatten mich ganz schön aufgewühlt. Da war eine stürmische Nordsee nichts dagegen.

In der Scheune bestellte ich uns noch etwas zu trinken, machte mich frisch und kehrte anschließend zu Gitti zurück. Auf dem Tisch warteten bereits unsere Pfannkuchen. Wir aßen und blendeten Holger und den Mord für kurze Zeit aus.

Gitti zerknüllte ihre Serviette und warf sie auf den Teller. »Was sind das denn für Püppchen?« Sie hatte meine *poppetjes* im offenen Rucksackfach entdeckt und holte sie heraus.

Ein bisschen verlegen erzählte ich ihr von meiner Familienaufstellung, die ich mit den Puppen hatte nachstellen wollen. Was ich aber nun nicht mehr brauchte.

»Worum ging es denn?« Gitti legte die Püppchen beiseite und sah mich forschend an.

Mit den Fingerspitzen rieb ich mir die Schläfen. Es war ja klar, dass sie mehr wissen wollte. Ich nahm das Freddie-Püppchen und erzählte ihr von dem Seitensprung, der der Ehe meiner Eltern nichts hatte anhaben können, mich aber ziemlich fertigmachte, weil ich ihn all die Jahre völlig falsch interpretiert hatte.

»Leg die Mädchenpuppe weg und nimm dir eine Frauenpuppe, Freddie.« Gitti reihte die Püppchen nebeneinander auf. »Es wird Zeit, die Kinderrolle abzulegen. Wenn du dich als Kind siehst, verhältst du dich auch wie eines. Wenn du was ändern willst, stell dich so auf, wie du sein willst.«

»Wozu?« Ich sah auf mein Alter-Ego-Püppchen. »Ich weiß doch inzwischen, was los war.«

»Du musst es verarbeiten.« Gitti gestikulierte und zeigte auf ihren Muschelblumenkasten. »Verarbeiten ist das A und O und führt zu Ahs und Ohs. In der Kunst genauso wie im Leben. Das Erlebte verstehen, begreifbar machen, um etwas daraus zu lernen.«

Ich tippte mir an den Kopf. »Genau das tue ich doch.«

»Aber doch nicht mit dem Kopf, Liebes. Mit dem Herz.« Fehlte nur noch, dass Gitti sich die Hände theatralisch auf die Brust legte.

Ich ließ den Arm sinken. »Ehrlich, Gitti, es war eine Befreiung, das zu hören. Auch Frauen können ihre Männer hintergehen, können die ›Bösen‹ sein. Mein ganzes Leben lang hat es mich aufgeregt, dass meine Mutter alles mit sich hat machen lassen. Dabei ist es gar nicht so gewesen. Ich wünschte nur, sie hätte es mir früher gesagt.«

»Vielleicht hat sie es versucht.« Gitti musterte mich.

»Sie hat nur immer behauptet, dass mein Vater nicht fremdgegangen sei, und dann blitzartig das Thema gewechselt.« Ich seufzte. »Schon komisch. Mein Vater hat zwar nicht für sie gelogen, aber sie doch geschützt. Genauso wie Holger es jetzt für dich tut.«

»Dein Vater und dein Onkel sind schon tolle Männer.« Gitti lächelte, wenn auch ein wenig wacklig.

»Verletzt es dich nicht, dass Holger meint, für dich lügen zu müssen?« Im Umkehrschluss hieß das ja, dass er ihr einen Mord zutraute.

»Um Himmels willen, nein, Freddie, wo denkst du hin? Es zeigt mir, wie sehr er mich liebt. Er tut das alles doch nur, damit ich meine Installation auf dem Festival erlebe. Als ob ich ohne ihn da hingehen würde …« Ihre Augen glänzten verdächtig.

Bloß keine neuen Tränen. Ich deutete auf die Püppchen. »Was hältst du davon, den Mord aufzustellen? Nelleke, ihre Familie, alle, die als Täter in Frage kommen.« Fakten würden wir auf diese Weise keine herausbekommen, aber es würde uns ablenken. Und wer weiß? Die Familienaufstellung vom Sonntag hatte letztlich Dinge ans Licht gebracht, die jahrelang vergraben gewesen waren. So was könnten wir in diesem Mordfall ebenfalls gebrauchen. Da mussten wir auch gar nicht so tief buddeln. Der Mord lag ja erst ein paar Tage zurück.

»In Ordnung.« Gitti nickte.

Also nahm ich die Püppchen und stellte sie vor ihr auf.

»*Zeeuwse poppetjes!*« Oma Henrica hatte uns und die Püppchen entdeckt. Ich hatte mich schon gewundert, wo sie steckte. Sofort rückte sie die Paare zueinander und war enttäuscht, dass ich nicht mehr Püppchen in unterschiedlichen Trachten hatte.

»Wir wollen eine Aufstellung der Verdächtigen im Mordfall machen.« Gitti zeigte auf einen freien Stuhl. »Machst du mit?«

»Mit *de poppetjes*?« Oma Henrica setzte sich und suchte sich prompt das Seitensprungpüppchen aus.

»Nein, nein, eine richtige Aufstellung ist viel besser. Mir hat meine vor Jahren wirklich was gebracht.« Gitti sah sich um. »Außer uns ist doch keiner mehr hier. Da machen Wiesje und

Yvet bestimmt auch mit. Ich frage sie.« Sie stand auf, eilte in die Scheune und kehrte mit Wiesje, Yvet und einem weiteren Paar zurück. Frauke und Friedhelm hatten gerade gehen wollen, aber Wiesje hatte ihnen ein Getränk aufs Haus versprochen, wenn sie mitmachten. Das hatte sie überzeugt.

Während wir anderen die Tische an den Rand der Terrasse rückten, startete Oma Henrica das Besetzungskarussell und verkündete, dass sie Nelleke sein wolle. Wiesje entschied sich für Theo und ihre Partnerin Yvet für Leroy, Gitti für Bart, und Frauke und Friedhelm übernahmen Mareike und den Bungalowpark. Mich ernannte Gitti zur Aufstellungsleiterin, was mir nur recht war.

»Ich bin *in het midden*.« Oma Henrica zog sich einen Stuhl auf den freien Platz, den wir geschaffen hatten, und ließ sich darauf nieder. »Ich bin traurig, weil mein Mann gestorben ist, aber ich bin zu jung, um hier zu versauern. Ich will den Rest von mein Leben genießen und kein Besitz mit ins Grab nehmen.«

»Danke.« Ich nickte ihr zu und forderte dann die anderen auf, sich dorthin zu stellen, wo es sich richtig für sie anfühlte.

Wiesje-als-Theo, Yvet-als-Leroy und Gitti-als-Bart gingen gleich los, während Mareike und der Bungalowpark an ihrem Wein nippten und abwarteten. Die Armen. Vor allem Friedhelm sah aus, als wünschte er sich ganz woanders hin.

Wiesje-Theo blieb etwa zwei Schritte von Henrica-Nelleke entfernt stehen. Yvet-Leroy war ihr nicht von der Seite gewichen und stoppte ebenso, sodass Theo zwischen Leroy und Nelleke landete. Keine große Überraschung, dachte ich. Da wäre ich auch selbst drauf gekommen.

Auch Gitti-Bart hielt Distanz zu Nelleke. Mit verschränkten Armen stellte sie sich etwas näher zu Wiesje-Theo als zu Henrica-Nelleke. Fehlten noch Mareike und der Bungalowpark. Zögernd gesellten sich Frauke und Friedhelm schließlich zu Oma Henrica. Friedhelm-als-Bungalowpark trat etwas zurück, sodass er nicht zwischen den beiden Frauen stand.

»Habt ihr alle eure Position gefunden?« Fragend sah ich in

die Runde. Als alle zustimmten, ging ich zu Wiesje-Theo, den ich als Ersten befragen wollte. »Wie fühlst du dich, Theo?«

Wiesje schloss die Augen. »Ich bin traurig und verletzt. Es fühlt sich so an, als ob alle was von mir wollen.« Sie öffnete die Augen, sah aber niemand an.

In ihrem Rücken brummelte Gitti-als-Bart was von »sollte endlich mal seinen Mann stehen«. Prompt warf Yvet-als-Leroy ihr einen bösen Blick zu, blieb aber still, als ich mahnend die Hand hob.

Ich wandte mich wieder an Wiesje. »Wen meinst du mit ›alle‹?«

Wiesje-Theo nickte zu Nelleke und dem Park hin. Gleichzeitig streckte sie die Hand nach Leroy aus und deutete auf den leeren Platz vor sich. »Eben alle. Mein Vater, mein Mutter, das Restaurant, der Park, Leroy …«

Ich sah zu Yvet-Leroy. »Und wie fühlst du dich an dieser Stelle?«

»Nelleke soll Theo sein Frieden lassen.« Yvet zog Wiesje näher zu sich heran. »Ich will, dass er wieder glücklich ist.« Die beiden umarmten sich.

Vielleicht hätten wir nicht ausgerechnet ein Paar als Repräsentanten für die zwei nehmen sollen.

»Erdrück ihn doch nicht immer so.« Henrica-als-Nelleke funkelte Leroy an. »Immer musst du im Mittelpunkt stehen. Du und dein Kunst. Pah!«

»Das sagt die Richtige«, mischte sich Bart alias Gitti ein. »Ich begreife bis heute nicht, was Kees an dir gefunden hat. Bis zuletzt hat er dich geliebt, und du …«

»Was ›und du‹? Ich habe mich um ihn gekümmert, Tag und Nacht war ich für ihn da. Ich. Nicht ihr!« Oma Henrica guckte von Bart-Gitti zu Theo-Wiesje und sah aus, als würde sie am liebsten einem nach dem anderen an die Gurgel gehen. Beschwichtigend hob ich die Hände, doch Oma Henrica war nicht zu bremsen. »Ihr wisst doch alle nicht, wie das war zwischen uns. Wir haben uns geliebt. Und ich werde weiter lieben. Lieben und leben. Mit dem Geld, das ich für den Park bekomme.«

Friedhelm-als-Park stand ein wenig verloren da und sah hilflos zu seiner Frau, die aber auch nicht so recht zu wissen schien, was sie tun sollte.

»Verkauf ruhig, aber gib Theo was vom Erlös ab.« Yvet-als-Leroy stellte sich vor Wiesje-als-Theo. »Ich finde, das steht ihm zu.«

»Lass doch.« Wiesje zupfte Yvet am Ärmel.

»Wieso?« Yvet wandte sich zu ihr um. »Der Park ist doch Familienbesitz.«

»Kees und ich haben ihn aufgebaut.« Oma Henrica schnaubte empört. »Warum glaubt ihr immer, dass euch was davon zusteht? Ihr seid jung und gesund. Verdient euch euer eigenes Geld.«

»Bitte streitet nicht.« Wiesje schob sich wieder zwischen Yvet und Oma Henrica. Sie gab Yvet einen Kuss und guckte dann ihre Oma an. »Und dich liebe ich auch, aber du machst es mir nicht einfach. Ich weiß nicht, ob ich es schaffe.«

Spielte sie das? Nein, so sah es nicht aus. Aber woher wollte sie wissen, dass Theo so empfand und nicht sie, wenn sie sich vorstellte, wie es in ihm ausschauen mochte? Genau das hatte ich mich bei den Stellvertretern in meiner Familienaufstellung auch gefragt. Konnte sie sich tatsächlich in Theo hineinversetzen, nur dadurch, dass sie sich auf seinen Platz stellte?

»Braucht ihr uns noch?« Die Mareike-Darstellerin schaute in die Runde. »Wir wollen so langsam los.«

Ihr Mann nickte zustimmend.

Ich bedankte mich bei ihnen, bei allen, und beendete die Aufstellung.

»Schade. Gerade hat es angefangen, Spaß zu machen.« Oma Henrica rieb sich die Hände. »Wollen wir nicht noch ein bisschen weitermachen? Wir haben doch noch gar nicht herausgefunden, wer mich vergiftet hat.«

Mit Letzterem hatte sie recht. Wenn ich nach der Aufstellung urteilen müsste, würde ich auf Leroy tippen, aber auch nur, weil die anderen nicht so viel gesagt hatten.

»Dann ist es ja gut, dass du noch lebst.« Wiesje gab ihrer

Oma einen Kuss auf die Wange, hakte sie unter und bugsierte sie zur Scheune.

Wir leerten unsere Gläser. Anschließend zahlten Gitti und ich. Ich packte Holgers Rad in den Kombi, und wir fuhren zurück nach Westkapelle, wo wir uns noch für eine Weile nach draußen auf die Terrasse setzten.

Der Strahl des großen Leuchtturms glitt über Garten und Schuppen, dann war es dunkel, bis er erneut aufblitzte. Still beobachteten wir, wie das Licht kam und ging. Licht und Schatten. Man sah nur ein ganz kleines Stück von der Welt, von den anderen, sah den immer gleichen Ausschnitt, wenn man den Blickwinkel nicht änderte. Aber wie musste ich schauen, damit ich sehen konnte, wer der Mörder war?

Ein Seufzer ließ mich zu Gitti schauen. »Was ist? Denkst du an Holger?«

»Das auch, aber auch an Nelleke. Vorhin in der Aufstellung war niemand traurig, dass sie tot ist. Fürchterlich, oder?«

»Es war doch nur eine Aufstellung, und wir haben uns ja auch auf den Mord konzentriert.«

»Trotzdem.« Gitti schüttelte den Kopf. »Theo hat sich immer gut mit seinen Eltern verstanden. Als Kees starb, hat er sehr getrauert. Und jetzt?«

»Auf mich hat er durchaus den Eindruck gemacht, dass er traurig ist, aber eben auch völlig durch den Wind.«

»Er war vor ihrem Tod schon anders zu ihr, ist nicht mehr zu Besuch gekommen.« Gitti rieb sich am Hals. »Da muss was vorgefallen sein zwischen den beiden.«

»Aber was?«

Ratlos guckten wir uns an. Nahm er ihr übel, wie sie mit Leroy umgegangen war? Der schien mir bei unserem Treffen nicht schrecklich verletzt, und wenn er damit klarkam, dann war es doch offenbar nicht so schlimm. Oder lag es daran, dass Nelleke Theo nicht finanziell unter die Arme greifen wollte? Mich würde es verletzen, wenn meine Eltern mir nicht helfen wollten, obwohl sie es könnten.

Ich zuckte mit den Achseln. Wieder mal nur Fragen, keine

Antworten. Dennoch wollte ich die wenigen neuen Erkenntnisse noch schnell in meinem Diagramm ergänzen.

Nachdem ich meinen Laptop geholt hatte, notierte ich die Gefühle aus der Mordsaufstellung auf digitalen Post-its, die ich an die jeweiligen Gräten pappte, sodass sich eine Art Gefühlogramm ergab: Theo fühlte sich von Nelleke verletzt, Leroy wollte Gerechtigkeit in Form von Geld für Theo, und Bart Rache.

Ich gähnte, und wir beschlossen, den Fall am nächsten Tag mit frischem Verstand (ich) und offenem Herzen (Gitti) zu betrachten. Es gab keinen perfekten Mord. Nicht mit Miesmuscheln, nicht an Nelleke. Nicht mit Holger als demjenigen, der für etwas bezahlen sollte, das er nicht getan hatte. Dafür würden wir sorgen und dem Mörder einen Strich durch seinen perfekten Plan machen.

Tag 5 – Muscheltanz

*Völlige Hingabe. Unter Wasser
wiegen sie sich sanft
in der Strömung.*

16

Der Schlüssel – de sleutel

Freitagmorgen

Wenn ich auf Durchblick am nächsten Morgen gehofft hatte, bescherte mir die Aussicht aus dem Fenster eine Enttäuschung: Es war diesig. Einer jener Morgen, die das Ende des Sommers verkündeten. Der Tag würde sicher schön werden, aber noch war es kühl und nebelverhangen. Ein Hauch von Vergänglichkeit lag über allem.

Um meine morbiden Gedanken zu vertreiben, schlüpfte ich in meine Sportklamotten. Ein Blick auf mein Handy stoppte mich. Neun neue Nachrichten. Alle von Leroy. Ich runzelte die Stirn. Ob Theo was passiert war? Hatte der Täter erneut zugeschlagen?

Mit schwitzigen Fingern wischte ich über das Display und las.

»Bin nachher in Westkapelle. Die Polizei hat Nellekes Haus freigegeben.«

»Hast du Zeit für ein Fotoshooting?«

»In einer Stunde auf dem Deich.«

»Bei *'t Lage Licht*?« Am kleinen Leuchtturm, na klar, dem Fotomotiv schlechthin.

»Bring das Rennrad mit!«

»Das Licht wird super.«

»Freddie?«

»Hast du dein Telefon aus?«

»Sag nicht, du schläfst noch.«

Der Typ hatte ja wohl ein Rad ab. Die letzte Nachricht war von Viertel vor sieben. Hey, hallo, ich war im Urlaub. Wenn ich nicht gerade einen Mörder suchte. Nur gut, dass ich mein Smartphone nachts immer auf lautlos stellte. Der gute Leroy hätte mich ja schon um fünf Uhr aus dem Bett gepiept. Bevor er womöglich auf dem Festnetz anrief und Gitti auch noch aus dem Schlaf klingelte, antwortete ich ihm, dass ich mich auf den Weg machte. Alles Weitere würde er vor Ort von mir zu hören bekommen.

Auf Zehenspitzen schlich ich nach unten, legte Gitti einen Zettel hin und verließ das Haus durch den Garten. Sogar mein Rennrad nahm ich mit. Aber nur, weil ich es liebte, damit am Meer entlangzufliegen.

Mit dem Rad war ich im Nullkommanix am Treffpunkt. Die Brandung begrüßte mich tosend, auf die Nordsee war Verlass.

Auf Leroy weniger. Er war nicht da und ging auch nicht ans Handy, als ich anrief. Wenn er dachte, ich würde hier auf ihn warten, hatte er sich geschnitten.

Ich ließ den Leuchtturm links liegen und fuhr auf dem oberen Weg über den Deich weiter. Die Landstraße verschwand hinter einem schmalen Dünenstreifen, ein paar Möwen in der Luft, auf dem Wasser ein riesiges Containerschiff. Unten hatten es sich ein paar Angler auf ihren Klappstühlen gemütlich gemacht, ansonsten gehörte die Welt mir. Ich genoss die Bewegung, den Fahrtwind, das Rauschen der Wellen.

Von hinten näherte sich ein Auto, hupte und riss mich aus meiner Morgenmeditation. Was wollte der denn? Ich hielt mich doch auf dem roten Radstreifen, und für einen Wagen ohne Gegenverkehr reichte die schmale Fahrbahn völlig aus.

Ein verbeulter Kastenwagen schob sich neben mich. Das Seitenfenster war heruntergelassen, und ich sah, dass Leroy am Steuer saß.

»Super!« Er hielt den Daumen hoch. Dann machte er eine Drehbewegung mit der Hand. »Noch mal genauso, und dann wechselst du auf den unteren Deichweg. Okay?«

»Vergiss es.« Ich ging aus dem Sattel und sprintete ihm davon. Der Weg auf halber Höhe war viel holpriger. Dort parkten gern Angler, Surfer und alle, die vom Auto aus aufs Meer starren wollten. Auch Hunde liefen da schon mal herum. Mit dem Rennrad fuhr es sich hier oben besser. Und außerdem war mir nicht jeder seiner Wünsche Befehl.

»Schlecht gelaunt?« Natürlich holte er mich mühelos ein und fuhr neben mir her. »Brauchst du erst einen Kaffee?«

»Mehr hast du nicht zu bieten?«

Er lachte. »Doch, klar, aber ob du das verkraftest?«

»Lass das mal meine Sorge sein.« Ich wurde langsamer. »Fotos gibt's nur gegen eine ordentliche Entschädigung.«

Er hielt das Auto auf derselben Höhe wie ich. »Hat dir schon mal jemand gesagt, dass du anstrengend bist?«

»Ja, und fotogen.« Ich grinste ihn an. »Du schuldest mir was, und glaub ja nicht, dass ich das vergesse.«

»Na, dann los.«

Er gab Gas und fuhr bis zum Ende des oberen Deichwegs. Nach einem U-Turn auf den unteren Weg kam er mir dort entgegen, stoppte, stellte sich in die offene Tür und lehnte sich mit seiner Kamera über das Autodach. Feuer frei! Das Shooting begann. Ich flog über den Deich, den Himmel im Hintergrund, wendete, flog erneut. Für die nächste Serie wechselten wir. Er stand oben, ich fuhr unten, vor dem Meer, nicht ganz so schnell. Schließlich machte er Aufnahmen, in denen ich auf ihn zurollte, und selbstverständlich auch welche vor dem Leuchtturm.

Dann durfte ich absteigen, und Leroy lief mit einer Yogamatte unter dem Arm über die Basaltsteine so nah an die Brandung heran, wie die Wellen ihn ließen. Er rollte die Matte aus und bedeutete mir, zu ihm zu kommen. »Zum Abschluss noch ein paar Fotos, wo du dich vor der Brandung dehnst.«

»Der Gefallen, den du mir schuldest, wird immer größer.«

Er grinste und fotografierte mich einfach.

Wenn er meinte. Ich schloss die Augen und fühlte mich wieder wie im Seminar auf der Yogaburg. Automatisch achtete ich auf meinen Stand, darauf, dass die Schultern nicht von den Ohren gekitzelt wurden, atmete ruhig ein und wieder aus und hob dann die Arme zum Himmel. Beugte den Oberkörper vor, senkte die Arme und berührte den Boden. Mit dem Atem bewegte ich mich von einer Position in die nächste, bis ich schließlich wieder in der Ausgangsposition stand und von vorn mit dem Sonnengruß begann.

Nach ein paar Runden setzte ich mich in den Schneider-sitz, richtete den Rücken auf, senkte die Schultern und hob die Brust. Die Handrücken lagen auf den Knien, die Spitzen von Zeigefinger und Daumen berührten sich von ganz allein. Ich ließ die Luft ein- und ausfließen und lauschte auf die Brandung.

Nelleke hatte alles hier hinter sich lassen und nach Curaçao ziehen wollen, und das, so schien es, von einem Tag auf den anderen. Das hatte etwas von einer Flucht. Warum? Weil jemand etwas herausgefunden hatte, das er nicht wissen sollte?

Mein Puls ging schneller – ruhig bleiben, die Atmung ver-längern, auf die Wellen hören.

Wissen konnte einen verletzen. Was wäre, wenn Theo einen Hinweis darauf gefunden hätte, dass Nelleke Kees getötet hatte? Er will mit ihr sprechen und besucht sie am Sonntagabend. Kein romantisches Miesmuschelessen, ihr abendlicher Besucher kein Liebhaber, wie Roos es bestimmt vermutete, sondern ihr Sohn. Er bohrt, sie gibt zu, dass sie Kees von seinem Leiden erlöst hat. Theo ist schockiert, entsetzt. Und dann? Die Mordmethode passte nicht zu einer Tat im Affekt. Außerdem hatte Theo sich laut Gitti vorher schon von seiner Mutter distanziert.

Ich öffnete die Augen.

»Klasse.« Leroy drückte auf den Auslöser, als wollte er eine ganze Salve abfeuern. »Und jetzt lächle noch mal so wie gerade.«

Wenn Blicke töten könnten, hätte ich nun einen Grund ge-habt, Julian anzurufen und einen Mord zu gestehen. Verdammt, warum musste ich nun auch noch an den Hoofdinspecteur den-ken?

Entnervt stand ich auf, half Leroy dann aber doch beim Zusammenpacken. Was hieß: Er fotografierte, wie ich seine Yogamatte aufrollte. Der Typ war einfach hoffnungslos – und gnadenlos, wenn es um seine Bilder ging. Aber ich wollte mich nicht erneut aufregen. Stattdessen nutzte ich die Gelegenheit und stellte ihm noch ein paar Fragen.

»Wie habt Theo und du euch eigentlich kennengelernt?« Ich richtete mich auf und klemmte mir die Matte unter den Arm.

»Lass mich raten. Du hast sein Essen fotografiert.«

Leroy grinste. »Fast. Ich habe tatsächlich fotografiert. Die *mosselkoningin* von Bruinisse.«

»Und Theo war ihr Muschelkönig?« Ungläubig zog ich die Augenbrauen zusammen. »Oder der Hofnarr?«

»Weder noch. Zum Muschelfest hilft er immer im Betrieb von seinem Onkel aus.« Mit einem Klack setzte Leroy die Verschlusskappe auf das Objektiv seiner Kamera. »Dieses Jahr ist er zum ersten Mal nicht dort gewesen.«

»Wegen Kees' Tod?«

»Wohl eher wegen Nellekes vermeintlicher Schuld daran.« Leroy wandte sich zum Leuchtturm.

»Aber dafür kann Theo doch nichts.«

»Das habe ich ihm auch gesagt, aber er wollte nicht hin.«

»Er wollte nicht, oder seine Verwandtschaft wollte ihn nicht dahaben?«

»Seine Tante hat ein paarmal angerufen, aber er hat sich nicht überreden lassen.« Leroy holte den Autoschlüssel aus seiner Hosentasche und ging hoch zu seinem Wagen.

Ich folgte ihm. Der Tod seines Vaters schien Theo wirklich aus der Bahn geworfen zu haben. Normalerweise fand man es doch tröstlich, mit anderen, die auch unter dem Verlust litten, zusammen zu sein. Theo jedoch mied sie. War meine wilde Theorie von vorhin doch nicht so abwegig, wie ich dachte?

Am Leuchtturm parkten inzwischen mehrere Autos. Leroy schloss seinen Kastenwagen auf und öffnete die hintere Tür, sodass ich die Yogamatte hineinlegen konnte. »Du hast doch geschrieben, dass du zu Nellekes Haus willst. Fährst du sofort hin?«

»Yep. Warum?«

»Prima, dann kannst du mich mitnehmen.« Ich hob mein Rennrad auf.

»Hat dich das bisschen Radfahren so angestrengt, dass du die paar Meter nicht mehr schaffst?« Leroy musterte mich.

»Nö, aber ist doch praktischer, wenn du mich eh mit ins Haus nimmst.«

»Was tu ich? Davon wüsste ich ja wohl was.«

»Jetzt weißt du es.« Ich lächelte ihn an. »Du schuldest mir noch was. Schon vergessen?«

Ohne seine Antwort abzuwarten, packte ich meinen Renner in seinen Wagen, der offensichtlich für den Transport größerer Gegenstände gedacht war. Die Rückbank war ausgebaut, es war reichlich Platz. Ich schnappte mir eine der Decken, die an der Seite lagen, und schlug mein Rad darin ein. Dann lief ich zur Beifahrerseite und stieg zu Leroy in den Wagen. »Was willst du denn im Haus?«

»Mein Bild holen. Könnte sein, dass ich einen Käufer dafür hab. Jemand, der es richtig würdigen kann. Aber der wartet natürlich nicht, bis der ganze Erbkram geregelt ist.«

»Glückwunsch! Darf ich es sehen, dein Bild?«

Leroy knurrte. »Als ob du dich für meine Kunst interessierst. Du bist doch bloß sensationsgeil und willst den Tatort angucken.«

»Erraten.«

»Vergiss es.«

»Hab ich nun was gut bei dir oder nicht?«

Wenig später parkte Leroy den Wagen auf dem Seitenstreifen vor Nellekes Haus, und wir gingen hinein. Auf den ersten Blick konnte man sehen, dass hier noch kein Tatortreiniger zugange gewesen war. Dabei war es ja kein Axtmord gewesen, keine blutrünstige Tat, aber die Unordnung, die Kreidespuren und vor allem der Geruch machten mir zu schaffen. Nelleke musste gekämpft haben. Ein umgekippter Stuhl, Kissen und Decke lagen auf dem Boden in einem ansonsten einwandfrei aufgeräumten Wohnraum.

Neben mir atmete Leroy scharf ein. »Ich bring sie um, wenn sie das Bild zerstört hat.«

»Du weißt schon, dass das nicht mehr geht.«

»Sie war eine Hexe.« Er nickte zur Wand hin, an der zwei Strandfotos angebracht waren, wo zuvor wohl ein größeres Bild gehangen haben musste, wie man an der helleren Wandfarbe erkennen konnte.

»Warum hast du es ihr überhaupt geschenkt, wenn sie doch keine Kunst mochte?«

»Kees hat es gefallen.« Seine Stimme klang rau. Er wandte sich ab und nahm die Treppe nach oben.

Ich sah mich weiter im Wohnraum um. Der obligatorische Fernseher, eine Sitzecke, auf dem Couchtisch ein paar Prospekte. Reisebroschüren, Bilder mit türkisblauem Wasser, weißen Sandstränden und Palmen.

Auf der Treppe polterte es. Leroy fluchte. Hörte sich an wie die niederländische Version von »verdammt eng hier«. Schon bugsierte er den sperrigen Rahmen um die Ecke. »Machst du mir mal die Tür auf?«

Rasch ließ ich ihn hinaus und nutzte dann die Zeit, während der er das Bild im Auto verstaute, um mich weiter umzuschauen. Einen Schreibtisch gab es hier unten nicht. Also öffnete ich den Wohnzimmerschrank in der Hoffnung, darin auf etwas zu stoßen, das mir weiterhalf. Ein Kalender vielleicht, ein Notizbuch. Oder ein Schuldschein.

Fehlanzeige. Nicht in diesem Schrank.

Ich inspizierte das Telefon, das neben einem Flachbildschirm auf dem Fernsehtisch lag. Kein Netz. Was erklärte, warum Holger von nebenan hatte telefonieren müssen. Ich suchte den Router und fand ihn in der Ecke des Raumes. Ausgestöpselt. Selbst wenn Nelleke das Telefon erreicht hätte, hätte es ihr nichts genützt. Ich raufte mir die Haare, wuschelte sie wieder zurecht. Es kam mir so vor, als hätte der Täter wirklich an alles gedacht.

Im Fach unter dem Fernseher lagen nur die Fernbedienung und ein Rätselheft. Auch unter dem Couchtisch befand sich eine Ablage, die ich zunächst übersehen hatte. Ich kniete mich vor den Tisch und entdeckte einen Kalender.

Kein Eintrag für den Sonntag, an dem sie gestorben war. Überhaupt war sie spärlich mit ihren Vermerken gewesen. Montagvormittags ein P, das konnte der Pilateskurs sein, den Holger erwähnt hatte. Freitags ein M. Vor zwei Wochen an einem Mittwoch »Park«. War das der Tag, an dem sie dem Investor den Bungalowpark gezeigt hatte?

Draußen schlug eine Autotür zu. Ich eilte in die Küche, um mich auch hier noch schnell umzusehen, bevor Leroy zurückkam.

Miesmuscheltopf, Weingläser, zwei Flaschen Wein aus dem Ahrtal. Der Winzer kam mir bekannt vor, die Flaschen könnten ein Geschenk von Holger und Gitti gewesen sein. Eine war leer, die andere gerade angebrochen.

»Freddie?«

»Komme.« Noch ein letzter Blick über den Küchentisch. Zwei Stühle. Auf dem einen lagen ein Haufen Zeitungen und ein paar Zettel. Notizen von Nelleke? Gespannt zog ich an einem der Blätter. Die Handschrift kannte ich doch.

Leroy kam in die Küche. »Abmarsch.«

»Beim Fotoschießen hattest du alle Zeit der Welt.«

»Da gab es ja auch was Schönes zu sehen.« Er zwinkerte mir zu.

Ich verdrehte die Augen, folgte ihm aber nach draußen. Erstaunlicherweise regte sich hinter den Fenstern gegenüber nichts. War Roos nicht zu Hause?

Ich wandte mich wieder Leroy zu. Der schloss gerade ab. »*Beste zoon*« stand auf dem roten Filzanhänger, der von dem Schlüssel baumelte. Das war nicht der Ersatzhausschlüssel, den ich Theo gegeben hatte.

»Ist das Theos?«

»Ja klar. Wessen denn sonst?« Leroy zog den Schlüssel heraus und stopfte ihn in seine Hosentasche.

»Weiß Theo, dass du den Schlüssel hast?«

»Was soll die Fragerei?« Leroy ging zum Auto und gestikulierte zu Holgers und Gittis Haus hin. »Dein Rad steht übrigens da vorn. Wie wär's mit einem Dankeschön dafür, dass ich es ausgeladen habe?«

Ich runzelte die Stirn. Theo hatte seinen Schlüssel nicht verlegt, Leroy hatte ihn gehabt. Er hätte sich Sonntagabend ins Haus schleichen können – und dann? Nelleke das Gift im Schlaf einflößen? Oder mit Gewalt? Aber warum hatte er dann nicht gleich das Bild mitgenommen? Weil es die Polizei direkt auf seine Spur gebracht hätte? Der Mann war cleverer, als ich dachte.

»Ist dir die Tatortbesichtigung aufs Gemüt geschlagen, oder was ist plötzlich mit dir los?« Leroy schüttelte den Kopf. »Jetzt sag bloß, du hast ernsthaft geglaubt, du würdest was finden, das deinem Onkel hilft.«

»Na ja …« Ich riss mich zusammen und zuckte mit den Achseln. Sollte er ruhig denken, ich sei enttäuscht, solange er nicht merkte, worüber ich wirklich nachdachte.

»Dann ist ja gut.« Leroy stieg in seinen Wagen, hupte und fuhr davon.

Im Haus von Gitti und Holger empfing mich der Geruch von frisch aufgebrühtem Kaffee. Zu beleben schien er Gitti aber nicht. Wie ein Häufchen Elend hockte sie in der Küche und ließ den Kopf hängen. Ob sie an die Veranstaltung heute Abend dachte, auf die sie sich so gefreut hatte? Bis dahin mussten wir unbedingt Holger aus der U-Haft bekommen. Vielleicht konnte ich ja Leroy als weiteren Verdächtigen präsentieren.

Rasch füllte ich mir einen Becher und ging mit Gitti auf die Terrasse. Ich erzählte ihr von Leroys Fotoüberfall und unserer Stippvisite nebenan.

»Leroy hat einen Schlüssel zu Nellekes Haus. Traust du ihm den Mord zu?« Fragend sah ich sie an.

Sie legte die Hände um ihren Becher. »Einen solchen Mord traue ich niemandem zu. Nicht mit Zyankali.« Sie schüttelte sich. »Leroy schon gar nicht. Er ist ein begnadeter Maler.«

Rasch presste ich die Lippen zusammen, um nicht loszuprusten. Alles klar. Künstler, insbesondere gute, mordeten nicht. »Wie sieht es mit Bart aus? Hast du es schon bei ihm probiert?«

»Ja, aber kein Glück gehabt.« Sie rieb sich die Arme. »Und jetzt?«

»Statten wir Mareike einen Besuch ab und fühlen ihr bezüglich Leroy auf den Zahn.«

»Sollen wir die Fragerei nicht lieber der Polizei überlassen?«

»Wir reden doch bloß mit ihr.« Ich stand auf. »Ich zieh mir nur schnell was anderes an.«

Keine zehn Minuten später war ich wieder unten und sammelte Gitti ein. Wir nahmen den Wagen, obwohl man mit dem Auto deutlich länger brauchte, weil man außen um den Brackwassersee fahren musste. Gleich am Empfang parkten wir und gingen zu Mareike ins Büro.

»Gitti.«

»Mareike, es tut mir so leid.«

Die beiden Frauen umarmten sich kurz.

»Was passiert denn jetzt mit dem Park?« Gitti schaute durch das Fenster nach draußen. »Theo wird doch nicht etwa verkaufen?«

»Erst mal läuft alles so weiter wie bislang. Und dann«, Mareike hob die Schultern, »abwarten und Tee trinken.«

»Leroy hat erzählt, dass er im Park Kunstausstellungen machen will.« Okay, ganz so hatte er sich nicht ausgedrückt. Ich bauschte das, was er während unseres Strandfotoshootings in Vlissingen gesagt hatte, einfach etwas auf und sah mich demonstrativ in dem doch eher kleinen Raum um.

»Hier?« Gitti runzelte die Stirn.

»Ja, ja, und Malworkshops und einen Kunsthandwerkermarkt und was weiß ich noch alles.« Mareikes Ton machte deutlich, was sie von Leroys Vorschlägen hielt, aber mein Schuss ins Blaue hatte getroffen. »Mal sehen, was er davon umsetzt.«

»Ach, warst du auch bei dem Treffen am Sonntag dabei?« Vielleicht lag ich ja noch einmal richtig, und Leroy war auf dem Weg zu Nelleke hier vorbeigekommen, um sich ein Alibi zu verschaffen.

»Ein Treffen mit Leroy? Nein.« Mareike ging zum Schreibtisch.

Unbeirrt fragte ich weiter. »Warum war Nelleke eigentlich so gegen Leroys Kunstangebote?«

Mareike setzte sich und warf mir einen ihrer Laserblicke zu. »Wahrscheinlich, weil sie die Arbeit damit gehabt hätte.«

»Aber die Ideen sind gut.« Gittis Augen leuchteten. »Sieh

mal, Workshops würden mehr Leute hierherbringen. Auch auf den Campingplatz. Genauso wie ein Kunstmarkt.«

»Voller als voll können wir nicht werden.« Mareike rückte ein paar Broschüren zurecht. »Aber er kann gern seine Flyer hier auslegen. Du natürlich auch.«

»Ach, hallo Gitti!« Eine Frau steckte ihren Kopf zur Bürotür herein. »Toi, toi, toi für heute Abend! Und schöne Grüße an Holger. Der muss ja am Sonntagabend patschnass geworden sein. Er wäre besser auf ein Bierchen bei uns vorbeigekommen und nach dem Schauer dann trocken nach Hause geradelt. Ich hab noch gerufen, aber das hat er wohl nicht gehört.«

Ein Auto hupte.

»Ich muss. Großeinkauf. Tschüssi!« Sie winkte noch mal und verschwand.

»Ich muss dann auch mal wieder an die Arbeit.« Mareike nahm einen Stapel Briefe.

Der oberste war an Nelleke adressiert. Ich nickte zu dem Adressaufkleber. »Wir wollten gerade nach Vlissingen. Sollen wir Theo die Post für Nelleke mitbringen?«

»Die Sachen hier betreffen den Park, aber ich habe eine Kiste mit ihren Privatsachen gepackt …« Mareike griff an den Anhänger ihrer Kette und strich darüber. Sie wirkte immer so tough, aber die Ringe um ihre Augen zeugten vom Gegenteil.

»Na klar, gern.«

Sie erhob sich, nahm die Kiste, die auf der Fensterbank stand, und reichte sie mir. Obenauf lag ein kleines sandfarbenes Notizbuch. Mareike hatte wohl meinen Blick darauf bemerkt. »Ihre Lieblingsrezepte. Manchmal hat sie welche mit den Dauermietern ausgetauscht.« Abrupt wandte sie sich ab.

»Das wird Theo sicher sehr freuen.« Ich sah zu Gitti und wollte ihr zunicken, dass wir gingen, aber auch sie schien mitgenommen und schaute mit bleichem Gesicht durch die offene Tür. Dachte sie gerade an Nelleke oder an Holger? Taktvoll räusperte ich mich. »Dann wollen wir mal.«

Ich hakte meine Tante unter und verließ mit ihr das Büro.

»Was ist los, Gitti? Ist dir nicht gut?«

Schweigend ging sie neben mir her. Erst als wir im Auto saßen, antwortete sie. »Holger hat doch gesagt, dass er am Sonntagabend zu Hause geblieben und nicht angeln gegangen ist. Wie kann Ulla ihn da gesehen haben?«

»War das die Frau gerade?«

Gitti nickte.

»Ein Missverständnis, sie hat sich bestimmt vertan.« Beruhigend legte ich Gitti meine Hand auf den Unterarm.

»Aber sie kennt Holger seit zehn Jahren, Freddie. Da vertut man sich doch nicht.«

»Wenn ein Schauer im Anmarsch war, hatte sie es bestimmt selbst eilig, ins Trockene zu kommen. Dazu die schlechten Lichtverhältnisse.« Ich drückte ihren Arm noch einmal, dann startete ich den Motor. »Und selbst wenn es Holger war, heißt das nichts. Vielleicht hast du ihn bloß falsch verstanden. Dann hat er nicht gemeint, dass er zu Hause geblieben ist, sondern dass er wegen des aufziehenden Regens unverrichteter Dinge wieder kehrtgemacht hat.«

Sie schüttelte den Kopf.

Als ich sah, wie ihr Kinn bebte, angelte ich eine kleine Wasserflasche aus der Fahrertür. »Hier, trink einen Schluck. Und mach dir keine Sorgen. Ulla hat sich bestimmt verguckt. In Fischermontur mit Gummistiefeln und Mütze sieht doch jeder gleich aus.«

Gitti atmete tief durch. »Du hast recht.«

»Eben.« Ich legte den Gang ein. »Und jetzt fahren wir nach Vlissingen und finden heraus, wo Leroy am Sonntagabend gewesen ist.«

In Vlissingen angekommen, parkte ich in der Innenstadt. Von hier waren es nur wenige Minuten bis zum »Zout of Zoet«. Die beiden wohnten über dem Restaurant. Theo hatte es folglich nicht weit zur Arbeit und ich gute Chancen, ihn zu erwischen. In der Zwischenzeit würde Gitti im Auto bleiben und weiter versuchen, Bart zu erreichen. Und sie wollte mit Holgers Anwalt telefonieren, um zu hören, ob es etwas Neues aus Middelburg gab.

Bevor ich losmarschierte und Theo Nellekes Sachen brachte, prüfte ich den Inhalt der Kiste. Auch wenn ich nicht wirklich erwartete, einen Hinweis auf ihren Mörder zu entdecken, wollte ich doch sichergehen. Das Rezeptbüchlein, ein Kaffeebecher mit einem verblichenen Foto von Nelleke, über dem »Beste Vermieterin« stand. Eine Weste, ein Tuch, zwei Sonnenbrillen.

Ich räumte alles wieder ein, nahm die Kiste und ging zu Theos Lokal. Dieses Mal war es tatsächlich geschlossen. Suchend schaute ich mich nach dem Hauseingang um und entdeckte ihn an der Seite. Auf mein Klingeln hin ertönte ein Summen, und die Schiebetür öffnete sich. Ich entschied mich gegen den Aufzug und lief die Treppe nach oben in den ersten Stock.

»Oh, hey, Freddie.« Theo fuhr mit den Fingern durchs noch nasse Haar.

»Sorry für den Überfall. Ich hoffe, ich habe dich nicht geweckt.«

»*Nee*, komm rein.« Er ging vor in den Wohnraum und winkte zu einem großen Esstisch hin. »Setz dich doch. Willst du auch einen Kaffee?«

»Gern.« Ich stellte die Kiste auf dem Tisch ab.

Theo verschwand in die Küche. Neugierig guckte ich mich um. In der anderen Hälfte des Raumes hing ein großes Bild über dem Sofa, ein Meer aus Blau- und Grüntönen, das ich mir gerade genauer anschauen wollte, als ich links von der Tür eine Pinnwand mit Fotos und Postkarten entdeckte. Theo und Leroy in den Bergen. Theo und Nelleke in einem Restaurant, nicht seinem. Ein Foto von Theo vor dem Eingang zu seinem Lokal, eine Schere in der einen Hand, ein Glas Sekt in der anderen, das rote Band ist orange und schon durchschnitten. Etwas verdeckt davon eine Karte, die wohl falsch herum hing. Jedenfalls war kein Bild zu sehen, sondern eine Handschrift, die eines Arztes würdig war. »Beste Nelleke«, entzifferte ich den Anfang. Für den kurzen Satz danach reichte mein Niederländisch leider nicht aus. Unleserliche Buchstaben und fremde Sprache erwiesen sich als zu große Hürde. Selbst bei der Unterschrift, die mit einem großen W anfing, konnte ich nur raten. Dein Willem?

Theo kam mit zwei Milchkaffee zurück und entdeckte mich vor der Fotowand. »Gute Zeiten, beste Zeiten«, sagte er und reichte mir eine Tasse.

»*Bedankt.*« Ich musste wohl die Stirn gerunzelt haben.

Denn er errötete leicht und schob Nellekes Karte etwas weiter unter eine andere. »Ich wollte eine Erinnerung an sie haben.«

»Da habe ich etwas für dich. Ein Rezeptbuch von deiner Mutter.« Ich ging zum Tisch und zeigte ihm das kleine Notizbuch in der Kiste. »Mareike hat mich gebeten, dir die Sachen vorbeizubringen.«

Wir setzten uns.

Still schaute Theo auf das Büchlein. »*Mijn favoriete recepten*« stand darauf. Er schlug es auf. »Nelleke Kuipers« war in einer ausladenden Handschrift in die Mitte der Seite geschrieben.

»Hier, sieh nur, da sind alte Familienrezepte drin. *Oliebollen, suikerwafeltjes, gevulde koeken. Mosselsoep*, gekochte Muscheln mit Mandeln, Muschelsalat süßsauer.« Theo sah aus, als wollte er gleich an den Herd stürzen und alles nachkochen und backen.

Fast kam ich mir wie ein Störenfried vor, aber noch hatte ich hier nicht alles erledigt. Ich nahm einen Schluck Kaffee, räusperte mich. »Übrigens auch liebe Grüße von Gitti. Wenn du mir den Ersatzschlüssel zurückgibst, können wir die Blumen versorgen. Dann musst du nicht so viel fahren. Du hast ja gerade mehr als genug zu tun. Hattest du nicht den Banktermin? Wie ist es gelaufen?«

»Ganz okay. Ich habe Aufschub bekommen, bis die Erbformalitäten geklärt sind.« Theo holte den Schlüssel und gab ihn mir.

»Das hört sich doch gut an. Und Leroy hat sein Bild auch wieder.« Ich lächelte ihn an. »Hättest du ihm mal gleich erzählt, was du vorhattest. Er hätte dir bestimmt geholfen.«

»Klar, aber wenn Nelleke uns erwischt hätte, hätte es Mord und Totschlag gegeben. Deswegen wollte ich allein hin. Als Leroy spätabends nach Hause kam, hab ich schon im Bett gelegen und so getan, als ob ich schlafe. Er sollte doch nicht mitbekommen, dass ich noch mal loswollte.« Theo blätterte wieder in dem Rezeptbüchlein, schaute auf, merkte wohl, was er da gerade von sich gegeben hatte, und setzte schnell hinterher: »Er war auf einer Veranstaltung und hat Fotos gemacht. Im ›'t Spui‹.«

»Bestell ihm schöne Grüße, und er soll nicht vergessen, mir die Strandfotos zu schicken.« Ich schob meinen Stuhl zurück und stand auf.

»Mach ich.« Theo nickte und begleitete mich zur Tür.

Ich lief die Treppe hinunter und kramte schon im Laufen mein Handy aus dem Rucksack. »'t Spui« war eine Buchhandlung nicht allzu weit von hier. Im Netz wurde der Laden über den grünen Klee und das blaue Meer gelobt. Veranstaltungen boten sie tatsächlich auch an, allerdings wurden auf der Webseite nur die bevorstehenden gelistet. Egal. Es war eh besser, rasch hinzulaufen und Leroys Alibi vor Ort zu überprüfen.

Im Buchgeschäft marschierte ich gleich an die Kasse. Dort bestätigte mir die Verkäuferin, dass am Sonntag eine Lesung stattgefunden habe. Der Fotograf Leroy Visser sei sehr engagiert, und seine Bilder seien kleine Kunstwerke, die die besondere Atmosphäre eines solchen Abends vom ersten bis zum letzten Moment einfingen. Das hörte sich nicht so an, als hätte Leroy nur am Anfang ein paar Fotos gemacht und sich dann verdrückt.

»Wenn Sie den Ausgang zur anderen Seite nehmen, können Sie durch den Veranstaltungsraum gehen und ein paar Fotos von *meneer* Visser sehen. Eine kleine Ausstellung zum Nazomerfestival, das gerade stattfindet.«

Hatte ich Leroy unterschätzt? Offenbar hatte er auch als Fotograf einen guten Ruf und machte wohl doch nicht nur Werbeaufnahmen für »Schöner Urlauben« in Zeeland.

Ich verließ den Laden und landete in einem großen Raum, an dessen Wänden Schwarz-Weiß-Aufnahmen hingen. Ein Foto einer Fischergruppe zog mich in den Bann. Die Fischer standen in einer Reihe am Strand, der Größe nach aufgestellt, der Größte vorn, der Kleinste hinten, was eine eigenartige Perspektive schuf, da die Holzbuhnen daneben vorn klein waren und dann immer höher wurden. Gekleidet waren alle Fischer gleich, sodass sie kaum voneinander zu unterscheiden waren. Erst als ich genau hinsah, bemerkte ich, dass unter ihnen auch Frauen und Jugendliche waren.

Die Ladentür öffnete sich, und ein Mann guckte suchend in den Ausstellungsraum. Leroy. Als er mich sah, verfinsterte sich seine Miene. Er drehte sich noch mal kurz zum Laden hin. »*Ja, bedankt, ze is er nog.*« Dann wandte er sich um und kam auf mich zu. »Hab ich doch richtig gesehen, dass du es warst.«

»Tolle Aufnahmen.« Ich nickte zu den Fotos hin, aber Leroy ignorierte meine Worte und baute sich dicht vor mir auf. Was war denn mit dem los? Betont gelassen erwiderte ich seinen Blick. Eine Sonnenfinsternis war noch hell dagegen.

»Was soll die Schnüffelei, Freddie?« Er sprach ganz ruhig, aber seine Stimme klang so kalt, dass sie mich frösteln ließ. »Ich habe zwar keine Ahnung, ob dein Onkel Nelleke umgebracht hat oder nicht, aber ich weiß, dass ich es nicht war und Theo auch nicht. Kapiert?«

Er sah mich an, als würde er mich gleich lynchen und dann vierteilen, doch davon ließ ich mich nicht einschüchtern. »Theo hat nun mal das beste Motiv, aber wenn es dich beruhigt, eine solche Tat traue ich ihm nicht zu.«

»Aber mir, oder was?« Ich spürte seinen Atem auf meinem Gesicht, als er sich noch näher zu mir beugte. »Kümmer dich lieber um den Dreck vor deiner Haustür. Frag Gitti doch mal, worüber sie sich mit Nelleke gestritten hat. Da müssen mehr als nur die Fetzen geflogen sein.«

Ich biss mir auf die Unterlippe. Hatte nicht Manfred auch so etwas erwähnt?

»Und wo waren die Herzmanns am Sonntagabend?« Leroy richtete sich auf und verschränkte die Arme vor der Brust. »Hast du ihr Alibi genauso sorgfältig geprüft wie meins?«

»Bislang weiß ich nur, dass du während der Veranstaltung ein paar Fotos gemacht hast.« Betont lässig hob ich die Schultern. »Ein lückenloses Alibi würde ich das nicht nennen.«

Leroy starrte mich finster an. »Die Polizei schien ganz zufrieden, aber spionier mir ruhig nach, wenn es dir Spaß macht. Nur Theo lässt du in Ruhe, ist das klar?« Damit wandte er sich um, schob die Hände in die Hosentaschen und ging zurück in den Laden.

Ich knirschte mit den Zähnen. Immer noch traute ich ihm die Tat eher zu als Theo. Dass die Polizei ihm sein Alibi abgekauft hatte, konnte auch ein Bluff sein. Allerdings schien die Buchhändlerin durchaus davon überzeugt zu sein, dass er den ganzen Abend hier verbracht hatte. Hätte Nelleke in der Nähe gewohnt, hätte er kurz rausschlüpfen und sie vergiften können. Für eine Fahrt nach Westkapelle reichte die Zeit aber nicht. Das hätte ihr auffallen müssen, oder? Es sah ganz danach aus, als könnte ich ihn von der Liste streichen. Im Gegensatz zu Theo. Und zu Gitti. Bislang hatte ich nur ihre Aussage, dass sie ihre Installation geprüft hatte, aber ob es dafür Zeugen gab?

Unwillig schüttelte ich den Kopf. Gitti hatte Nelleke genauso wenig umgebracht wie Holger. Alles erzählt hatte sie mir anscheinend jedoch nicht. An dem Streit zwischen den beiden Frauen musste wohl etwas dran sein, wenn nach Manfred und Roos jetzt auch Leroy davon sprach. Nun, das würde sich klären lassen.

Ich zog mein Smartphone aus dem Rucksack und rief Gitti an. Wir verabredeten uns am Gefangenenturm, wo ich sie nach einem zügigen Marsch zehn Minuten später traf.

»Ich habe Bart erreicht.« Mit hängenden Schultern stand sie da und schaute aufs Wasser.

»Und? Erzähl schon!«

»Er hat ein Alibi. Eine Geburtstagsfeier bei Freunden. Ich habe mit ihm gesprochen und auch mit seiner Frau. Er kann es nicht gewesen sein.«

Meine Schultern sackten genauso runter wie Gittis. Der nächste Verdächtige, den wir von der Liste streichen mussten. Wenn das so weiterging, standen bald wirklich nur noch Gitti und Holger drauf.

»Lass uns ein paar Schritte gehen.« Ich nickte zur Strandpromenade hin. Bewegung tat immer gut.

Für eine Weile liefen wir schweigend nebeneinanderher. Um uns herum Strandspaziergänger, Radfahrer, Hunde, die über den Strand jagten, jauchzende oder quengelnde Kinder. Ein großes Schiff steuerte den Hafen an, eines der kleinen Lotsenschiffe fuhr hinaus. Alles war, wie es immer war, nur das Gefühl stimmte nicht.

An den Bänken aus Stein, von denen wir einen Blick über den Stadtstrand auf die Skyline von Vlissingen hatten, machten wir halt und setzten uns. Ich berichtete, dass auch Leroy für den Sonntagabend ein Alibi hatte.

»Er hat behauptet, dass du dich heftig mit Nelleke gestritten hast.« Ich beobachtete einen Jungen, der vergeblich versuchte, einen Drachen in die Luft zu bekommen. Er lief, so schnell er konnte, aber heute war es windstill. Ein wenig schwül. Als braute sich da was zusammen.

»Es stimmt, oder?« Ich sah zu Gitti. »Worüber habt ihr euch gestritten?«

Gitti wischte den Sand auf der Bank zu einem Häufchen. Dann fegte sie ihn auf den Boden und holte tief Luft.

17

Mäuse – muizen

Freitagmittag

»Es ging um den Park.« Gitti guckte aufs Meer. »Ich habe einfach nicht begreifen können, wie sie das machen konnte. Verkaufen, von mir aus, aber musste es denn an jemand sein, der alles plattmachen wollte?« Sie rang die Hände.

»Vielleicht hatte sie ja tatsächlich Schulden.«

»Nicht bei Bart.« Gitti schüttelte den Kopf. »Ich habe vorhin gefragt.«

»Meinst du, Roos hat sich verhört?« Ich fingerte an den Gurten von meinem Rucksack herum.

»Theo hat ihn um Geld gebeten.« Gitti seufzte. »Wie du schon sagst. Bei ihm läuft in letzter Zeit nichts, wie es soll.«

Ich ließ die Gurte los. »Aber am Montagabend war Nelleke doch schon tot. Warum sollte Theo da noch Bart um Geld bitten?«

»Gefragt hatte er vorher. Bart hat ihm gesagt, dass er nun ja wohl genug Kapital habe. Und sich dann wieder mal über Nelleke aufgeregt.«

Ich nickte. »Zurück zu eurem Streit. Du wolltest ihr also den Verkauf ausreden?«

»Ich habe ihr vorgeschlagen, das Haus in Westkapelle zu Geld zu machen. Das wäre ein schönes Startkapital für ihr neues Leben auf Curaçao gewesen. Von dem, was der Park abwirft, hätte sie dann prima leben können.« Gitti kniff die Augen zusammen. »Aber das wollte sie nicht. Auf gar keinen Fall.«

»Warum denn nicht?«

»Wenn ich das wüsste.« Gitti schaute wieder aufs Meer. »Wir haben uns die letzten Jahre wirklich gut verstanden, aber nach Kees' Tod hat sie sich verändert. Sie wollte weg, und jeder, der ihr da reingeredet hat, den hat sie rausgeworfen.«

So auch Gitti. Danach hatten sie sich nicht mehr oft gesehen, was Gitti leidgetan hatte. Als sie in Bruinisse an dem Muschelkunstwerk für Bart gearbeitet hatte, war sie am Shop vorbeigekommen und hatte spontan Muscheln für sie gekauft. Nelleke hatte sich gefreut, das leidige Thema hatten sie außen vor gelassen und sich wieder versöhnt. Am nächsten Tag war Nelleke tot gewesen. Ein Motiv für den Mord konnte ich in diesem Streit beim besten Willen nicht erkennen. Es sei denn, es war nicht nur um den Verkauf des Parks gegangen.

Ruhig fragte ich Gitti nach Holger – Holger und Nelleke.

»Wie oft soll ich dir noch sagen, dass da nichts war?« Gitti funkelte mich an. Die vorbeigehenden Spaziergänger guckten schon, aber das hinderte meine Tante nicht daran, mich zur Minna zu machen. »Langsam glaube ich, du hast ein Seitensprungtrauma. Dein Vater, Holger, warum hast du noch mal mit Jan Schluss gemacht? Bist du dir sicher, dass er was mit einer anderen hatte?«

Autsch! Beschwichtigend hob ich die Hände. »Okay, okay, Holger hatte nichts mit Nelleke, aber die Gerüchte gibt's trotzdem. Könnte doch sein, dass du Nelleke gebeten hast, sie nicht auch noch zu schüren.«

»Warum sollte ich? Wo kein Funke ist, kann sich nichts entzünden.«

Na gut. Ich nickte. »Hast du Julian von eurem Streit erzählt?«

Gitti winkte ab. »Das hat doch nichts mit dem Mord zu tun.«

»Wenn du es verheimlichst, muss er denken, dass das einen Grund hat.« Forschend sah ich sie an. »Aber Holger wusste davon?«

»Ja, natürlich. Und er ist ganz auf meiner Seite.«

Auch wenn die Lage alles andere als lustig war, musste ich lachen. »Holger ist immer auf deiner Seite.«

»Das stimmt.« Gitti nahm meine Hand und drückte sie. »Tut mir leid, wenn ich gerade etwas über das Ziel hinausgeschossen bin, aber dieses Gerede regt mich wirklich auf.«

Ein Telefon klingelte, leise, aber ausdauernd.

»Ist das dein Handy, Gitti?«

»Moment.« Sie kramte in ihrer Handtasche. Das Klingeln hörte auf, setzte erneut ein. Endlich hatte sie das Gerät gefunden. »Herzmann? ... Oh, Mist, die Installation, das habe ich ja ganz vergessen.« Sie schüttelte den Kopf. »Nein, ich kann nicht kommen. Ihr müsst sie ohne mich zum Strand transportieren.«

Ich stupste sie an. »Ich fahr dich hin, los, komm. Holger will es bestimmt auch.«

Sie zögerte, willigte aber schließlich ein und gab Bescheid, dass sie gleich da sein werde.

Wir eilten zum Parkplatz.

»Außerdem hatte Nelleke überhaupt kein Interesse an Holger.« Gitti lief auf einen Durchgang zwischen zwei Hochhäusern zu. »Ich glaube, sie hat sich mit Georg getröstet.«

»Georg Kaltenbrunner?« Ich folgte ihr zu einer Treppe, die zu der Straße hinunterführte, in der wir geparkt hatten. »Wäre er nicht der Letzte, der sich mit Nelleke einlassen würde? Mit der Frau, die den Park verkaufen will und damit dafür sorgt, dass er seinen geliebten Bungalow verliert?«

»Ich habe mich auch gewundert, aber es sah tatsächlich so aus. Er hat ihr Blumen mitgebracht, Wein, war öfter abends da.«

Und Nelleke hat die Vorhänge zugezogen, ergänzte ich still für mich, konnte mir aber den akkuraten Kaltenbrunner nicht mit der lebenslustigen Nelleke zusammen vorstellen. Doch wer weiß?

»Wo musst du hin?« Ich schloss den Wagen auf.

»Bring mich nach Hause. Ich nehme den Kombi. Dann kann ich danach gleich weiter nach Middelburg zu Holger fahren.«

»In Ordnung.« Ich stieg ein, wartete, bis auch Gitti saß, und startete den Motor.

Schweigend fuhren wir nach Westkapelle. In mir rumorte es. Georg als Nellekes Liebhaber? Hatte er sich in Nelleke verliebt, nichts von ihrem Plan gewusst, den Platz zu verkaufen, und als er es erfuhr, da wurde er wütend und brachte sie um? Oder aber er wusste es und wollte sie im Bett vom Verkauf abbringen? Und als das nicht klappte, vergiftete er sie.

Ich kaute auf meiner Unterlippe. War das jetzt der letzte

Strohhalm, an den ich mich klammerte, weil mir die Verdächtigen ausgingen? Oder war ich endlich auf der richtigen Fährte?

Der Zettel mit der penibel ordentlichen Handschrift auf dem Küchenstuhl in Nellekes Haus fiel mir ein. Lesen hatte ich nicht mehr können, was draufstand, aber das würde ich gleich nachholen. Schließlich besaß ich Theo sei Dank einen Hausschlüssel.

Ich nahm die Linkskurve in den Ort und hielt wenig später vor Holgers und Gittis Haus. Der Motor lief noch, da war Gitti schon ausgestiegen und eilte zu ihrem Kombi.

»Fahr vorsichtig und ruf mich an, wenn es etwas Neues gibt«, rief ich ihr nach.

Sie winkte zum Zeichen, dass sie mich gehört hatte, sprang in den Wagen, und dann war sie auch schon weg.

Rasch parkte ich in die frei gewordene Lücke ein, holte den Schlüssel aus dem Rucksack und ging damit zu Nellekes Haus. Gegenüber bei Roos bewegte sich was im Fenster. Sollte sie ruhig zusehen. Ich tat ja nichts Verbotenes. Lediglich Blumen gießen und dabei auf den Zettel sehen, der mir heute Morgen aufgefallen war. Und selbstverständlich würde ich auch im oberen Stockwerk nach den Blumen schauen. Das ging eben nur mit offenen Augen, die möglicherweise auch anderes bemerkten.

Im Haus begab ich mich sofort in die Küche und zupfte den Zettel aus dem Stapel Zeitungen und Altpapier. Ein Blatt, eng beschrieben, ordentliche und akkurate Buchstaben – ich hatte mich nicht getäuscht, das war Kaltenbrunners Handschrift. Eine Aufstellung der Alternativen zum Verkauf an den Luxus-Ferienpark-Investor.

Von »Den Park behalten und von den Einnahmen leben« bis hin zu »Den Park an eine Mietergemeinschaft verkaufen«. Letzteres vorzugsweise in Ratenzahlung. Wahrscheinlich konnten sie die Summe, die Nelleke verlangte, nicht so schnell aufbringen. Und langsam vermutlich auch nicht.

Das Blatt war in der Mitte eingerissen, was wohl zum Ausdruck brachte, was Nelleke von Kaltenbrunners Vorschlägen gehalten hatte. Garantiert war er wütend geworden. Er wusste, dass er sie nicht umstimmen konnte. Damit blieb nur eine Möglichkeit, um seinen Bungalow zu behalten: Mord. Aber wie war er an Zyankali gekommen?

Ich machte ein Foto von dem Blatt und legte es zurück auf den Stapel. Dann ging ich nach oben. Dort sah man, dass Nelleke es mit dem Weggehen ernst gemeint hatte.

Ein Zimmer, sicher das von Kees, war so gut wie leer geräumt. An einer Wand stapelten sich Kartons. An der anderen stand ein Kleiderschrank, die Türen offen, die Fächer leer. In Nellekes Schlafzimmer lag ein Altkleidersack mit ein paar dicken Pullovern und Jacken darin auf dem Boden vor dem Schrank.

Ich sah mich gründlich um, konnte aber keine weiteren Hinweise finden. Auf dem Nachttisch befand sich weder ein Notizbuch noch ein Tagebuch. Nur ein Reiseführer von Curaçao. Ich nahm ihn hoch. Das Buch schlug von selbst an einer Stelle auf, an der eine Ansichtskarte steckte. Wieder diese unleserliche Handschrift. Unterschrieben von diesem Willem. War er der Grund, warum Nelleke nach Curaçao wollte? Ich klappte das Buch wieder zu, legte es zurück und ging nach unten.

Nach einer erneuten Runde durch das Erdgeschoss, die aber nichts Neues ergab, goss ich die Blumen und verließ anschließend das Haus. Auf der Terrasse von Holger und Gitti packte ich meinen Laptop aus. Ich wollte ordnen, was ich erfahren hatte, um so fundiert die nächsten Schritte abzuleiten. Es war an der Zeit, das Fischgrätendiagramm zu aktualisieren.

Also öffnete ich das Analysetool. Bei Bart und Leroy fügte ich jeweils eine Alibi-Gräte ein: Familienfeier, Lesung. Als Nächstes änderte ich die Dauermietergräte in Georg-Kaltenbrunner-Gräte ab. Motiv: Er wollte seinen Bungalow behalten. War das Habsucht oder Besitzstandswahrung? Alternatives Motiv: gekränktes Ego? Hatte Nelleke ihn abgewiesen und ihn dadurch verletzt? Hatte sie seine Liebe ausgenutzt?

Ich notierte: »Abgewiesener Liebhaber?« Bei Alibi machte ich ein Fragezeichen. Die Einladung der Nachbarin hatte er ausgeschlagen, weil er zu viel zu tun hatte. Eine Ausrede oder auch nicht. Blieb die Frage, wie er an das Gift hatte kommen können. Wusste auch er, dass Gitti Zyankali besaß und es im

Schuppen aufbewahrte? Ich runzelte die Stirn. Das konnte ich mir nicht vorstellen, aber um meine Vorstellungskraft oder einen Mangel derselben ging es nicht.

Ich nahm das Smartphone und rief Gitti an. Nur endloses Tuten. Ich versuchte es gleich noch einmal. Und noch einmal. Gitti ging nicht ran. Die Mailbox war nicht aktiviert. Vielleicht schleppte sie ja gerade irgendwelche wertvollen Muschelbasteleien durch die Gegend, die sie nicht mal eben absetzen konnte. Möglicherweise war sie aber auch schon bei Holger und hatte das Gerät abgeben müssen. Oder hörte es ganz einfach nicht.

Als Nächstes widmete ich mich dem Tathergang. Kaltenbrunner kam über den Weg hinterm Haus, weil auch er bemerkt hatte, dass Roos besser war als jede Webcam. Jetzt ergab auch die Fischermontur Sinn. In ihr würde man Kaltenbrunner auf dem Weg zu Nelleke nicht so schnell erkennen. Vielleicht hatte er sogar extra auf schlechtes Wetter gewartet. Die Wetter-Apps waren in ihren Vorhersagen ziemlich gut.

Ich richtete mich auf. Die Frau, die geglaubt hatte, Holger gesehen zu haben, diese Ulla, vielleicht hatte sie eigentlich Kaltenbrunner gesehen. Der natürlich nicht auf ihr Rufen reagierte, selbst wenn er es gehört hatte.

Mit einem Mal fügten sich die verschiedenen Puzzleteile zusammen. Das Einzige, was noch fehlte, war das Gift.

Erneut griff ich zum Handy und versuchte es bei Gitti. Vergeblich. Ich packte meine Sachen zusammen. Wenn ich Gitti nicht erreichen konnte, redete ich am besten mit Heidi und Manfred. Sie kannten Kaltenbrunner bestimmt genauso gut. Und danach würde ich nach Middelburg fahren und hoffentlich gerade noch rechtzeitig dafür sorgen, dass mein Onkel und meine Tante es zum Muscheltanz schafften. Wenn ich Julian den wirklichen Täter präsentierte, dann konnte es doch kein Problem mehr sein, Holger aus der U-Haft zu entlassen.

Wieder fuhr ich mit dem Auto zum Bungalowpark, obwohl ich mit dem Rad viel schneller gewesen wäre, aber hinterher wollte ich ja noch nach Middelburg. Ich parkte vor der Rezeption und versuchte es zuerst beim Bungalow von Heidi und Manfred. Niemand da. Wenigstens stand ihr Wagen auf dem Parkplatz, was ich als gutes Omen dafür wertete, sie an ihrem Strandhäuschen zu finden. Also joggte ich zur Straße, den Strandaufgang hinauf, die Treppe zum Strand hinunter und lief auf den Bohlenbrettern zu ihrer Strandkabine.

Die Liegestühle zum Meer ausgerichtet, lagen die beiden in der Sonne und hielten Siesta. Von Klausemann und Familie keine Spur, was mir nur recht war. So konnte ich direkt mit ihnen reden, nachdem ich sie aus ihrem Schläfchen gerissen hatte.

Ich räusperte mich. »Heidi? Manfred?«

Heidi blinzelte in die Sonne. »Oh, hallo, Freddie. Hol dir doch einen Stuhl.« Sie nickte zum Strandhäuschen hin.

»Danke, ich setz mich lieber in den Sand.« Ich ließ den Rucksack fallen, hockte mich hin und fragte sie nach Georg Kaltenbrunner. »Meinst du, er war in Nelleke verliebt?«

»Georg? In Nelleke?« Heidi lachte auf. »Wenn ordnungsliebend, vernünftig und genau zu spontan, laut und fünfe gerade sein lassen passt, dann vielleicht. Ansonsten nein.«

»Gegensätze ziehen sich an. So wie bei uns.« Manfred gähnte, richtete sich auf und zwinkerte mir zu. »Hallo, Freddie.«

»Ich weiß nicht.« Heidi sah sich suchend nach ihrer Sonnenbrille um, entdeckte sie und setzte sie auf. »Für Georg war seine Frau doch die große Liebe. Er hängt Lieselotte immer noch nach.«

»In letzter Zeit war er aber besser drauf«, protestierte Manfred. »Sogar zum Grillabend ist er gekommen.«

»Um Unterschriften gegen den Verkauf zu sammeln.« Heidi schüttelte den Kopf. »Danach ist er gleich wieder gegangen.«

»Der Verkauf, ja, stimmt.« Manfred kratzte sich am Rücken. »Dass sie unbedingt an diesen Luxus-Ferienpark-Typen verkaufen wollte, das hat er ihr mindestens genauso übel genommen wie wir.«

»Kann er gewusst haben, dass Gitti Zyankali besitzt? Wisst ihr das? Wisst ihr, wo sie es aufbewahrt?«

Die beiden sahen sich an.

»Na klar«, antwortete Manfred.

»Nein«, sagte Heidi.

Mit gerunzelter Stirn sah ich von einem zum anderen.

»Ob Gitti das Zeug noch hat, weiß ich nicht, wohl aber, wo sie es herhat. Sag bloß, du kennst die Geschichte mit dem Gift nicht?« Manfred beugte sich zu mir vor. »Das war ... wie lange ist das her?« Fragend sah er zu Heidi.

»Das ist doch nicht so wichtig, und ich glaube, das will Freddie auch gar nicht wissen. Georgs ...«

»Jedenfalls hatten wir im Park ziemlich viele Mäuse. Das war echt übel. Sogar in die Bungalows sind sie rein und haben sich da durch die Vorräte gefressen. Vor denen war nichts sicher. Da hat Georg in seinem Garten Gift gestreut. Mann, hat das einen Ärger gegeben. Das war nämlich Zyankali. Den Mäusen hat das nichts gemacht, aber wenn eins von den Kindern was davon in den Mund bekommen hätte! Seine Frau hat ihn so was von rundgemacht.«

»Er hat Zyankali?« Mein Herz klopfte so laut, dass ich schon dachte, ein Schlagzeuger säße in den Dünen und übte.

»Lieselotte war in Deutschland Apothekerin. Wie ich Georg kenne, ist er damals mit ihren Schlüsseln heimlich in die Apotheke. Sie darf das Zeug ja gar nicht so rausgeben.« Heidi griff nach einer großen Flasche und schenkte etwas in einen Becher. »Hier, trink das. Du siehst ganz bleich aus. Hast du zu viel Sonne abbekommen?«

Dankbar nahm ich einen Schluck. »Er könnte also noch Reste des Gifts gehabt haben«, sagte ich mehr zu mir selbst als zu den beiden.

»Ich weiß nicht.« Heidi verschloss die Flasche und stellte sie neben sich. »Das Ganze ist doch schon eine Weile her. Lieselotte war damals bereits krank, hat das Gift aber bestimmt einkassiert.«

Das mochte sein, was aber nicht zwangsläufig hieß, dass das Zyankali zurück in die Apotheke gewandert war. Vielleicht hatten sie es in ihrem Haus in Deutschland aufbewahrt, und nach ihrem Tod hatte er sich daran erinnert, als er es brauchte.

Jedenfalls hatte er ein Motiv, kein Alibi und möglicherweise genügend Zyankali zur Hand. Ich leerte den Becher und reichte ihn Heidi. »Vielen Dank. Die Sache bleibt unter uns, ja? Nicht dass noch mehr Gerüchte die Runde machen.«

»Glaubst du etwa, Georg hat Nelleke umgebracht?« Manfred starrte mich an. Dann schüttelte er den Kopf. »Der ist viel zu korrekt für so was.«

»Ich weiß es nicht«, sagte ich und erhob mich. »Und ich muss das ja auch nicht herausfinden, sondern die Polizei. Was macht eigentlich deine Mütze? Ist sie wieder aufgetaucht?«

»Nein. Ich nehme an, dass jemand sie hat mitgehen lassen.« Wehmütig sah er zum Wasser. »Die Zeiten sind einfach nicht mehr das, was sie mal waren.«

Heidi seufzte leise. Dann warf sie mir einen eindringlichen Blick zu. »Versprich mir, keine Dummheiten zu machen und die Polizei zu informieren, ja?«

Das konnte ich guten Gewissens tun. Ich winkte den beiden noch einmal zu und lief ans Meer. Bevor ich nach Middelburg fuhr und Julian alles erklärte, wollte ich es noch einmal in Ruhe durchgehen.

Variante eins: Ausgerechnet die Frau, die Kaltenbrunner liebt, serviert ihn ab und will den Park verkaufen. Variante zwei: Selbst mit Sex kann er Nelleke nicht überzeugen, den Verkauf des Parks sein zu lassen. So oder so bringt er das Gift aus Deutschland mit und wartet auf die passende Gelegenheit. Er zieht seine Fischermontur an, setzt sich Manfreds Schirmmütze auf, wartet, bis ein Schauer die Leute in ihre Unterkünfte treibt, und radelt zu Nelleke. Dort schleicht er sich von hinten ans Haus, klopft, sie lässt ihn ein. In einem unbeobachteten Moment spritzt er das Zyankali in eine Muschel, sie essen gemeinsam. Er zieht das Kabel aus dem Router und sorgt dafür, dass sie keine Hilfe rufen kann. Vielleicht schaltet er noch Musik oder Fernseher ein, damit niemand ihre Schreie hört? Wartet er und sieht zu, wie sie stirbt? Nach der Tat verlässt er das Haus wieder durch den Garten, radelt zurück, nimmt Fischermontur und Mütze und verbrennt alles in den Dünen.

Meine Haut glühte, und zugleich fröstelte ich. Konnte ein Mensch so kaltblütig sein? Penibel genaue Pläne auszutüfteln, das passte zu Kaltenbrunner. Sie eiskalt umzusetzen, hätte ich ihm nicht zugetraut, aber so war das wohl bei Mord. Irgendwo hatte ich gelesen, dass man loszog, eine Bestie zu suchen, und dann doch stets einen Menschen fand. Mit alledem sollten und mussten Julian und Vermeer sich beschäftigen.

Ich trabte zum Auto, aktualisierte mein Fischgrätendiagramm und fuhr los.

Auf nach Middelburg. Auf zur Polizeistation.

18

Hinter der hohen Düne – achter de hoge duin

Freitagnachmittag

Die Fahrt nach Middelburg kam mir unwirklich vor, ein bisschen so, als würde ich mir selbst zuschauen und gleichzeitig an all die Fahrten denken, die ich zuvor dorthin gemacht hatte. Ich kannte die Strecke gut, ich genoss sie sonst immer, aber dieses Mal konnte ich mich nicht am Anblick der Dünenkette erfreuen.

Eigentlich müsste es mich doch dorthin ziehen. Gleich würde ich Holger in die Arme schließen können, am Abend mit Gitti und ihm zum Muscheltanz vor Gittis Muschelkunstbühne gehen. Der Mörder war keiner meiner Freunde, alles war gut, aber es fühlte sich nicht so an.

Unwillig schüttelte ich den Kopf. Was war nur los mit mir?

Ich ließ das Seitenfenster hinunter und mir den Fahrtwind um die Nase wehen. Auf diese Weise kam ich zwar zerzaust, aber doch etwas frischer in Middelburg an. Gleich vom Parkplatz aus versuchte ich, Gitti zu erreichen, doch wie schon zuvor ging sie nicht ran. Also lief ich zum Polizeigebäude, fragte wieder am Empfang nach Hoofdinspecteur Doorn und hoffte, dass es das letzte Mal war, das letzte Mal in Sachen Mord.

Nach ein paar Minuten kam Julian. Die übliche graue Anzughose, die Ärmel des dunkelblauen Hemdes hochgekrempelt, ein paar Bartstoppeln, so als läge die letzte Rasur länger als heute Morgen zurück. Als er mich sah, leuchtete es in seinen Augen, und es war, wie wenn für einen kurzen Moment die Sonne durch die Wolken brach.

Ich zog meinen Laptop aus dem Rucksack, klappte ihn auf und startete ihn. »Hier, ich habe alles zusammengefasst. Mit Hilfe des Diagramms lässt es sich einfacher erklären.«

»Hey«, sagte er.

»Sorry, hallo.« Ich lächelte ihn an. »Wollen wir in dein Büro, oder soll ich dir gleich hier alles erklären?«

Er warf einen Blick auf meinen Bildschirm. »Okay, komm mit.«

Wir gingen in einen Besprechungsraum. Ich wartete nicht erst, bis er mich aufforderte, sondern legte sofort los. »Das Fischgrätendiagramm kennst du ja schon.«

Rasch arbeitete ich mich durch die Verdächtigen. Dann deutete ich auf Kaltenbrunners Gräte. »Ein Dauermieter im Bungalowpark.« Ich erklärte, warum Kaltenbrunner Nelleke ermordet haben und wie er dabei vorgegangen sein könnte.

Julian hörte ruhig zu. Eine Eigenschaft, die mich wahnsinnig machte. Sah er nicht, was ich sah? Ich präsentierte ihm Nellekes Mörder auf dem Silbertablett, und er hob nicht einmal die Augenbrauen. Stattdessen stand er auf und ging zur Tür. Mir verschlug es die Sprache.

»Ich lasse ihn holen«, sagte er, als er die Tür öffnete. »Einen Moment, ich bin gleich zurück.«

Ich klappte den Mund auf und wieder zu. Das hieß doch, er glaubte auch, dass Kaltenbrunner der Täter war. Ich grinste so breit wie eine Flunder und ballte die Hand. »Yes.« Und hielt sie vor den Mund. Ob die hier Überwachungskameras hatten? Egal. Aufgeregt tigerte ich hin und her. Ob es auch so einen Vernehmungsraum gab, bei dem man der Befragung zuschauen konnte, ohne selbst gesehen zu werden?

Es dauerte dann doch eine ganze Weile, bis Julian zurückkam. Dieses Mal mit Vermeer im Schlepptau. »Setz dich doch, Freddie. Können wir die Details noch mal durchgehen? Willst du einen *koffie verkeerd* oder lieber einen Beruhigungstee?« Er warf mir einen Blick zu, in dem ein leises Lächeln lag, das meinen Puls erst recht durch die Decke schießen ließ.

Mit weichen Knien nahm ich wieder Platz. Erneut präsentierte ich Gräte für Gräte. Anschließend berichtete ich von der verbrannten Fischermontur, deren Asche ich leider nicht mehr hatte wiederfinden können, von Manfreds verschwundener Schirmmütze, die genauso aussah wie die von Holger. Wie die auf der Webcam-Aufnahme. Von der Frau, die dachte, Holger am Sonntagabend auf dem Weg vom Bungalowpark nach Westkapelle gesehen zu haben. Vermeer rutschte unruhig auf ihrem Stuhl herum, als könnte sie sich ein Wissen-wir-doch-alles-längst nur mit Mühe verkneifen. Unbeirrt sprach ich weiter, erzählte von Kaltenbrunners Aktivitäten, um den Verkauf des Parks zu verhindern, sodass er seinen Bungalow behalten konnte. Dass er bereits einmal Zyankali ausgelegt hatte, wenn auch, um Mäuse zu vertreiben. Von seinen Besuchen bei Nelleke.

»Wissen wir.« Vermeer hielt es endgültig nicht mehr aus.

Während ich überlegte, ob ich noch etwas vergessen hatte, klopfte es. Ein Kollege informierte die beiden, dass Kaltenbrunner da sei.

»Braucht ihr das Diagramm? Soll ich es euch schicken?« Fragend sah ich Julian an.

Doch Vermeer hatte schon ihr Handy gezückt und fotografierte den Bildschirm ab. Ich schielte zu ihr, um zu sehen, ob sie das nur tat, um sich später über meine Vorliebe für computergestützte Mordermittlungen lustig zu machen, aber ich entdeckte nicht die kleinste Spur von Herablassung in ihrem Gesicht. Sie stand auf und warf Julian einen auffordernden Blick zu.

»Geh schon mal vor.« Er nickte ihr zu. Dann wandte er sich an mich. »Danke für die Informationen.«

Hatte Vermeer da was gemurmelt, das sich, zumindest dem Ton nach zu urteilen, eher nach dem Gegenteil anhörte? Julian verzog allerdings keine Miene. Gut, das konnte ich auch. Ungerührt beobachtete ich, wie sie den Raum verließ und die Tür hinter sich schloss.

Julian räusperte sich. »Mit wem hast du über deine Schlussfolgerungen geredet?«

»Wieso?« Ich klappte den Laptop zu. »Das Diagramm habe ich nur euch gezeigt.«

Er sah mich an. Ernst und eindringlich.

Ich seufzte. »Ja, ich weiß, das ist ein Mordfall und kein Kinderspiel, kein Fernsehfilm. Ehrlich, Julian, ich habe aufgepasst und mich nicht leichtsinnig in Gefahr gebracht.« Schließlich erinnerte ich mich noch gut daran, was beim letzten Mal passiert war, als ich mich auf die Suche nach einem Mörder gemacht hatte.

»Solange wir nicht wissen, wer Nelleke vergiftet hat, ist das leichter gesagt als getan.« Julian hob die Augenbrauen.

»Das ist ja hoffentlich bald vorbei.« Ich steckte den Laptop in meinen Rucksack. »Gibst du mir Bescheid, wenn ihr Kaltenbrunner verhört habt? Und was ist mit meinem Onkel? Kann er mit auf die Aufführung heute Abend?«

»Das ist nicht meine Entscheidung, sie sind gerade beim Haftrichter.« Julian stand auf. »Ich bringe dich noch nach vorn.«

»Okay, dann warte ich da.«

Wir sahen uns an. Seine Augen mochten so grau und unnachgiebig wie sämtliche Felswände der Welt sein, ich würde nicht klein beigeben. Ich würde warten.

»Es kann dauern.«

»Kein Problem.«

Natürlich war das Warten ein Problem. Warten war immer ein Problem. Ich nahm ja nicht mal einen Bus, wenn ich auf ihn warten musste. Ich orientierte mich an den Fahrplänen, und wenn die nicht eingehalten wurden, ging ich zu Fuß, fuhr mit dem Rad, wenn es möglich war, oder nahm mir notfalls ein Taxi.

Der Beamte an der Pforte wurde auch schon ganz nervös, weil ich nicht still sitzen konnte und ständig auf und ab lief. Wenn wenigstens Gitti hier wäre oder ich wüsste, wo diese Anhörung vor dem Haftrichter stattfand, ob sie schon zu Ende war und vor allem, wie sie geendet hatte.

»Freddie?«

Ich schoss herum.

Julian stand vor mir und schüttelte den Kopf. »Kaltenbrunner hat ein Alibi.«

»Was? Das kann nicht sein. Mir hat er gesagt, dass er den ganzen Abend …«

Julian hob die Hand. »Eine Videokonferenz.«

»Das hört sich aber sehr nach Ausrede an. Etwa mit einem Freund?« Ich verschränkte die Arme vor der Brust, ließ sie aber gleich wieder sinken und marschierte zu der Sitzecke, wo ich meinen Rucksack abgestellt hatte. »Behauptet er etwa auch, dass ihm der Verkauf des Parks egal gewesen sei?«, fragte ich Julian über die Schulter.

»Nein, ganz im Gegenteil. In der Konferenz ging es um ihre Rechte als Mieter, wenn der Eigentümer des Parks wechselt.« Julian folgte mir zur Sitzecke und berührte mich am Arm. »Neben anderen Dauermietern und der Parkaufsicht war auch ein Jurist dabei. Wir prüfen das.«

»Eine Videokonferenz! Das beweist doch gar nichts.« Ich schnappte mir meinen Rucksack. »Selbst wenn die anderen sagen, dass er dabei gewesen ist, heißt das noch lange nicht, dass er die ganze Zeit in seinem Bungalow gesessen haben muss. Außerdem kann er die Aufzeichnungen manipuliert haben. Nichts einfacher als das.« Ich übertrieb, und ich wusste es, aber sie konnten ihn doch nicht einfach damit davonkommen lassen.

»Freddie, wir gehen dem nach. Du hältst dich raus.« Seine grauen Augen sprachen Klartext. Er meinte das so, wie er es sagte.

Ich biss mir auf die Unterlippe.

Noch einmal berührte er meinen Arm. »Ich muss wieder rein.«

»Und ich muss los.« Ich ging zum Ausgang.

»Fahr nach Hause. Ich melde mich heute Abend bei dir, versprochen.«

»Heute Abend ist Muscheltanz.« Ich schenkte es mir zu sagen, dass ich jemand umbringen würde, wenn Holger und Gitti nicht gemeinsam die Aufführung besuchen konnten, während ein gewisser Kaltenbrunner gemütlich in seinem Bungalow saß.

Vor der Tür atmete ich durch. Ausgerechnet eine Videokonferenz, das war doch kein ernst zu nehmendes Alibi! Ich schüttelte den Kopf und ging zurück zu meinem Auto. Bevor ich losfuhr, versuchte ich es mal wieder bei Gitti. Wo auch immer ihr Handy war, es befand sich anscheinend nicht dort, wo sie steckte. Jedenfalls meldete sie sich auch dieses Mal nicht. Also fuhr ich zurück nach Westkapelle. Allerdings nicht zu Gittis und Holgers Haus, sondern zum Bungalowpark. Ich würde mir Kaltenbrunners Rechner vorknöpfen. Bevor er von der Polizei zurückkam, blieb mir hoffentlich genügend Zeit, um sein Alibi zu knacken.

Schwungvoll bog ich wenig später in den Joossesweg ab. Die ersten Urlauber, die genug vom Strand hatten, kamen mir entgegen. Fahrradfahrer, Spaziergänger, Hunde. Ich bremste ab und rollte die letzten Meter bis zum Park im Schritttempo.

Vor der Rezeption stand bereits ein Wagen. Ich setzte mein Auto dahinter und stieg aus. Jetzt musste ich Mareike irgendwie davon überzeugen, mir den Ersatzschlüssel zu Kaltenbrunners Bungalow zu geben. Sollte ich behaupten, Kaltenbrunner habe mich gebeten, seinen Laptop zu reparieren?

Zögernd ging ich Richtung Empfang, während ich mir im Kopf eine Ausrede zurechtlegte. Seit dem letzten Betriebssystem-Update funktioniere der Laptop nicht mehr richtig. Er habe gehört, dass ich Informatikerin sei, das mit »sie kümmert sich gern um alles, was mit Computern zu tun hat« gleichgesetzt, wie viele das taten, und mich beauftragt, das Gerät wieder auf Vordermann zu bringen. Das hörte sich doch plausibel an. Ich nickte zufrieden und betrat das Büro.

»*Hoi*, Freddie.« Theo saß hinter dem Schreibtisch. Als er mich sah, erhob er sich, öffnete die Gebäckdose, die vor ihm stand, und hielt sie mir vor die Nase. »Bedien dich. *Gevulde koeken* nach dem Rezept von meiner Mutter.«

»Später. Ich muss dringend in den Bungalow von Georg Kaltenbrunner. Das ist der in der Ecke zum Wald hin. Kannst du mir den Ersatzschlüssel geben?«

»Soll das ein Witz sein?«

Ich verdrehte die Augen. »Bitte, Theo, es ist wichtig. Ich erkläre es dir später.«

»Vergiss es. Ich kann dich doch nicht einfach in die Bungalows von anderen Leuten lassen!« Er runzelte die Stirn und sah aus, als wollte er noch etwas hinzufügen. Wahrscheinlich, dass Mareike ihn vierteilen würde, wenn sie es herausfand. Als ob ich das nicht selbst wüsste.

»Dann komm halt mit und pass auf, dass ich nichts mitgehen lasse.« Ungeduldig warf ich einen Blick nach draußen. »Jetzt mach schon. Ich erzähle dir unterwegs, worum es geht.«

»Na gut.« Theo kramte, suchte den richtigen Schlüssel aus einer Metallschatulle und folgte mir nach draußen.

Am liebsten hätte ich ihm den Schlüssel aus der Hand gerissen und wäre losgerannt. Stattdessen wartete ich, bis er zu mir aufschloss. Gerade als ich mit meinen Erklärungen loslegen wollte, grüßte ein Paar, das auf Relaxliegen auf der schmalen Terrasse neben einem Bungalow die Nachmittagssonne genoss. Sie setzten sich auf und machten sogar Anstalten aufzustehen, anscheinend, um Theo ihr Beileid zum Tod seiner Mutter auszusprechen.

»Ich geh schon mal vor«, raunte ich ihm zu und streckte meine Hand aus.

»In Ordnung.« Er gab mir den Schlüssel und ließ die bestimmt lieb gemeinten Worte der beiden über sich ergehen, während ich weitereilte.

Schon sah ich die Hecke mit dem Pappmaschee-Herz. Ich erreichte den Eingang, steckte den Schlüssel ins Schloss und öffnete die Tür zu Kaltenbrunners »*Thuis achter de hoge duin*«.

Wie erwartet war der Bungalow penibel aufgeräumt. Dennoch wirkte die Einrichtung wohnlich, graue und lindgrüne Kissen in der Sitzecke, Vorhänge in Lindgrün, Sets in denselben Farben auf dem Tisch. Das stammte vermutlich noch alles von seiner Frau.

Als ob Männer kein Händchen für Innenausstattung haben konnten!

Suchend sah ich mich nach Rechner, Laptop oder Tablet um. Offen herum lag nichts. Ich inspizierte die anderen Räume. Bad, Toilette, Schlafzimmer. Ein ordentlich gemachtes Doppelbett, hergerichtet für eine Person, ein Buch auf dem Nachttisch, ein Kleiderschrank. Kein Laptop in Sicht.

Zurück im Wohnraum knöpfte ich mir zuerst die Wohnecke vor, öffnete die halbhohen Schränke, schaute unter die Kissen und klappte die Sitzfläche der Bank hoch. Wie in vielen dieser kleinen Häuschen und Wohnwagen wurde jedes bisschen Platz geschickt genutzt. Schließlich entdeckte ich in einer Schublade unter dem Esstisch ein Tablet. Ich nahm es heraus und schaltete es ein.

»Bitte geben Sie Ihre PIN ein.«

Ich fluchte. Warum konnte Kaltenbrunner nicht genauso vertrauensselig wie Holger und Gitti sein?

Mal sehen. Die geforderte PIN war sechsstellig. Da bot sich ein Datum an. Sein Geburtsdatum, das seiner Frau, ihr Hochzeitstag. Ich fingerte mein Smartphone aus dem Rucksack und ging auf Kaltenbrunners Facebook-Account. Ich hatte mich richtig erinnert. Er hatte sein Geburtsdatum hinterlegt. Flink gab ich es ein.

»Falsche PIN. Bitte versuchen Sie es erneut.«

Ich durchsuchte sein Profil nach Bildern mit seiner Frau. Da, ein altes von den beiden vor einem kleinen Zweimannzelt, wie man sie heute gar nicht mehr kannte. Ich scrollte durch den Text. »Unsere Hochzeitsreise«, bla, bla, kein Datum.

Als Nächstes suchte ich nach Lieselotte Kaltenbrunner, fand die Traueranzeige und probierte es mit ihrem Geburtsdatum. Fehlschlag. Genauso wie mit ihrem Todestag.

Zurück zu seinem Profil. Einatmen, ausatmen, einen Beitrag nach dem anderen durchgehen. Ein Foto einer Muschel mit einer Perle darin. »Heute feiern wir Perlenhochzeit.« Von wann war der Beitrag?

Rasch rechnete ich zurück und gab das Datum des Hochzeitstages ein und … muschelbingo! Ich war drin.

»Freddie?« Theo öffnete die Tür und sah entsetzt auf den Rechner. »Sag mal, hast du noch alle Tassen im Schrank?«

»Ich prüfe nur, ob er am Sonntagabend an einer Onlinekonferenz teilgenommen hat.« Ich beugte mich wieder über das Display. »Je weniger du mich störst, desto schneller bin ich damit fertig und schalte sein Tablet wieder aus.«

»Meinetwegen. Doch wehe, du lässt dich erwischen. Dann lehne ich jegliche Verantwortung ab.« Theo verschwand, ließ aber die Tür offen stehen.

Von mir aus, solange er mich rechtzeitig warnte, wenn jemand vorbeikam. Dennoch setzte ich mich so, dass niemand mich von draußen sehen konnte. Dann öffnete ich den Programmordner, prüfte, welche Videokonferenzsoftware Kaltenbrunner hatte, und startete sie.

Letzte Nutzung: das Datum vom Sonntag. Auch die Uhrzeit stimmte. Neuen Videocall starten, Aufzeichnungen ansehen – hey, der Typ hatte die Videokonferenz sogar aufgezeichnet. Das passte zu ihm.

Mit fliegenden Fingern öffnete ich die Aufnahme. Kaltenbrunner war der erste Teilnehmer im Call. Dann kam ein Richard de Honk dazu. Das konnte nur der Rechtsvertreter sein, den Julian erwähnt hatte. Bekannt kam er mir nämlich nicht vor. Als Nächstes wählte sich jemand unter der Kennung *EiloveZeeland* ein. Ein weißhaariger Mann winkte in die Kamera, eine Frau schob sich neben ihn, dann stellten sie die Kamera aus, nachdem sie erklärt hatten, dass ihre Bandbreite nicht ausreichte.

Theo steckte seinen Kopf herein und sah mich nervös an. »Brauchst du noch lange?«

»Ich hab's gleich.« Mit einer wedelnden Handbewegung scheuchte ich ihn raus. Ob ich das Tablet mitnehmen sollte? Die Datei zu übertragen dauerte bestimmt zu lange. Vielleicht konnte ich ja einfach alles im Schnelldurchlauf abspielen.

Ich klickte mich gerade durch das Menü, als ein weiterer Teilnehmer die Konferenz betrat: Mareike. Wahrscheinlich als Vertreterin des Parks. Sehr gut, da hatte ich eine zuverlässige Zeugin. Wenn ich es nicht schaffte, das gesamte Video anzuschauen, würde ich einfach sie fragen, ob Kaltenbrunner die ganze Zeit im Call gewesen war. Und ich würde keine Ruhe geben, bis sie mir die Frage beantwortet hatte.

Aber noch schien draußen alles ruhig zu sein. Also schob ich den Regler weiter vor und machte einen Sprung in die Konferenz hinein. Man sah einen Schriftsatz, den de Honk teilte. Die

Teilnehmer waren in einer kleinen Leiste am Rand zu sehen. Nur noch zwei von ihnen hatten ihre Kamera eingeschaltet. Ich musste genau hinsehen. Einer war de Honk, und der andere war Kaltenbrunner.

Ich spulte weiter vor. Außer dem Schriftsatz, der angezeigt wurde, änderte sich nichts.

Eine Möwe kreischte. Einmal kurz, einmal lang, einmal kurz. Unser altes Warnsignal. Ausgerechnet jetzt.

»Freddie«, zischte Theo durch die Tür. »Raus, und zwar sofort.«

Ich schaltete das Tablet aus, stopfte es zurück in die Schublade, nahm meinen Rucksack und eilte zur Tür. Eine Hand packte mich am T-Shirt und zerrte mich zur Seite, hinter die Hecke.

»Runter«, raunte Theo.

Ich gehorchte und ging in die Knie. »Wer …?«

»Psst!« Sein Finger ging vor den Mund, und ich hielt meinen. Schritte waren zu hören. Sie kamen näher, gingen an uns vorbei, entfernten sich.

Ich atmete durch, richtete mich vorsichtig auf und spähte über die Hecke. Niemand mehr zu sehen.

Theo schob sich neben mich. »Puh, das war knapp. Machen wir, dass wir wegkommen.«

»Ich schau nur noch mal kurz und räume dann alles …«

»Spinnst du?« Theo versperrte mir den Weg. »Wir gehen. Und zwar alle beide. Das war Mareike. Wenn sie zurückkommt und uns erwischt, dann können wir uns die Zelle mit Holger teilen.«

Bevor ich mich an ihm vorbeischieben konnte, schloss er die Tür ab und verstaute den Schlüssel in seiner Hosentasche. Er meinte es wirklich ernst.

»Theo, hör mir zu.« Ich lief dicht neben ihm, damit ich leise sprechen konnte. Schließlich sollte nicht gleich der ganze Platz mithören, wenn ich ihm erzählte, was ich gesehen hatte. »Ich muss an Mareikes Rechner. Sie war am Sonntagabend zusammen mit Kaltenbrunner in einem Videocall. Ich fürchte, er hat den Call genutzt, um ein Alibi zu fingieren. Und mit Mareikes Laptop kann ich das vielleicht beweisen.«

»Was?« Theo blieb stehen. Sein Adamsapfel sprang vor.

»Los, komm«, drängte ich und zog ihn am Arm weiter. »Wir reden im Büro.«

Es schien zu wirken. Er hörte auf, mich anzustarren, als hätte ich gerade eine weiße Robbe aus meinem Rucksack gezaubert, und folgte mir.

Dabei redete ich beruhigend auf ihn ein. »Alles wird gut. Wir finden das gemeinsam heraus. Mach dir keine Sorgen.«

Allgemeinplätze, blöde Sprüche, aber ich wollte nicht hier, wo die Hecken Ohren hatten, über Nellekes Mörder diskutieren. Nach ein paar Schritten spürte ich, wie Theo sich etwas entspannte.

Wir kamen am Büro an.

Theo räusperte sich. »Normalerweise ist ab achtzehn Uhr geschlossen. Es sei denn, es ist Anreisetag, da macht Mareike schon mal eine Ausnahme.«

Ich zuckte die Achseln. »Sie wird wahrscheinlich sowieso den Rechner in ihrem Büro auf dem Campingplatz genutzt haben. Der hier sieht so aus, als würde er es nicht mal ins Netz schaffen.«

Theo löste sich aus meinem Arm und verschwand ins Büro. Bevor ich ihn fragen konnte, was er dort wollte, kam er schon wieder heraus, mit seiner Gebäckdose in den Händen. »Für Mareike. Ich wollte ihr die *gevulde koeken* bringen.«

»Na, dann lass uns rübergehen.« Ich grinste ihn an, obwohl mir nicht danach war. Aber ein bisschen Aufmunterung konnte uns beiden nicht schaden.

Wir eilten zum Campingplatz, um die Zeit zu nutzen, die Mareike noch im Bungalowpark unterwegs war. Auch hier war die Tür zum Büro unverschlossen. Ich öffnete sie und betrat den Raum, der dem Büro im Park bis auf die Bilder an der Wand glich. Wahrscheinlich unterschieden sich nur die Inhalte der Aktenordner und des Papierkorbs voneinander, und die Tatsache, dass es hier noch einen Zugang vom Büro ins Haus gab.

Theo deutete auf den Schreibtisch, wo ein Laptop neben einem großen Bildschirm stand. Ich bewegte die Maus, der Bildschirmschoner verschwand, und eine Eingabemaske fragte nach dem Passwort. Ich stöhnte. »Hast du eine Idee, wie ihr Passwort lautet?«

»Vielleicht ist es ja noch das alte. Bevor ich das ›Zout of Zoet‹ hatte, habe ich ihr schon mal ausgeholfen.« Theo kam um den Tisch herum und gab ein paar Zeichen ein. Tatsächlich verschwand der Bildschirmschoner.

Ich ließ mich auf den Stuhl fallen und zog den Laptop zu mir heran. Dann suchte ich auch auf ihrem Rechner nach der Konferenzsoftware. Vergeblich. Hatte sie sich über den Browser eingewählt? Ich startete den Standardbrowser und prüfte den Verlauf. Den hatte sie schon mal nicht genutzt. Ich wiederholte das Prozedere für den zweiten Browser, der auf dem Rechner installiert war, aber auch hier konnte ich in der Historie keine Konferenzsoftware entdecken.

»Theo, hör mal. Hat Mareike in ihrer Wohnung noch einen privaten Laptop?«

Er räusperte sich. »*Nee*, einer reicht. Den kann sie ja mitnehmen.«

»Aber sie hat sicher auch ein Smartphone?«

»Seit sie eingesehen hat, dass es ihr mehr hilft, als es sie behindert.«

Suchend sah ich mich um, konnte es aber nirgends entdecken. Im Unterschied zu Gitti schien Mareike ihr Gerät tatsächlich zu benutzen.

Ich kaute auf meiner Unterlippe. Wo konnte ich noch suchen?

Ich fuhr mit der Maus über den Bildschirm, öffnete ihr E-Mail-Programm. Rasch scrollte ich in der Eingangsbox bis zum Sonntag. Was war das? Eine E-Mail vom Anbieter der Konferenzsoftware. Ich öffnete sie. »Bitte helfen Sie uns, unsere mobile App zu verbessern ...«

Offenbar hatte Mareike mit dem Smartphone an der Konferenz teilgenommen. Praktisch, wenn sie zuhören und gleichzeitig was Nützliches tun wollte, so was wie Bügeln oder Putzen. Solange das Handy eine Verbindung zum Internet hatte, hätte Mareike sogar über den halben Campingplatz aufs Klo gehen können, ohne dass die anderen Konferenzteilnehmer es gemerkt hätten. Vorausgesetzt, ihre Kamera war ausgeschaltet, genau wie bei diesen EiloveZeeländern. Und das Mikrofon natürlich.

»Mist!« Ich schob den Stuhl zurück. »Ich muss noch mal an Kaltenbrunners Tablet.«

»*No way!*« Theo fingerte am Deckel seiner Dose herum. »Nimm ein *gevulde koek*. Was Süßes beruhigt die Nerven.«

»Mensch, Theo, versteh doch! Wenn Kaltenbrunner die Kamera zwischendurch lange genug aus hatte, ist sein Alibi hinfällig. Ich würde um einen Bungalow hier wetten, dass er nicht mit dem Rechner, sondern mit dem Smartphone an der Videokonferenz teilgenommen hat. So wie Mareike.«

»Ja und?«

»Wer am Handy eingewählt ist, kann während der Konferenz hingehen, wo er will. Und zwar ohne dass jemand merkt, dass er nicht brav zu Hause sitzt.«

»Heißt das, Mareike hat kein Alibi?« Ungläubig ließ er die Dose sinken.

»Du hast ja auch keins.«

»Also Kaltenbrunner?« Er hielt mir sein Gebäck hin.

Ich angelte mir ein gefülltes Küchlein und erzählte ihm von meinem Verdacht, dass Kaltenbrunner Nelleke umgebracht hatte. Alles passte. Vom Motiv über das Gift, nur musste er zeitweilig aus der Konferenz ausgeloggt gewesen sein. Oder aber zumindest das Bild ausgeschaltet haben. Warum hatte er sein Tablet verwendet, wenn er der Täter war? Mit einem Smartphone war es doch viel einfacher.

Ich biss in das Küchlein und hatte ganz schön daran zu kauen. Theo offensichtlich auch. Er rieb an seinem Siegelring, als könnte er auf diese Weise einen Magier herbeschwören, der alles wieder ins Lot rückte.

Das Gebäck war lecker, süß und scharf zugleich. Was hatte er da reingetan? »Marzipan und was noch?«

»Familiengeheimnis.« Er senkte den Kopf, hob ihn wieder und sah mich an. »Glaubst du, dass Mareike es getan haben könnte?«

»Nur weil sie kein stichfestes Alibi hat?« Ich biss noch mal in das Küchlein und sah ihn fragend an. »Aber warum sollte sie es getan haben? Ihre eigene Schwester!«

Ein Krümel geriet mir in die Luftröhre. Ich hustete und sah mich nach etwas zu trinken um.

»Hier.« Theo reichte mir eine kleine Wasserflasche.

Ich öffnete sie und trank gierig. Als ich sie absetzte, fiel mein Blick auf einen Brief, der aus einer Schublade herauslugte. So wie schnell hineingestopft, damit ihn niemand sieht. Ich öffnete die Schublade und zog den Umschlag heraus. Ein Brief vom Reisebüro an Nelleke. Ich spähte in den Umschlag. Ein Flugticket. Ausgestellt auf Nelleke. Ein Flug nach Curaçao. *One-way.* In zehn Tagen wäre sie auf und davon gewesen.

Stirnrunzelnd betrachtete ich die Unterlagen. Warum versteckte Mareike das Ticket? Oder wirkte das nur so? Hatte sie es weggeräumt, weil es ihr wehtat, es zu sehen? Eines jener schrecklichen Schicksale: statt des erträumten Neuanfangs alles aus und vorbei.

»Warum wollte Nelleke eigentlich nach Curaçao? Steckte da ein Mann dahinter?« Ich reichte Theo die Reiseunterlagen.

Er nickte, sah aber nicht auf, sodass ich die Unterlagen vor mich auf den Schreibtisch legte. »Sie wollte zu meinem Vater«, sagte er leise.

»Wie bitte?« Ich starrte ihn an. »Aber dein Vater ist doch … Kees?«

»Ich … nein.« Theo umklammerte seinen Ringfinger. »Nach seinem Tod hat Nelleke es mir gesagt. Mein Vater ist nicht Kees, sondern mein Onkel Willem. Ich … es fühlt sich völlig unwirklich an.«

Er schob die Hände in die Hosentaschen und trat ans Fenster. »Ich kann mir nicht vorstellen, dass Nelleke es Mareike erzählt hat.«

»Aber was wäre, wenn sie es trotzdem herausgefunden hat?« Ich trommelte mit dem Finger auf den Tisch.

»Wie denn?« Theo drehte sich zu mir um. Seine Augen waren gerötet, aber sein Blick war fest. »Meine Mutter hat meinen Vater … Nelleke hat Kees geliebt. Sie war treu. Sie ist bei ihm geblieben bis zu seinem Tod. Sie hat ihm seinen Frieden gelassen, indem sie es für sich behalten hat.«

Ich nickte zögernd. Manchmal war es wirklich besser, wenn ein Geheimnis ein Geheimnis blieb.

Draußen waren Schritte zu hören. Stimmen. Jemand grüßte. Mareike grüßte zurück. Theo und ich sahen uns an.

»Lenk sie ab, okay?« Hastig schoss ich ein Foto von der Mail, die bewies, dass Mareike mit ihrem Smartphone an der Videokonferenz teilgenommen hatte, rief dann den Bildschirmschoner auf und erhob mich. Sobald wir hier raus waren, würde ich Julian anrufen. Aber jetzt erst mal Schnüffelspuren verwischen.

Ich stellte den Stuhl wieder so hin, wie er vorher gestanden hatte, nahm meinen Rucksack und warf noch einen letzten prüfenden Blick über den Tisch.

19

Bittermandeln – bittere amandelen

Freitagabend

Mareike kam ins Büro, sah uns und stutzte. »Was macht ihr denn hier?«

Mein Blick fiel auf die Wasserflasche, und der angebissene *gevulde koek* lag auch noch da. Rasch nahm ich das Küchlein und stupste Theo an.

Der begriff, nahm die Dose mit dem Gebäck und bot Mareike davon an. »*Gevulde koeken.*«

Sie musterte erst Theo, dann mich.

»Theo hat sie nach einem Rezept aus Nellekes Buch gebacken und wollte dir welche vorbeibringen. Sind wirklich lecker.« Wie zum Beweis biss ich noch mal in mein Küchlein.

Draußen fuhr ein Wagen vor, jemand fragte nach Mareike, war das Vermeers Stimme?

Mareike sah sich um, rannte zur Tür, die in ihre Wohnung führte, und verschwand dahinter. Was sollte denn das? War ihr schlecht, oder floh sie gerade vor der Polizei?

Julian und Vermeer betraten das Büro.

»Sucht ihr Mareike? Sie ist da lang.« Ich wedelte mit meinem Mandelküchlein zu der Tür, durch die Mareike abgehauen war.

Anstatt hinter ihr herzusprinten, schnappte sich Julian das Gebäckstück, roch daran. »Hast du davon gegessen?«

»Ja, aber …«

»*Jesus*, du weißt doch, dass Nelleke vergiftet wurde.«

»Mit einem Mandelkuchen? Warum hast du mir das denn nicht erzählt?«

Er sah mich an, eine Furche in der Stirn, die grauen Augen wirkten beinahe schwarz.

An ihm vorbei stürzte Vermeer sich auf Theo, nahm ihm die

Dose aus der Hand, legte ihm Handschellen an und belehrte ihn über seine Rechte.

Perplex schüttelte er den Kopf.

Ich fasste an meinen Hals, sah auf das Küchlein. Plötzlich roch alles nach Bittermandeln. Steckte tatsächlich Zyankali in dem Gebäck? War das der Grund, weshalb Theo mich die ganze Zeit gedrängt hatte, es zu probieren?

Das konnte nicht sein. Er hatte die Küchlein doch für Mareike gebacken. Warum sollte er sie umbringen wollen? Warum mich? Dennoch bekam ich mit einem Mal schlecht Luft.

Julian packte mich und manövrierte mich vor die Tür. »Hast du gerade erst reingebissen?«

Vielleicht konnte ich das Küchlein ja noch ausspucken, bevor das Gift wirkte. Ich beugte mich vor, steckte die Finger in den Mund, würgte, zog sie wieder etwas heraus. Wie machten andere das bloß? Ich konnte es nicht.

Mein Magen krampfte sich zusammen. Ich spürte Julians Hand auf meinem Rücken und versuchte es noch einmal. Schob die Finger tiefer, würgte, krümmte mich, spuckte Speichel.

»Ich habe meine Mutter nicht umgebracht.« Theos Stimme. »Ich fürchte, meine Tante war es.«

Julian fasste meine Schultern, wollte mich wohl zum Auto bugsieren, aber ich hatte erneut die Finger in den Hals gesteckt, würgte, doch es kam nichts. Gleichzeitig tauchte ein Bild vor meinem inneren Auge auf. Theo hatte die Dose mit dem Gebäck im Büro stehen lassen, als wir zu Kaltenbrunners Bungalow gingen. Hatte Mareike uns dabei beobachtet? Befürchtet, dass wir so lange schnüffeln würden, bis wir ihr auf die Schliche kämen? Hatte sie die *gevulde koeken* dann im Büro entdeckt und kurzerhand Zyankali hineingespritzt? Ging das so einfach?

Ein neuer Krampf ließ mich keuchen. Ich krümmte mich. Julian packte mich und verfrachtete mich ins Auto. Er rief Vermeer etwas zu, lief um den Wagen. Dann fuhren wir auch schon. Gefährlich schnell. Ich hielt mir den Bauch, spürte aber keine Schmerzen. Bis sich erneut alles in mir zusammenzog. Wie lange war es her, dass ich in den *gevulden koek* gebissen hatte? Die Zeit, bis das Gift wirkte, unterschied sich von Fall zu Fall. Bei manchen ging es sehr schnell, andere litten länger. Die Informationen, die ich im Netz zu Zyankali gefunden hatte, jagten mir durch den Kopf. Mir wurde kalt, obwohl ich den Schweiß auf meiner Stirn spürte. Ja, ich hatte Mareike ein paar Fragen gestellt, aber doch nichts, was darauf hindeutete, dass ich ihr auf den Fersen war. Hatte sie Theo vergiften wollen? Eine spontane Eingebung, als sie die Küchlein gesehen hatte? Was einmal funktioniert hatte, funktionierte auch noch ein zweites Mal?

Ich rang nach Luft. Das passte nicht zu ihr. Also doch Theo? Leroy?

»Es ist nicht mehr weit.« Julian berührte mich am Arm. »Gleich sind wir am Krankenhaus.«

Und dann? Wusste er denn nicht, dass bei Zyankali jede Hilfe zu spät kam? Mir wurde schummrig.

Atmen. Ein. Aus. Ich legte den Kopf zurück.

»Nur noch ein kleines Stück.«

Schwungvoll ging es in eine Kurve. Ich hielt nicht dagegen und ließ meinen Kopf zur Seite fallen. Sah Julians Hände am Lenker. Fest, zu fest. Er bremste, löste meinen Gurt.

Jemand öffnete die Beifahrertür. »Können Sie aussteigen?«

Ein Sanitäter half mir hinaus und verfrachtete mich auf eine fahrbare Trage. Ich rollte mich auf die Seite, wollte nicht auf dem Rücken festgeschnallt werden, lang ausgestreckt und wehrlos den Krämpfen ausgesetzt.

Schon war Julian neben mir und strich mir übers Haar, während der Sanitäter den Gurt über meiner Körpermitte schloss. Dann setzte sich die Trage in Bewegung. Über eine Rampe ging es in ein Gebäude, durch einen Flur, in einen Behandlungs-raum. Ich hörte Julians Stimme. Die einer Frau. Die beiden im Wechsel.

Jemand machte sich an meinem linken Arm zu schaffen. Schob eine Blutdruckmanschette über den Oberarm und zurrte sie fest, pumpte sie auf. Nannte die Zahlen, die ich hörte, aber nicht verstand. Zu viel um mich herum. An mir dran.

Eine Frau hockte sich vor mich. »Können Sie mich hören?«
Ich nickte.

Sie bat mich, durch den Mund auszuatmen. Roch an meinem Atem. Leuchtete mir in die Augen.

»Haben Sie Schmerzen?«

Erneut nickte ich, schüttelte dann den Kopf. Im Moment hatte ich keine, aber ich hatte Angst. Wahnsinnige Angst. Mein Magen krampfte sich erneut zusammen. Ich wollte die Arme um mich schlingen, aber das ging nicht.

Julian nahm meine Hand. »Ganz ruhig.«

»Können Sie sich bitte auf den Rücken legen?« Die Ärztin sah mich fragend an.

Als ich nickte, löste Julian den Gurt und half gemeinsam mit einem Sanitäter mit. Solange ich die Knie anzog, ging es.

»Ich taste jetzt den Bauch ab.« Die Ärztin schob mein T-Shirt hoch. Dann spürte ich ihre Hände. Behutsam arbeitete sie sich über meine Bauchdecke, drückte vorsichtig. Sie bat mich, die Beine auszustrecken, es wenigstens zu versuchen.

Angenehm war anders, aber ich biss die Zähne zusammen. »Entspannen Sie sich, es ist gleich überstanden.« Sie widmete sich meinem unteren Bauch. Drückte fester.

Ich stöhnte.

Sie lächelte. »Ich denke, es ist alles in Ordnung. Der Kreislauf ist noch etwas instabil, aber nach einer Vergiftung mit einer hohen Dosis sieht das nicht aus.«

»*Zeker dat?*« Julians Stimme klang rau, als er nachfragte, ob sie sich sicher sei.

Die Ärztin deutete auf meine Haut. Nicht gerade rosig. Eines der Zeichen von innerem Ersticken war eine rosige Färbung der Haut. Kein Bittermandelgeruch, wenn ich ausatmete. Nicht genug Schmerzen. Vielen Dank auch. Und auch keine wirklichen Krämpfe. »Leider gibt es noch keinen Schnelltest zum Nachweis von Cyanid im Blut.« Sie sah von Julian zu mir. »Wie lange ist die vermeintliche Einnahme des Gifts in etwa her?«

Ich ließ die beiden rechnen und klinkte mich geistig aus dem Gespräch aus. Keine Anzeichen einer Vergiftung. Mareike hätte zwar die Möglichkeit gehabt, die Küchlein mit Zyankali zu versetzen, als Theo und ich in Kaltenbrunners Bungalow gewesen waren, aber warum? Um Theo umzubringen? Uns beide? Wie hätte sie wissen sollen, dass wir kurz davor waren, ihr auf die Spur zu kommen? Und vor allem, wie hätte sie steuern wollen, wer ein Küchlein aus der Dose aß? Hätte ich vorhin noch klar denken können, wäre mir das aufgefallen, aber Julian war so sicher gewesen – und so besorgt.

Ich drehte den Kopf, sodass ich ihn sehen konnte. Als spürte er meinen Blick, schaute auch er zu mir. Das Grau in seinen Augen schimmerte so warm, dass ich mich hineinkuscheln wollte. Seine Hand glitt an mein Gesicht, strich über meine Wange. Der Knoten in meinem Bauch lockerte sich, ein Kribbeln setzte ein. Ich atmete laut aus, blies den Pony hoch und lächelte erleichtert.

Die Ärztin wandte sich wieder mir zu. »Vorsichtshalber geben wir Ihnen noch Hydroxycobalamin. Das hat keine Nebenwirkungen, schadet folglich auch nicht, wenn in dem Gebäck kein Gift war.« Sie wies die Schwester entsprechend an und verabschiedete sich.

»Tut mir leid, dass ich durchgedreht bin.« Julian hockte sich zu mir.

Sogar entschuldigen konnte er sich! Nur gut, dass ich lag. Geschlagene Sahne war noch hart verglichen mit meinen Knien.

Bevor ich irgendetwas Dummes sagen konnte, kam die Schwester mit einer Spritze von diesem Hydro-Zeugs zurück. »In den linken oder in den rechten Arm?«

Ich entschied mich für links und schloss die Augen. Öffnete sie wieder, als ich die Nadel im Oberarm spürte.

»Keine Sorge. Das sind nur Vitamine. Bestes B12.« Sie injizierte die besten Vitamine und versah mich mit einem Pflaster. »Bleiben Sie ruhig noch etwas liegen. Wenn Sie so weit sind, melden Sie sich bitte, dann erledigen wir noch die Formalitäten.« Sie wünschte mir alles Gute und verschwand in den Flur.

Behutsam umarmte mich Julian. »Tut mir wirklich leid. Und jetzt auch noch eine Spritze.«

Ich hob meinen Kopf, sah ihm für einen Moment in die Augen, dann berührten sich unsere Lippen. Ein kurzer Kuss nur, doch er genügte, um mein Herz vom Bett hüpfen zu lassen.

»Alles in Ordnung?« Besorgt strich Julian mir über die Stirn. »Du siehst plötzlich wieder ganz blass aus.«

»Lenk mich ab«, bat ich, ein wenig verlegen, weil er sich solche Sorgen um mich machte. »Warum seid ihr zum Campingplatz gekommen?«

»Wird dir das nicht zu viel?« Er musterte mich.

Ich nickte zum Pflaster hin. »Wenn ich still hier liege, muss ich nur daran denken, was wäre, wenn die Küchlein tatsächlich vergiftet gewesen wären.«

Er legte einen Arm um mich. »Na gut. Wir wollten noch einmal mit Mareike sprechen. Kaltenbrunner hat behauptet, dass sie das Zyankali im Anschluss an die Mäuseaktion eingesackt hat. Wir wollten uns auf dem Campingplatz nach dem Gift umsehen und ihr Alibi noch mal überprüfen.«

»Ihr Alibi ist so gut wie wertlos. Allem Anschein nach hat sie sich mobil eingewählt. Mit dem Handy in der Tasche kann sie problemlos bei ihrer Schwester vorbeigeschaut und sie vergiftet haben.«

So geordnet es ging, erklärte ich ihm, was ich vorhin erfahren hatte. Dass Mareike durchaus ein Motiv hatte, ihre Schwester umzubringen, und zwar Rache. Nelleke hatte ihre Ehe zerstört, sogar ein Kind hatte sie mit Mareikes Mann. Zu hören, dass Theo Willems Sohn war, musste sie sehr verletzt haben. Dass die Schwester ausgerechnet zu ihrem Ex nach Curaçao wollte, hatte sie wohl rotsehen lassen.

Ich hatte noch nicht zu Ende gesprochen, als sich die Tür öffnete.

»Freddie! Wie geht es dir?« Mein Onkel kam herein, gefolgt von meiner Tante. Erschrocken deutete Holger auf das Pflaster auf meinem Arm.

»Alles gut. Das war nur eine Vitaminspritze. Ich wurde nicht vergiftet.« Ich streckte die Arme aus.

Julian erhob sich, um Platz zu machen.

Zuerst umarmte Holger mich. »Was machst du nur für Sachen, Freddie?«

»Das sollte ich ja wohl dich fragen.«

Er drückte mich noch mal ganz fest und überließ mich dann Gitti. Als wir endlich mit der Umarmerei fertig waren, schaute Gitti von mir zu Julian.

»Habe ich vorhin richtig gehört, dass Mareike die Täterin ist?«

Da Julian gerade was in sein Smartphone tippte, nickte ich rasch. »Sieht ganz so aus.«

»Aber das kann doch nicht sein.« Holger ließ sich auf einen Stuhl an der Wand sinken.

»Erinnerst du dich noch an die Mäuseplage?« Gitti berührte ihn am Oberarm. »Mareike wollte Georg anzeigen und ihn aus dem Park schmeißen, aber Lieselotte zuliebe hat sie es dann noch nicht getan und nur das Gift konfisziert.«

»Waren Sie dabei?« Julian sah von seinem Handy auf.

Gitti schüttelte den Kopf. »Lieselotte Kaltenbrunner hat es mir erzählt. Kurz darauf ist sie verstorben. Oh Gott, das hört sich so an, als sei sie auch umgebracht worden. Bei ihr war es der Krebs.«

Julian tippte erneut etwas in sein Smartphone. Dann verstaute er es in der Hosentasche.

»Sie müssen doch bestimmt ins Präsidium.« Holger stand auf und nickte Julian zu. »Gehen Sie nur. Wir kümmern uns schon um Freddie.«

»Die Schwester hat übrigens gesagt, dass ich gehen darf. Ich muss nur Bescheid geben.«

»Wie schön! Dann holen wir beide mal die Schwester.« Gitti hakte Holger unter und ging mit ihm zur Tür.

Ich zog die Beine an und umschlang sie. Erst dann sah ich zu Julian. »Du kannst ruhig fahren. Mir geht's gut.«

»Sicher?«

»Na ja, nur wenn du mir versprichst, dich zu melden, wenn ihr sie habt.«

Statt einer Antwort setzte sich Julian noch mal zu mir,

und gegen seine Umarmung hatte ich ganz und gar nichts. Im Gegenteil.

Ein Klopfen kündigte die Rückkehr von Holger und Gitti an.

»Bis später!« Julian löste sich und ging zur Tür, wo Gitti ihn abfing und sich bei ihm bedankte. Gar nicht mehr aufhören konnte sie damit und folgte ihm noch in den Flur.

»*Alles goed?*« Die Schwester warf mir einen prüfenden Blick zu und ließ mich ein paar Formulare unterschreiben. Anschließend durfte ich gehen.

Als wäre ich zehn Tage bettlägerig gewesen, klemmten Holger und Gitti mich zwischen sich und führten mich über den Parkplatz. Wahrscheinlich brauchten sie das mehr als ich. Trotzdem machte es mich wahnsinnig, so betüddelt zu werden. Ich hatte ja nicht mal eine Hand frei, um mein Smartphone aus dem Rucksack zu ziehen.

»Verdammt!« Ich blieb stehen und brachte unseren kleinen Marschiertrupp zu einem abrupten Halt.

»Was ist?« Holger drückte meinen Arm noch fester, als er es eh schon tat.

»Meine Sachen …« Ich runzelte die Stirn. Hatte ich den Rucksack nicht auf der Schulter gehabt, als Mareike ins Büro gekommen war? War er in Julians Auto? Oder auf dem Campingplatz?

»Setzt euch schon mal in den Wagen.« Gitti ließ meinen Arm los. »Ich hole schnell dein Zeug.«

»Nicht nötig. Der Rucksack taucht schon wieder auf. Wenn Julian ihn nicht hat, liegt er bestimmt in der *Lost-and-found-*Kiste.«

Sofort beschlossen die beiden, auf dem Heimweg kurz beim Campingplatz vorbeizuschauen. Nicht dass mein Rucksack noch Beine bekäme.

Erst im Auto fiel mir wieder ein, dass heute Abend Gittis Aufführung stattfand. Womöglich in diesem Moment? Ich hatte jedes Zeitgefühl verloren. Rasch drehte ich mich nach hinten zu ihr um. »Was ist mit der Veranstaltung? Müssen wir nicht an den Strand? Wir wollen doch den Muscheltanz nicht verpassen.«

»In einer Stunde geht es los.« Gitti strahlte mich an. »Jetzt kann ich mich darauf freuen.«

»Musst du nicht vorher da sein?« Noch Hand an eine letzte Muschel legen, den Sand am Strand anders bürsten, keine Ahnung, was in so einem Fall zu tun war. Wenigstens aufpassen, dass alles blieb, wie es sollte.

Gitti lachte nur, während Holger nun doch etwas schneller fuhr.

»Vergiss den Abstecher zum Campingplatz«, sagte ich ihm. »Fahren wir direkt zum Strand?«

Da beide meinten, es reiche noch für einen kurzen Umziehstopp zu Hause, fügte ich mich. Ob die Nerven wohl mit den Jahren besser wurden?

»Wie bist du nur auf Mareike gekommen?« Holger wurde langsamer, fuhr in einen Kreisverkehr und beschleunigte anschließend wieder. »Die eigene Schwester. Warum hat sie das bloß getan?«

»Na ja.« Ich hob die Schultern. »Eigentlich wollte ich Kaltenbrunners Alibi widerlegen. Dabei habe ich festgestellt, dass sie sich wahrscheinlich mit dem Handy eingewählt hat.« Holger runzelte die Stirn, und auch Gitti sah mich an, als wäre ich eine IT-Hexenmeisterin. Sollte ich ihnen erklären, dass das nun wirklich kein Voodoo war, so etwas herauszufinden? Ach was. Ein bisschen Ehrfurcht schadete nichts. »Also war klar, dass Mareike überall gewesen sein konnte. Eben auch bei Nelleke.«

»Trotzdem.« Holger schüttelte den Kopf. »Die beiden haben sich doch immer gut verstanden.«

»Na ja.« Gitti warf ihm einen zweifelnden Blick zu. »Dass Nelleke ihre Verkaufsabsichten vor Mareike geheim halten wollte, war nicht die feine englische Art.«

»Aber deswegen bringt man doch niemand um.« Mit gerunzelter Stirn schaute Holger in den Rückspiegel.

»Das habe ich auch gedacht«, stimmte ich ihm zu. »Der Verkauf mochte sie ärgern, aber dafür töten? Nicht eine Frau wie sie. Sie wägt ab, was sie tut, sie ist keine, die sich in ihren Gefühlen verliert. Sie würde Vor- und Nachteile analysieren und zu dem Schluss kommen, dass ein Mord ihr nichts bringt.« Und dann ließ ich die Bombe platzen. »Theo war das Ergebnis eines Seitensprungs von Nelleke und Willem.«

Nun schüttelten Gitti und Holger beide den Kopf. Ich bekam schon Angst, dass Holger uns in den Graben fuhr. Gott sei Dank rollten wir bereits durch Westkapelle. Noch einmal abbiegen, dann hielt der Wagen vorm Haus.

Während sich Holger und Gitti fertig machten, rief ich Miriam an, die sich bestimmt schon wunderte, warum ich mich nicht mehr meldete. Natürlich freute sie sich, dass alles gut ausgegangen war. Am meisten interessierte sie aber mein Herumgedruckse zum Thema Julian. Sie bohrte so lange, bis ich schließlich zugab, dass ich den Hoofdinspecteur verdammt gut riechen konnte.

»Wusste ich es doch, dass der dufte Kommissar zu dir passt.« Miriam lachte und wünschte mir einen schönen Abend. »Tu alles, was ich auch tun würde, und lass den Kopf zu Hause, ja?«

»Lieber nicht, aber ich schalte ihn ab.« Wir verabschiedeten uns. Höchste Zeit, zum Strand aufzubrechen.

Gitti und Holger standen gestiefelt und gespornt vor mir. Auf ging's in den Ort.

Am Poldermuseum nahmen wir die Treppe auf den Deich. Schon von unten konnte ich erkennen, dass dort einiges los war. Die Leute standen in Gruppen zusammen, manche hatten es sich in ihren Campingstühlen gemütlich gemacht, andere saßen auf Decken oder Sitzkissen. Weinflaschen, Bier, fehlte nur noch der Grill.

Ich grinste – und staunte, als ich oben ankam und den Strand sah. Der war richtig voll. Gegenüber vom Strandpavillon war die Bühne aufgebaut, leider noch verhangen.

Ich wandte mich zu Gitti um. »Ihr macht es aber auch spannend!«

Im hinteren Bereich des Strandes zogen sich zwei Reihen mit Strandmuscheln, versetzt aufgestellt, mit jeweils zwei Liegestühlen darin.

»Das sind quasi die Parkettplätze«, erklärte Gitti und deutete stolz auf zwei Muscheln in der Mitte. »Die sind für uns reserviert.«

Strahlend hakte sie Holger unter und stolzierte mit ihm zur Treppe, die auf den Strand führte. Dabei blieben sie hier und da stehen und plauderten mit anderen Zuschauern. Die beiden waren wirklich zu Hause in Westkapelle.

Unten ging es so weiter. Hier ein Pläuschchen, dort wurde jemandem zugewunken oder jemand gegrüßt, bis wir schließlich an unseren Muscheln ankamen. Ob wohl auch drei Liegestühle in so eine Muschel passten? Oder ich setzte mich einfach in den Sand zu Holger und Gitti und trat meine Muschel an jemand anderen ab.

Gerade wollte ich Gitti beiseiteziehen und meine Muschel freigeben, als ich Julian auf uns zukommen sah. Die Schuhe in der Hand, die Anzughose bis zu den Knöcheln umgeschlagen und meinen Rucksack in der anderen Hand. Ich jubelte. Aber nicht so sehr, dass mir nicht auffiel, wie Gitti Holger anstieß und auf mich deutete. Als sie meinen Blick bemerkte, lächelte sie bloß. War sie deswegen mit Julian im Flur verschwunden? Um ihn einzuladen? Ich erwiderte ihr Lächeln und ging dann Julian entgegen.

»Habt ihr sie? Hat sie gestanden?«

»Ja und ja und ja.«

Verwirrt sah ich ihn an.

Er deutete auf meinen Rucksack. »Ja, ich habe ihn gefunden.«

»Danke.« Ich nahm den Rucksack und lief mit Julian zum Ufer. Einmal mit den Füßen ins Wasser, übers Meer schauen und mit den Wellen spielen. Natürlich erwischte es seine flüchtig aufgekrempelten Hosenbeine schneller als meine Shorts, doch das kümmerte ihn nicht. Mit einem kurzen, aber herrlich salzigen Kuss gratulierte er mir zu meinem Sieg im Wellenspiel. Dann gingen wir zu Holger und Gitti und stellten uns vor unsere Muschel. Die war echt romantisch hergerichtet. Sogar einen Tisch mit einem Windlicht darauf gab es. Was mich wieder an den Fall denken ließ.

»Sag mal, das Abendessen für zwei war fingiert, oder?« Ich warf Julian einen fragenden Blick zu.

»Ja, Mareike wusste ja von Kaltenbrunners Besuchen bei Nelleke.«

»Und ich dachte, sie wollte Holger die Tat unterschieben.«

»Mir, wieso denn das?« Entrüstet richtete sich mein Onkel auf.

Na klasse. Hatte er nicht selbst vorgegeben, es gewesen zu sein? Warum regte er sich jetzt darüber auf?

Ich zählte die Verdachtsmomente auf. »Ein Mann, der Nelleke oft besucht hat, mit dem sie folglich eine Affäre gehabt haben könnte. Einer in Fischerkleidung. Die Schirmmütze hat sie nur genommen, damit man sie nicht so leicht erkennt, nehme ich an. Und Kaltenbrunner hätte sie ja auch aus der *Lost-and-found*-Kiste nehmen können.«

»Die Schirmmütze? Was hat denn meine Mütze mit alldem zu tun?«

Ich erzählte von Manfreds Mütze, die nun für immer verloren war. Verbrannt in den Dünen. Auch wenn sich das wohl nicht mehr nachweisen ließ, war ich mir doch ziemlich sicher, dass die Mütze nicht wieder auftauchen würde.

»Dann hat Mareike das also alles geplant?« Gitti schluckte und griff nach Holgers Hand. »Und du alter Dösbröttel musst auch noch behaupten, dass du es gewesen bist. Weißt du eigentlich, wie viel Glück du gehabt hast, dass du wieder draußen bist? Als auch noch Ulla erzählt hat, dass sie dich am Sonntagabend am Park gesehen hat, habe ich wirklich Angst bekommen.«

Ich stimmte ihr zu und sah meinen Onkel ernst an. »Das war wirklich keine gute Idee, ein falsches Geständnis abzulegen.«

»Und dann zu schweigen.« Auch Julian warf Holger einen eindringlichen Blick zu.

Der hob die Hände. »Ich weiß, ich weiß, aber als Ihre Kollegin plötzlich das Zyankali aus dem Schrank zauberte, stand ich völlig neben mir. Ich wollte einfach nur Gitti raushalten. Tja, dann war es gesagt, und ich dachte, Gitti braucht jede Minute, um die Installation umzugestalten.«

»Was ich nur geschrieben habe, damit du dir keine Sorgen machst, wenn ich wegbleibe.«

Die beiden sahen sich an. Glitzerten da Tränen in den Augen? Ich räusperte mich und schaute zu Julian. »Wie hat Mareike erfahren, dass Nelleke zu Willem wollte? Und dass Theo der Sohn von den beiden ist? Oder wusste sie das gar nicht?«

»Von Nelleke selbst.« Julian nahm meine Hand und fasste zusammen, was Mareike Vermeer im Verhör gestanden hatte.

Nachdem Mareike durch Kaltenbrunner von dem geplanten Verkauf erfahren hatte, hatte sie sich die jüngere Schwester vorgeknöpft. Aus dem Vorhaben, ihr den Kopf zu waschen, war aber nichts geworden. Nelleke habe, so Mareike, ganz kalt von der Affäre damals erzählt. Dass Willem sie, Nelleke, schon immer mehr geliebt habe. Dass er nur so lange auf Walcheren geblieben sei, weil er gehofft habe, dass es mit Nelleke und ihm weitergehe. Nelleke hatte sich dann für Kees entschieden, ihn nicht mehr betrügen wollen und mit Willem Schluss gemacht. Obwohl sie ihn schon auch sehr mochte und er der Vater von Theo war, was sie aber immer für sich behalten hatte, weil sie Kees nicht verletzen wollte. Und auch Willem nicht. Nachdem der gemerkt hatte, dass er Nelleke nicht umstimmen konnte, hatte er Mareike verlassen und war ausgewandert. Nach Curaçao.

Und jetzt wollte sich Nelleke mit dem Geld aus dem Verkauf des Parks ausgerechnet mit Willem ein schönes Leben machen? Nein! Dafür hatte Mareike nicht all die Jahre den Park für die Schwester geführt. Das konnte sie nicht zulassen. Mit einem Mal war sie wie auf Autopilot gewesen, mit dem einzigen Ziel, sich an Nelleke zu rächen. Das Zyankali war ihr wieder eingefallen, das sie Kaltenbrunner während der Mäuseplage abgenommen hatte. Das spritzte sie in einen *gevulde koek*. Die Mandelküchlein liebte ihre Schwester.

Als Kaltenbrunner die Videokonferenz geplant hatte, passte ihr das gut. So konnte sie sich ein Alibi verschaffen. Das Wetter half dann auch noch mit. Ein Schauer am Sonntagabend sorgte dafür, dass kaum jemand unterwegs war, als sie in der

Fischermontur zu Nelleke radelte. Sie ging durch den Garten zum Haus, legte die Kleidung beiseite und klopfte. Zur Versöhnung brachte sie den Mandelkuchen mit und sorgte dafür, dass Nelleke ihn aß. Anschließend zog sie den Stecker aus dem Router und drehte die Musik auf.

Julian hielt einen Moment inne, bevor er die Geschichte zu Ende erzählte. »In der Küche hat sie die Muschelreste gesehen, ein zweites Gedeck schmutzig gemacht und dazugestellt, sodass es nach einem romantischen Abendessen aussah.«

»Und einer Muschelvergiftung«, murmelte ich. »Bereut sie die Tat?«

»Schwer zu sagen.« Julian strich mit dem Zeigefinger über meine Hand. »Dass sie das Zyankali verwendet hat, schon. So schlimm hatte sie sich den Tod nicht vorgestellt, hat sie gesagt.«

Wir schwiegen bedrückt. Um uns herum Spätsommer-Meer-Strand-Glück. Der Tod gehörte zum Leben dazu, ja, aber musste auch das Morden dazugehören?

Ich schaute zum Wasser und wartete darauf, dass Julian mir eine Predigt hielt, von wegen einmischen und so weiter, aber das tat er nicht. Stattdessen hielt er weiter meine Hand. Was mich nervös machte.

Eine Hupe ertönte. Das Zeichen, dass wir unsere Plätze einnehmen sollten. Gleich begann die Vorstellung.

Julian legte seinen Arm um mich. »Alles in Ordnung?«

Ich biss mir auf die Unterlippe.

»Hey.« Er strich mir über die Wange.

»Ich habe sie gemocht«, sagte ich leise. »Mehr als Nelleke.«

Er drückte mich kurz. Dann setzten wir uns in unsere Liegestühle. Julian sah mich an. Seine Miene war ernst.

»Spuck's aus.« Ich knuffte ihn in die Seite. »Ich soll mich nicht in Ermittlungen einmischen.«

»Vor allem sollst du aufpassen, was du isst, solange der Giftmörder noch nicht gefasst ist. Ja, ich weiß, die Küchlein waren nicht vergiftet, sorry noch mal, aber im Ernst, Freddie. Hast du wirklich geglaubt, das Zyankali sei in den Muscheln gewesen?«

»Warum denn nicht?« Ich überspielte meine Verlegenheit.

So wie er es fragte, klang es schon blöd, aber seit wann war ich eine Giftexpertin? »In Nellekes Rezeptbüchlein steht ein Muschelgericht mit Mandeln. Und bei der niederländischen Küche weiß man doch nie. Wer Salzlakritz mit Schokolade isst, der spritzt auch Zyankali in Muscheln.«

Julian streckte die Hand aus. »Das gibt jetzt aber mehr als einen Euro in die Hollandkasse.«

»Kann ich sofort zahlen?« Ich sah in seine Augen, in denen es hell schimmerte. Wie das Sonnenlicht, das auf dem Meer tanzte.

Erneut hupte es. Ein paar Möwen kreischten, die Musik setzte ein, und die Verkleidung vor der Bühne hob sich.

Schauplätze/Zeeländisches

Nellekes Bungalowpark genauso wie ihr Haus und das von Holger und Gitti gibt es in der Wirklichkeit so nicht, sie sind aber inspiriert von vielen Urlauben in Wasschappel, wie Westkapelle auf Zeeländisch heißt, nicht zuletzt auch am Joossesweg.

Ebenso wenig existiert Theos »Zout of Zoet«. »De Laatste Kruimel« in Aagtekerke wird man auch nicht finden, wohl aber ein Scheunencafé, seit diesem Jahr mit neuem Betreiber, ich freue mich schon auf einen Besuch dort. Was auch für das »Sint John« gilt – ein Muss bei einem Aufenthalt in Middelburg.

Während der Muscheltanz erfunden ist, gibt es das Nazomerfestival tatsächlich. Ich hoffe, dass es in diesem Jahr wieder stattfinden kann.

Das Lied, das Nelleke am Anfang des Buches hört, »'k heb je lief«, ist von Paul de Leeuw. »Hier aan de kust, de Zeeuwse kust« stammt natürlich aus »Aan de kust« von Bløf, einer niederländischen Band aus Vlissingen, deren Musik zu einem Zeelandurlaub ganz unbedingt dazugehört. Beide Stücke befinden sich selbstverständlich auf der Playlist zum Buch. Wer also mal reinhören mag …

»Zeeuwse poppetjes« gibt es und gibt es nicht. Den Begriff habe ich für den Krimi erfunden. Ein wenig später bin ich im Netz auf ganz wunderbare Püppchen in zeeländischer Tracht gestoßen, sowohl aus Holz als auch als Strickpüppchen. Also gibt es sie doch! Vielleicht entwickeln sie sich ja noch zu einem festen Begriff und machen eine ähnliche Karriere wie der »Zeeuwse knoop« – der zeeländische Knopf, wer weiß.

Niederländische Ausdrücke

alstublieft – bitte (nur wenn man die angesprochene Person siezt)

bedankt – danke

best(e) – beste(r, s)

Chocomel – heiße Schokolade

dank u wel – vielen Dank (nur wenn man die angesprochene Person siezt)

dode – Tote(r)

doorzonwoning – niederländische Bezeichnung einer Wohnung, bei der sich Fenster auf der Vorder- und Rückseite gegenüberliegen, sodass die Sonne durch die Wohnung hindurchscheinen kann

Duits – deutsch

fiets – Fahrrad

fietspad – Fahrradweg

friet – Fritten

gevulde koek – typisch niederländisches, mit Marzipan gefülltes Mandelgebäck

goed – gut

goedemiddag – guten Tag

goedemorgen – guten Morgen

goedenacht – gute Nacht

goedendag – guten Tag

hoi – hi, hallo

hoofdinspecteur – Hauptkommissar

ik – ich

jonge jenever – junger Genever

koffie – Kaffee

koffie met gebak – Kaffee und Kuchen

koffie verkeerd – Milchkaffee

kreek – Brackwassersee, Priel

kunst – Kunst

kwaliteit – Qualität

kwartje – Viertelgulden
lekker – lecker; schön
lekkerbek, lekkerbekje – wörtlich übersetzt: Leckermaul, kleines Leckermaul/Leckermäulchen; ein Stück panierter und frittierter Kabeljau
meneer – Herr
mevrouw – Frau
mossel – Muschel
mosselkoningin – Muschelkönigin
mosselsoep – Muschelsuppe
niet – nicht
oké – okay
oliebol – Krapfen
olifant – Elefant
oude jenever – alter Genever
pannenkoek – Pfannkuchen
poffertjes – kleine Pfannkuchen, typisch niederländische Süßspeise
politie – Polizei
poppetje – kleine Puppe, Püppchen
rozijnenbroodje – Rosinenbrötchen
snoepwinkel – Süßigkeitenladen
strandhuisje – Strandkabine
strandslaaphuisje – Strandhaus
suikerwafeltjes – Waffeln
tegenwind – Gegenwind
thuis – Zuhause
vis – Fisch
Visserijdagen – Fischereitage
welkom – willkommen
Zeeuws – zeeländisch
zeker – sicher
zoon – Sohn

Und noch ein paar kurze Sätze:

achter de hoge duin – hinter der hohen Düne
Dat ruikt goed. – Das riecht gut.
de beste mosselen van de wereld – die besten Muscheln auf der
    Welt
de laatste kruimel – der letzte Krümel
een momentje, alstublieft – einen Moment, bitte
een vrouw – eine Frau
Eet smakelijk. – Guten Appetit.
in het midden – in der Mitte
Jaap werd wakker. – Jaap (Jungenname) ist aufgewacht.
Ja, bedankt, ze is er nog. – Ja, danke, sie ist noch da.
met groetjes van de hoofdinspecteur – mit Grüßen vom Haupt-
    kommissar
mijn favoriete recepten – meine Lieblingsrezepte
mossel dans – Muscheltanz
Nee, dank u, de rekening alstublieft. – Nein, danke, die Rech-
    nung bitte.
Nee, dat gaat niet. – Nein, das geht nicht.
Oh, sorry, het is een beetje eng hier. – Oh, Entschuldigung, es ist
    ein bisschen eng hier.
specialiteiten pannenkoeken – Pfannkuchen nach Art des Hauses
Spreekt u Duits? – Sprechen Sie Deutsch?
Thuis is achter de hoge duin. – Zuhause ist hinter der hohen Düne.
*Twee maal mosselen. Een keer met friet en een keer met stok-
    brood.* – Zweimal Muscheln. Einmal mit Fritten und einmal
    mit Baguette.
Wat mag het zijn? – Was darf es sein?
We zijn niet te koop. – Wir sind nicht zu kaufen/käuflich.
zeker dat – aber sicher
zon en zee – Sonne und See
zout of zoet – salzig oder süß

Nellekes Rezept für *gevulde koeken*

Im Unterschied zum normalen Rezept gibt Nelleke kandierten Ingwer hinzu, damit es etwas »giftiger« schmeckt.

Für den Teig:
300 g Mehl
200 g Butter
150 g brauner Rohrzucker
1 Päckchen Vanillezucker
1 Ei
1 TL Zimt
2 Prisen Salz

Die Zutaten zu einem Mürbeteig verarbeiten, in zwei gleich große Stücke teilen und für eine Stunde in den Kühlschrank legen.

Für die Füllung:
200 g Marzipanrohmasse oder Amandelspijs (die niederländische Marzipanmasse ist etwas gröber als die deutsche; beides schmeckt)
Kandierter Ingwer nach Geschmack, je mehr, desto schärfer
Fein abgeriebene Schale von 1 Zitrone
50 g Puderzucker
2 EL Amaretto
6 Tropfen Bittermandelöl
Die Marzipanrohmasse grob raspeln, den kandierten Ingwer klein hacken. Alles miteinander vermengen.

Zum Bestreichen:
1 Eigelb
1 EL (Mandel-)Milch
Das Ei und die Milch verquirlen.

Zum Verzieren:
Kandierter Ingwer
Wenn die Stücke zu groß sind, in Scheiben schneiden.

Den Backofen auf 175 °C Ober-/Unterhitze vorheizen.
Das Backblech mit Backpapier auslegen.
Die eine Hälfte des Teiges etwa 3 mm dick ausrollen und mit einer Muschelausstechform etwa 8 cm große Muscheln ausstechen; alternativ mit einem Glas oder einer runden Ausstechform entsprechend große Kreise ausstechen.
Die Muscheln mit der Eiermilch bepinseln und die Füllung darauf verteilen; dabei einen kleinen Rand frei lassen.
Die andere Hälfte des Teiges ausrollen, Muscheln ausstechen und die gefüllten Muscheln damit bedecken, dabei die Ränder gut andrücken.
Die Muscheln mit der verbleibenden Eiermilch bestreichen und den Ingwerstücken verzieren.

Im Ofen etwa 20 Minuten backen.

Eet smakelijk!

Danksagung

Alle schlechten Eigenschaften entwickeln sich in der Familie.
Das fängt mit Mord an ...
und hört mit Krimischreiben nicht auf.

Für meine Mutter, Rainer & Karin, Eva & Rainer und Anna.

Es heißt, das zweite Buch sei das schwerste. Mit der besten Unterstützung ist aber auch das kein Problem. Ein dickes Dankeschön fürs kriminelle Mit-Plotten, Familienaufstellen, Lesen, Zerreißen, Löcherstopfen, Mutmachen. Fürs erneute Lesen, den frühen Kuss, fürs Nichtlockerlassen und die herrlichsten Kommentare danke, danke, danke an Anna Buchwinkel, Susanne Fletemeyer, Ursula Hahnenberg, Ulrike Schmied, Gabi Schmid, Birgit Körner, Ella Marcs und ganz besonders an Pia Herzog.

Ebenfalls vielen Dank an Franziska und Klaudia für ihre Expertise in giftigen und technischen Fachfragen. Alle inhaltlichen Fehler gehen natürlich auf mich.

Herzlich bedanken möchte ich mich auch dieses Mal bei Susann Säuberlich für die gute Zusammenarbeit und ihr wortgenaues Lektorat.

Ein großes Dankeschön dem Emons Verlag für das Vertrauen und die tolle und kreative Zusammenarbeit: Stefanie Rahnfeld, Jana Budde, Hannah Naumann, Sophie Olk, Inka Stirnagel und das ganze Team – ihr seid klasse!

Meinen besten Freundinnen Angelika und Regine danke ich für ihr Verständnis, ihre Unterstützung bei allem und jedem – und die weltbeste Buchparty!

Liebe Leserin, lieber Leser, einen ganz herzlichen Dank an euch, die ihr den ersten Band so voller Vergnügen gelesen habt. Über euer Feedback und eure Rezensionen habe ich mich sehr gefreut und jedes Gespräch mit euch genossen. All das hat mich ermutigt, einen weiteren Zeelandkrimi zu schreiben. Und das, obwohl es ja das »verflixte« zweite Buch ist. Für alle, die sich mehr »Zeeland« gewünscht haben, ist hoffentlich mehr davon drin. Und ein Rezept gibt es auch. Ihr seht, sich was zu wünschen lohnt sich. Meldet euch also gern auch dieses Mal bei mir! Feedback und Rezensionen sind immer willkommen.

Carla Capellmann
TOD IN ZEELAND
Broschur, 288 Seiten
ISBN 978-3-7408-1113-6

Eigentlich will Freddie auf dem Yogaseminar in Domburg an der zeeländischen Nordseeküste den Kopf frei bekommen, um in Ruhe über ihre Beziehung zu Jan nachzudenken. Doch noch bevor sie den ersten Sonnengruß machen kann, stolpert sie über eine Tote. Und ausgerechnet Jan soll mit der Frau ein Verhältnis gehabt haben. Als ihr die örtliche Polizei einen Mord aus Eifersucht unterstellt, sieht sich Freddie gezwungen, auf eigene Faust zu ermitteln. Dabei gerät sie zwischen vermeintlich friedlichen Yogis immer tiefer in einen mörderischen Schlamassel.

»Augenzwinkern und unverkennbare Liebe zum Yoga machen die Mischung aus Krimi, Satire und Urlaubsroman zu einer kurzweiligen Sommerlektüre.« Yoga Journal

www.emons-verlag.de